suhrkamp taschenbuch 1030

Władysław Terlecki, 1933 in Częstochowa geboren, studierte in Breslau polnische Philologie, ging dann nach Warschau und arbeitete dort beim Funk und in der Redaktion eines literarischen Monatsblatts. Nachdem er mit Erzählungen begonnen hatte, widmete er sich in letzter Zeit mehr dem psychologischen Roman auf historischer Basis.

Eine Zeile aus einem polnischen Kirchenlied, das häufig auf Beerdigungen gesungen wird, schlägt den Ton an für diesen Kriminalroman aus Polen, dessen Ereignisse mit einem historischen Kern sich nach der Revolution von 1905 in einer international unruhigen Phase abgespielt haben. In dem berühmten Kloster vom Hellen Berg hat sich ein Mord ereignet: ein Mönch aus Jasna Góra hat den Mann seiner Geliebten umgebracht, den er selbst zuvor zu einer fiktiven Ehe mit ihr veranlaßt hatte.

Die russischen Behörden versuchen, den Vorfall propagandistisch gegen die Polen auszunutzen. Im Mittelpunkt des Romans steht der von Petersburg aus delegierte Untersuchungsrichter, ein Liberaler und Atheist, den die Motive des Täters (der dem mit eigener Hand ermordeten Opfer noch als Geistlicher Absolution erteilt) mehr interessieren als die Politik.

Durch die Handlung dieses Kriminalfalls ziehen sich Reflexionen, in denen die Überlegungen des Untersuchungsrichters den Äußerungen und den vermuteten Motiven des Mörders und seiner Geliebten gegenübergestellt werden. Hier wird eine Nähe zu Dostojewski spürbar.

Władysław Terlecki
Ruh aus nach dem Lauf

Kriminalroman

Suhrkamp

Titel der Originalausgabe: *Odpocznij po biegu.* Pánstwowy Instytut Wydawniczy, Warszawa. Die 1. Auflage des Originals erschien 1975; Übersetzt wurde nach der 2. Auflage 1976.
Aus dem Polnischen übersetzt von Klaus Staemmler
Umschlagbild von Rolf Köhler

suhrkamp taschenbuch 1030
Erste Auflage 1984

Satz: Wagner GmbH, Nördlingen
Druck: Nomos Verlagsgesellschaft, Baden-Baden
Printed in Germany
Umschlag nach Entwürfen von
Willy Fleckhaus und Rolf Staudt

1 2 3 4 5 6 – 89 88 87 86 85 84

Ruh aus nach dem Lauf

In der Kanzlei zog er den Mantel aus. Die Beamten – sie drängten sich, verschiedene Uniformen, verschiedene Gesichter – kannten ihn bereits und verbeugten sich respektvoll. Nicht sehr höflich wehrte er einen jungen Mann ab und bemerkte, daß sein Hemdkragen schmutzig und seine Krawatte zerknittert war. Er stellte sich als Reporter der örtlichen Zeitung vor. Er sagte, sie hätten – wie könnte es anders sein! – von seinem Eintreffen erfahren, und bat ihn um ein paar Worte zu der Untersuchung, die gerade begann. Er antwortete, er habe nichts mitzuteilen und wolle nicht gestört werden. Der Journalist, offenbar an eine derartige Behandlung nicht gewöhnt, blieb mit offenem Mund stehen. So verließ er ihn und ging aus der Kanzlei. Über einen langen Korridor begab er sich in den Vernehmungsraum. Das Gebäude, in dem sich das Gericht befand, war genauso häßlich wie die Stadt, die er schon kennen gelernt hatte, als er mit einer Droschke zwischen Polizeikommissariat, Stadtverwaltung, Kloster und Hotel hin- und hergefahren war, angeblich dem besten Hotel; es gab jedoch in der ganzen Stadt nur zwei, das andere sei, wie der ihn auf dem Bahnhof begrüßende Beamte des örtlichen Gerichts versicherte, erheblich schlechter. Der Herbst vergoldete mit allen seinen Farben den Himmel und die Bäume vor den Fenstern seines Zimmers. Der erste Arbeitstag hatte begonnen. Ohne ersichtlichen Grund empfand er wachsende Befriedigung. Der Fall begann ihn zu fesseln. Er machte sich an die Arbeit, die ihm gefiel, wenngleich er nicht sicher war, ob sie wirklich einem höheren Ziel diente, wie das seine Vorgesetzten in Petersburg gewohnheitsgemäß behaupteten. Er wußte, er würde alle Kräfte konzentrieren müssen. Im Vernehmungsraum begrüßte er den ihm zugeteilten Schreiber. Er sagte, an einem solchen Tage – draußen vor dem Fenster stand die schöne Sonne – sei es gut, sich der Arbeit zu widmen. Er legte einen Bogen Papier auf den Tisch, öffnete seine Jacke und befahl, den Häftling vorzuführen. Die Mappe mit den Aussagen dieses Mannes schob er beiseite und betrachtete ihn. Eine große, knochige, in den Schultern gebeugte Gestalt. Das Gesicht regelmäßig. Er merkte, daß er seit einiger Zeit seine Gedanken, noch ehe er sie aussprach, im Stil eines Gerichtsprotokolls zurechtlegte; er fragte sich, ob das eine Berufskrankheit sei. Aber, du lieber Gott, es ist doch möglich, daß die Sprache ganz einfach den Charakter des Sprechenden ausdrückt! Und wenn das nun die Sprache der kommenden Zeit ist, der er in der Tiefe seines Bewußtseins angehören möchte? Diese Zeit verband sich ihm mit der Morgenröte auf den leider nicht besonders guten Bildern, die er hin und wieder gesehen hatte – da zieht die Zeit herauf im rosaroten Glanz, der letzten Spur eines verlöschenden Brandes von Ideen, Gedanken, Systemen und Gesetzbüchern. Er dachte, daß alles andere Ausdruck jener kommenden Zeit sein könne, nur nicht der Gerichtsstil, der Jargon der Stenogramme, Begründungen, Urteile, in dem sich jeder um das Unpersönliche bemüht, um die Entfernung der eigenen Methode, Gedanken auszusprechen. Der Mann ihm gegenüber – er stand immer noch und traute sich nicht, auf den Schemel neben dem Schreibtisch Platz zu nehmen – schaute ihn an, hob dann die Hand, eine große Hand mit Frostbeulen, und berührte den dichten Oberlippenbart. Er wies auf den Schemel und warf einen schnellen Blick auf den Schreiber. Der war ein kleiner, kahlköpfiger Mann mit tränenden Augen hinter den zu großen Brillengläsern. Er fragte, um welche Uhrzeit er an jenem Tage mit der Droschke zum Halteplatz gefahren sei und wo sich dieser befinde. Er hatte das schon dutzendfach gefragt. Der Dolmetscher übersetzte schnell. Der Mann seufzte und legte die Hände auf die Knie. »Das habe ich bereits gesagt . . .« Er verstand fast alles, was der Beamte sagte, und die Anwesenheit des Dolmetschers war nur eine notwendige amtliche Formalität. Sie wären sehr gut ohne ihn ausgekommen, und vielleicht hätte er ihn dann leichter zum Reden gebracht. So nämlich versteckte er sich hinter den Wörtern, die der zugezogene Dolmetscher murmelte, gewann Zeit und dachte nach. Was kann er, überlegte er, in der Dunkelheit bedenken, in der er an jenem Tage gestürzt war, als er nach schnell verzehrtem Abendbrot zum Halteplatz an der St. Barbara-Kirche fuhr. Gleich danach, noch ehe er seine mit der Hand gedrehte Zigarette ausgeraucht und sich auf den Bock bequem zurechtgesetzt hatte, war der bekannte Mönch an die Droschke getreten. Der Abend näherte sich gerade erst, er stieg herab mit dem Lied verspäteter Pilger, die zum Kloster zogen, er senkte sich mit dem warmen Wind auf die Mauern. »Erst am nächsten Morgen, Euer Hochwohlgeboren, hat es geregnet . . .« Während also der eintrat, dessen Namen er hier im Amt nie aussprechen wird, hatte sich das Tor zum Unglück weit geöffnet. »Euer Hochwohlgeboren«, wiederholte er, »ich habe den Wunsch, nach Hause zurückzukehren. Ich habe nichts Böses getan. Warum schreckt man mich mit dem Kerker? Daheim herrscht Armut. Die Frau kann sich nicht auf den Bock setzen ...« Diese Klagen hatte er schon mehrfach vernommen. »Mensch«, unterbrach er ihn, »sag' die Wahrheit. Allein das kann dich retten. Deine Beteiligung an dem Verbrechen resultiert aus Unwissenheit. Aber diese Unwissenheit ist in dem Augenblick zu Ende gegangen, in dem du anfingst auszusagen. Versteh das doch, Mensch, und wach auf. Du warst Werkzeug. Man hat dich beauftragt, ein Gepäckstück zu transportieren, das sich als altes, zerschlissenes Sofa entpuppte. In diesem Sofa lag eine Leiche, aber vom Verhandensein dieser Leiche hattest du damals keine Ahnung. Du kamst an das Ziel, wurdest bezahlt und kehrtest zurück in die Stadt.« Der Mann schüttelte verneinend den Kopf. Genauso wie immer, mit derselben Hartnäckigkeit, mit der ihn offenbar beherrschenden Gewißheit, die ersehnte Rettung sei nahe. »Gut, du Dummkopf«, begann er, »du wirst noch begreifen, daß du auf das Gefängnis hinarbeitest. Und das Schicksal deiner Frau, deiner Kinder und deines Pferdes wird weder mich noch das Gericht im geringsten rühren. Du weißt, man hat deine Droschke gesehen, man hat dir auch den Mann gezeigt, der sich ihre Nummer merkte. Dieser zufällige Passant hat gesehen, wie du ein Sofa transportiertest. Er hat dich erkannt, du konntest sein Gesicht betrachten. Er wird vor Gericht dasselbe wiederholen. Er hat auch die zweite Droschke gesehen, in der zwei Männer saßen. Seiner Ansicht nach waren es Mönche.« Wieder musterte er sein Gegenüber. Groß, hager, in den Schultern gebeugt. »Das ist alles nicht wahr, Euer Hochwohlgeboren!« Der Dolmetscher rückte unruhig auf seinem Stuhl hin und her, er baumelte mit dem Fuß in dem glänzenden Lackschuh. »Ich hatte an diesem Abend nur eine Fahrt. Ein bekannter Ladeninhaber kam zu mir, er hat sein Geschäft in der Nähe der Kirche.« Diese Kirche hatte er gesehen, war auch in dem Geschäft gewesen und mit dem Inhaber ins Gespräch gekommen. Jetzt erinnerte er sich daran. Damals hätte er ihn ins Gericht zitieren können, zog es aber vor, überraschend zu handeln. Wie sich dann herausstellte, ohne Ergebnis. Sie unterhielten sich in dem engen, dunklen, mit Heiligenbildern vollgestopften Raum. In der Luft lag der Geruch von Öl, das in Stoff eingezogen ist. »Ich handle mit Kultgegenständen, Herr Richter«, erläuterte der Ladeninhaber. Als ob das schwer zu erkennen gewesen wäre! »Ich bin ein ehrlicher Mensch, wie die Leute ringsum bezeugen können ...« Er hatte aufgelacht und gefragt, ob es in Ordnung wäre, wenn sich mit diesem Handel ein Unehrlicher befassen würde. Der Ladeninhaber murmelte irgendeine Antwort. Die heiligen Greise auf den Bildern hatten einheitliche Gesichter. Man sah, eine einzige, geschickte, aber sich nicht allzu sehr um die Details kümmernde Hand hatte sie gemalt. Frische Backen, eine leichte, die Haut überziehende Röte, blaue Augen, die in ölgemalte Gärten schauten. Heilige Frauen in schwarzen oder weißen Nonnenhauben. Schließlich Bilder, so angelegt, daß sie, aus verschiedenen Richtungen betrachtet, drei verschiedene Gesichter zeigten. Das alles, dachte er, während er dem Ladeninhaber zuhörte, könnte im Vorhof der Hölle hängen. »Jawohl, Herr Richter«, erläuterte jener, »ich habe tatsächlich die Droschke gemietet. Ich habe meine Mutter zur Bahn gebracht, die an diesem Tage nach Piotrków fuhr. Sie war eine Woche bei mir und hatte einen schweren Korb. Darum mußten wir mit der Droschke fahren. Ich ging zum Halteplatz. Das war um sieben Uhr, Herr Richter. Nach acht Uhr ging der Zug. Nicht um sechs, wie dieser unselige Droschkenkutscher behauptet. Ich bin kein Dummkopf, glauben Sie mir, und würde nicht mit einer alten Frau zwei Stunden lang auf dem Bahnsteig herumstehen. Ich weiß mit absoluter Sicherheit und habe das sofort ausgesagt, als ich zum ersten Mal im hiesigen Polizeikommissariat vernommen wurde, daß die Droschke gerade bei meinem Eintreffen auf den Halteplatz fuhr. Es war keine andere da, ich konnte mich nicht irren, Herr Richter. Und ganz bestimmt auch nicht hinsichtlich der Abfahrtszeit des Zuges. Was ich ausgesagt habe, kann auch meine Mutter bestätigen, mit der zusammen ich zum Bahnhof gefahren bin, ebenso meine Frau und meine Schwiegermutter.« Er warf einen Blick auf den Ladentisch, dort lagen einige Bücher. Er nahm eines und blätterte darin. Gebetbücher, broschierte Heiligenleben mit schlecht wiedergegebenen Illustrationen. »Wir haben für alles das, Herr Richter«, sagte der Ladeninhaber schnell, »eine Erlaubnis der entsprechenden Behörden.« – »Welcher?« fragte er. »Der kirchlichen«, entgegnete jener, »und der staatlichen.« – »Ja, ja«, er nickte. »Alle Stempel sind vorhanden. Von hier aus beginnt kein Aufstand.« Er erinnerte sich aus der Zeit, als er es noch mit der Abteilung für politische Fälle zu tun hatte, an die kleine Druckerei im Kiewer Hauptkloster, wo allerlei umstürzlerische Schriften hergestellt worden waren. Unter einer Schicht aufgeschnittener Bögen kirchlicher Drucksachen die Broschüren, mit denen die Kiewer Fabriken überschwemmt wurden. So etwas konnte nicht lange gut gehen, aber irgend etwas kam schon dabei heraus. Der Ladeninhaber wußte nicht mehr weiter. Er war sichtlich erregt, freudig erregt über den unverhofften Besuch des Herrn Richter. Auch freute ihn die Aussicht, vor Gericht aussagen zu dürfen. »Ich werde alles«, versicherte er eifrig, »Wort für Wort wiederholen. Ich möchte ein reines Gewissen haben.« Reines Gewissen, dachte er, nachdem er ihn verlassen hatte. Er wandte sich der kleinen Kirche zu. Am Halteplatz standen mehrere Droschken. Der Tag glich dem von damals, auch jetzt nahte der Abend und sank auf die Klostermauern herab. Es war warm, aber in der Luft hing Rauch, aus den Gärten drang der Geruch faulender Blätter, der Geruch des nahenden Herbstes. Was hält dieser Typ, der jetzt vor ihm stand und hartnäckig seine Lügen wiederholte, für ein reines Gewissen? »Mensch«, sagte er plötzlich zu dem Häftling, »ein reines Gewissen ist die Wahrheit, die auch andere bestätigen können ...« – »Jawohl, Euer Hochwohlgeboren«, antwortete er schnell. Vor einer Woche hatte er den Ladeninhaber vorgeladen. Die Gegenüberstellung fand statt. Ihr Resultat wurde auf einem großen, in der Mitte gefalzten Kanzleibogen niedergeschrieben. Links die Aussagen des Ladeninhabers, rechts die des Festgenommenen. Der Droschkenkutscher hatte trotzig seine Meinung wiederholt. Er hatte mit demselben, etwas erstaunten Blick vor sich hingeschaut. »Er lügt«, murmelte er, »Euer Hochwohlgeboren. Nach dem Mittagessen hatte ich keine einzige Fahrt, bis er kam und zum Bahnhof fahren wollte. Ich freute mich, weil ich nicht mehr mit Kunden gerechnet hatte ...« Der Ladeninhaber hob ratlos die Hände. Der Beamte säuberte mit einem großen karierten Taschentuch seine Brille. Er ließ den Zeugen abführen und befahl, die Frau des Droschkenkutschers in den Vernehmungsraum zu holen. »Bitte sagen Sie mir« – er lächelte die kleine, verschüchterte Frau freundlich an –, »was Ihr Mann an jenem Abend erzählt hat.« Der Häftling blinzelte seiner Frau drohend zu. »Denken Sie daran, daß diese Erläuterungen behilflich sein können, den Widerstand Ihres Mannes zu brechen«, fuhr er fort. »Er handelt falsch, wenn er uns in die Irre führt. Sie wissen, daß er unschuldig ist und kein Verbrechen begangen hat.

Sein Vergehen resultiert aus einer Lüge.« Die Frau nickte zustimmend. »Wegen dieser Lüge kann er bestraft werden. Wir möchten, daß er die Strafe vermeidet. Noch hat er Zeit. Bis zur Gerichtsverhandlung.« – »Nach der Heimkehr«, sagte sie, »hast du erzählt, daß du eine gute Fahrt hattest. Wohin? habe ich gefragt. Das geht dich nichts an, hast du geantwortet wie immer. Aber die Fahrt war gut und reicht uns für ein paar Tage ...« – »Lüge nicht, Frau«, unterbrach sie der Droschkenkutscher eilig. »Nichts davon habe ich dir damals erzählt.« Er stand auf und schlug mit der Faust auf den Tisch. Er schrie ihn an, er solle schweigen und nur antworten, wenn er gefragt würde. »Hat er Ihnen das Geld gezeigt?« fuhr er fort. »Nein«, entgegnete sie, »gesehen habe ich es nicht. Das tut er nie. Aber er war irgendwie unruhig. Mein Mann erzählt mir seine Angelegenheiten nicht. Er spricht nicht gern, aber ich erkenne immer, was in ihm vorgeht. Hör doch her«, wandte sie sich an ihn, »der Herr Richter sagt die Wahrheit. Es ist etwas Schreckliches passiert, aber du warst daran nicht beteiligt. Im Kloster findet jeden Tag ein Gottesdienst statt, damit die Allerheiligste Jungfrau das Verbrechen verzeiht, das dort geschehen ist. Es ist wirklich geschehen.« – »Lüge nicht«, schrie er und erhob sich vom Hocker. Die Frau beugte den Kopf vor, sie fing an zu weinen. Er ließ den Häftling abführen. Der Frau reichte er ein Glas Wasser. »Er lügt«, sagte er, »weil die Mönche ihm das befohlen haben. Als sie damals am Ziel waren, ließen sie ihn, noch bevor sie das Sofa abluden, schwören, daß er kein Wort sagen werde, weil das ein wichtiges Klostergeheimnis sei. Einer der beiden, wir wissen wer, hat damals ein Kreuz hervorgeholt und ihn auf das Kreuz schwören lassen, das hat er selbst ausgesagt und mit seiner Unterschrift bestätigt.« Die Frau hörte auf zu weinen. Sie schaute nur mit traurigen Augen vor sich hin, er hatte den Eindruck, es spiegelte sich darin alles Unglück der Welt, das riesengroße Elend, dem sie verständnislos gegenüberstand. »Ihr Mann«, fuhr er fort, »ist ein gläubiger Mensch, nicht wahr?« Sie nickte. Er wußte, daß es so war. »Denn ich«, er beugte sich vor, »bin es nicht. Ich verstehe ihn trotzdem und habe Mitleid mit ihm, kann aber nichts tun, um sein Los zu erleichtern. Er hat bei jemandem geschworen, der nicht existiert, weil er an dessen Existenz glaubt. Dieser Jemand kann ihm nicht zur Hilfe eilen. Ich wollte ihm helfen. Ich habe den Mörder herholen lassen, damit der ihn selbst von dem Eid entbindet, er, der den Eid verlangt hat, und dieser Mensch hat Ihrem Mann die Wahrheit gesagt, ihn um Verzeihung gebeten und ihn von dem auferlegten Geheimnis losgesprochen. Ohne Erfolg. Ihr Mann fürchtet sich weiterhin. Und am meisten Angst hat er davor«, während er das sagte, blickte die Frau ihn gedankenlos an, »den Glauben zu verlieren. Als ob ein einziger falscher Diener seines Gottes durch ein Verbrechen auch den töten könnte, der unsterblich ist.« Er überlegte, ob sie wohl verstand, was er ihr sagte, und fuhr trotzdem fort. »So stelle ich mir die Abfolge seiner Gedanken vor. Es geht hier nicht um das Kloster und um das Verbrechen, das darin begangen worden ist, es geht vielmehr um den, dessen Glanz sich in den Gebeten dieses Klosters spiegeln soll. Ein Mensch, der wie Ihr Mann meint, das Leben nehme von diesem Licht seinen Anfang, kann sich nicht vorstellen, daß es Gott nie gegeben hat. Eine Welt ohne Ihn ist für einen solchen Menschen ein in die Dunkelheiten versinkendes Verbrechen. Und so gerät er immer tiefer in sein eigenes menschliches Verbrechen.« Die Frau begann wieder zu weinen. Er berührte zart ihren bebenden Rücken. »Herr Richter«, stammelte sie, »Sie können ihn doch freilassen. Das steht alles in Ihrer Macht.« Er lächelte. Wie konnte er ihr klarmachen, daß genau das außerhalb der Reichweite seiner Möglichkeiten lag? »Trotzdem«, sagte sie im Aufstehen, »gibt es Gott, und er wird meinen Mann befreien.« – »Was wird das für eine Befreiung?« fragte er, ohne zu lächeln. Sie sah ihn haßerfüllt an. »Du wirst sehen . . .« sagte sie. Er unterschrieb das Papier für die Fahrkosten-Erstattung. »Und Gott«, sie nahm das Papier entgegen, »wird Sie einst bestrafen, weil Sie einen unschuldigen Menschen quälen.« – »Sie«, auch er erhob sich, »verfluchen ist leicht. Beten Sie lieber um Klarheit des Geistes für Ihren Mann . . .« Er legte die Mappe in den Schreibtisch. Der Dolmetscher verbeugte sich mehrfach zum Abschied. »Bis morgen!« nickte er ihm zu. Er trat ans Fenster. Der Himmel rötete sich im herbstlichen Abendlicht. Die Wachmänner spazierten auf dem Platz vor dem Gericht hin und her. Die Lampen in den Ladenfenstern gingen an. Manchmal fuhr eine Droschke vorüber. Er rauchte die Zigarette zu Ende und sah nach der Uhr. Es war Zeit für das verabredete Abendgespräch beim Gerichtspräsidenten. Man ließ ihn nicht im Wartezimmer sitzen, denn er hatte Sonderrechte. Der Präsident kniff freundlich lächelnd die Augen zusammen. Er wußte nicht, wie er mit ihm umgehen sollte: von der Höhe seines Amtes herab – mein Gott, wie wenig hoch war doch dieses Amt! –, also gönnerhaft, oder mit deutlich zur Schau getragener Höflichkeit, um den besten Eindruck zu hinterlassen. »Nun, wie steht es mit Ihrer Gesundheit?« Er setzte sich und warf einen Blick auf den leeren Schreibtisch. »Nicht zum schlechtesten«, antwortete er. »Mindestens so gut, daß ich mich um den Fall bis zum Schluß kümmern kann.« – »Großartig!« er neigte den Kopf. »Wieviel besser sähe unsere Rechtspflege aus, wenn man uns öfter solche Beamten herschickte wie Sie, Iwan Fjodorowitsch. Statt dessen schickt man die dümmsten und in der Menschenführung ungeschicktesten.« Er dachte, der Präsident könne dafür selbst als Beispiel dienen, obwohl er so hoch aufgestiegen sei. Der Fall des Mordes im Kloster war ihm geradezu vom Himmel in den Schoß gefallen. Aus undurchdringlicher Dunkelheit war eine Gestalt hervorgetreten. Von einem Tag auf den anderen – nach einigen Schlägen mit der Axt, die ein ihm unbekannter Mensch im weißen Habit geschwungen hatte – waren in seinem Büro plötzlich wichtige Dinge gesehen. »Ständig habe ich Ärger mit der Presse, Iwan Fjodorowitsch!« Man konnte in seinen Augen die unverhohlene Freude erkennen, die dieser Ärger ihm bereitete. »Sie setzen mir zu mit quälenden Fragen über die Ermittlung. Verstehen Sie bitte, ich kann sie nicht jedes Mal Hals über Kopf hinausschmeißen, obwohl ich das am liebsten täte«, log er wie nach Noten. »Ich bin ein entschiedener Gegner des Drucks, den die Zeitungen auf den Polizeiapparat und die gesamte Rechtspflege ausüben. Aber dieser Fall hier ist überaus delikat«, fuhr er mit vorgetäuschter Besorgnis fort, während er den aufgesprungenen Kragenknopf in Ordnung brachte. »Natürlich mobilisiert niemand, wie Sie ja wissen, die Presse, unablässig über diesen Fall zu schreiben.« – »Ich glaube, Herr Präsident«, unterbrach er ihn, »es verhält sich anders.« – »Das verstehe ich nicht.« Ein vorsichtiges, schlaues Lächeln zeigte sich auf seinen Lippen. »Ich besitze völlig sichere Informationen darüber«, entgegnete er, »daß die Presse veranlaßt wird, diesen Fall aufzunehmen.« – »Was denn, was denn?« fragte er schnell. »Sagen Sie mir Genaueres, Herr Kollege. Wir werden dahinterhaken. Ich bin wirklich kategorisch dagegen, daß Druck auf das Gericht ausgeübt wird, unabhängig davon, aus welchen Gründen es geschieht. Ich bin der Ansicht, daß nichts solche Handlungsweise rechtfertigt.« – »Ich freue mich«, sagte er, »über Ihre Meinung, obgleich bestimmt nicht alle unsere Vorgesetzten sie in gleichem Maße teilen. Das Verbrechen, das diese Journalisten so erregt, bildet ein wichtiges Argument in dem geführten Kampf.« Er lächelte. »Die Kompromittierung, die es mit sich bringt, ist schließlich auch ein Ziel unseres Handelns. Uns liegt daran ...« er zögerte, »das in den Schmutz zu ziehen, was für unsere Gegner ein unantastbares Heiligtum ist.« – »Das betrifft nicht mich«, rief der Präsident zornig. »Das sind Unterstellungen. Wir tun nichts, um dem Fall größere Bedeutung zu geben. Nicht wir haben die Atmosphäre herbeigeführt, die im Kloster herrschte. Der Fall hat – und wenn man sich noch so bemühen sollte, uns das einzureden – mit der Innenpolitik nichts zu tun. Wir haben diese Mönchlein nie verfolgt, sie konnten leben wie beim Herrgott hinterm Ofen, wir waren immer tolerant ihnen gegenüber. Niemand darf uns Parteinahme vorwerfen, Herr Kollege.« – »Wieso dann der Lärm?« wunderte er sich. »Nun«, der Präsident hob die Schultern, »schließlich kommt ein Mord aus Eifersucht, begangen von einem Mönch, nicht so häufig vor.« – »Aus Eifersucht?« warf er ein. »Es scheint mir so«, antwortete er. »Ich nehme nichts vorweg. Die Ermittlung ist ja noch im Gange. Nach allem, was ich aus den Akten weiß, die Sie zusammengetragen haben, ist das doch wohl die einzige ernsthafte Spur. Ich sehe keine anderen Motive.« – »Darüber werden wir noch sprechen«, sagte er, »wenn ich meine Arbeit beendet habe.« – »Selbstverständlich, selbstverständlich«, antwortete der Präsident. »Heute ist bei mir ein französischer Journalist erschienen. Bitte schön, jetzt schickt man uns schon Journalisten aus Paris. Ich habe keinerlei Instruktionen, wie ich mit solchen Herren umgehen soll. Ich verstecke mich hinter der noch nicht abgeschlossenen Ermittlung. Doch dieser Herr behauptet mit einem idiotischen Lächeln, die Untersuchung sei eigentlich schon abgeschlossen. Es genüge, ein paar Moskauer oder Warschauer Zeitungen durchzusehen. Dort sei seiner Ansicht nach die volle Wahrheit bereits dargestellt. Sie wissen selbst am besten, habe ich ihm gesagt, wie Presseinformationen zu sein pflegen. Unsere Aufgabe ist es, die Unterlagen für den Prozeß zusammenzustellen, und darum bemühen wir uns, das kann ich versichern, mit größter Sorgfalt. Nebendinge interessieren uns nicht. Der Journalist ist natürlich auch schon im Kloster gewesen. Ich bin nicht sicher, ob ihm nur die gewöhnliche Neugier diese Reihenfolge diktiert hat. Oh ja! Er ist dort empfangen worden, und man hat ihm, so er, erschöpfende Informationen erteilt, obwohl er behauptet haben will, kein Abgesandter der kirchlichen Presse zu sein.« Er schüttelte sich vor Lachen. »Das haben sie wohl gewußt, noch ehe er den Mund auftat. Angeblich haben sie ihm geantwortet, es sei ihre Pflicht, zur Wahrheitsfindung beizutragen, auch wenn ihren Feinden an dieser Wahrheit gelegen sei. Sehr geistreich! Sie wären sehr viel schlechter behandelt worden, wenn sie zu schweigen versucht hätten. Und es gibt nur eine Wahrheit. Für die Diener Gottes ebenso wie für seine Gegner. Es gibt dort einen Mönch – vermutlich hergeschickt, um Ordnung zu machen –, der ihm geduldig auseinandergesetzt hat, daß man, auch wenn das selbstverständlich die Schuld nicht verringert, etwas bedenken sollte. In jedem Milieu befänden sich Menschen, die für das Wirken des verbrecherischen Instinkts empfänglich sind. Dieser Instinkt steckt in jedem Menschen. Vom Sündenfall an. Entscheidend jedoch ist, daß er nur unter bestimmten günstigen Umständen frei wird. Gott aber ist seiner Meinung nach mehr durch diese Umstände als durch das Verbrechen selbst gekränkt worden. Darum steht das Kloster jetzt vor der Pflicht zu strenger Buße. Man muß zugeben, diese Erläuterungen haben den Franzosen überzeugt. Auch seiner Ansicht nach – und ich glaube, er repräsentiert die Boulevardpresse! – sollte man dem Fall keine – hören Sie gut zu! – politische Bedeutung beimessen. Ich habe ihn gefragt, an was für eine Politik er denke. Die Polen, geruhte er zu antworten, halten dieses Kloster für ihre geistige Hauptstadt. Sie können sich vorstellen, Iwan Fjodorowitsch, was in mir vorging, als ich diese Belehrungen vernahm. Man hält uns ständig für Wilde. Sie drängen sich auf mit ihren Ratschlägen. Sie sind mißtrauisch. Ich habe ihm klar gemacht, daß uns die Fragen der Buße nichts angehen, die vielleicht den beklagenswerten ethischen Stand des Klosters bessern. Wir haben nichts dagegen, wenn es weiterhin als religiöse, jedoch nicht als geistige Hauptstadt angesehen wird. Eine geistige Hauptstadt ist mehr als nur eine Quelle religiöser Erlebnisse. Nach meinem Verständnis ist der Geist eine Personalisierung nicht nur religiöser Gehalte. Ein Kloster sollte diese ganz bestimmt nicht repräsentieren. Wissen Sie, was mir der Franzose geantwortet hat? Gegen Ende des Gesprächs erwähnte er die Belagerung des Klosters durch ein schwedisches Heer, von der ich gewiß gehört hätte. Und was hat das für einen Zusammenhang, fragte ich, mit dem Fall des Menschen, der dort kürzlich ermordet wurde? Der Franzose lachte auf. Glauben Sie,

Exzellenz, an eine derartige wunderbare Rettung? Das ist keine Frage des Glaubens, entgegnete ich schnell. Lassen wir also die wunderbaren Erscheinungen beiseite. Ich bin überzeugt, daß Sie über Tatsachen richten werden und nicht über den Glauben, dem sie ja nicht entstammen müssen ... Glauben Sie mir, am liebsten hätte ich den eleganten Herrn hinausgebeten, doch verabschiedeten wir uns natürlich äußerst höflich. Sagen Sie mir bitte, warum die uns ständig für Wilde halten. Muß ich mir tatsächlich geduldig die Bekenntnisse irgendeines Federfuchsers von der Boulevardpresse anhören, nur weil er mir einen Brief aus der Kanzlei des Gouverneurs in Warschau überbringt?« Er lauschte schweigend diesen Klagen. Der Journalist werde sich sicher auch um ein Gespräch mit ihm bemühen, vermutete der Präsident später. Wenn es dazu käme, sollten sie gemeinsam den Inhalt der Antworten festlegen, die jener zuvor schriftlich zu formulieren hätte. Angeblich hatte er auch den Wunsch verraten, mit Sykstus zu sprechen. Gegen die Verwirklichung dieses Einfalls müsse man protestieren, mindestens so lange, wie die Ermittlung andauere. Zum Schluß fragte er, ob es etwas Neues gebe. Er antwortete, das gesamte Material sei bereits zusammengetragen. Mit Ausnahme der Aussagen des Droschkenkutschers, der immer noch alle Tatsachen bestreite. Angesichts der vorhandenen Kenntnisse sei seine Haltung ohne größere Bedeutung. Der arme Kerl werde sich leider wegen bewußten Verschweigens der Schuldigen verantworten müssen. Es bleibe dagegen noch übrig, das Material endgültig zu ordnen, damit aufgrund dessen die Anklageschrift abgefaßt werden könne. »Großartig.« Der Präsident erhob sich hinter seinem Schreibtisch und zog das Jackett zurecht. »Schicken Sie mir inzwischen einen genauen Bericht.« Er lächelte. »Und den Fall dieses Idioten muß man wohl von dem Prozeß abtrennen ...« Er meinte natürlich den Droschkenkutscher, und in den Zweifeln, die er nicht verbergen konnte, zeigte sich seine angeborene Beschränktheit. »Ich bin der Ansicht, Spiridion Apollonowitsch«, sagte er und erhob sich aus seinem Sessel, »daß er sich im gleichen Verfahren wie Sykstus verantworten muß und daß man ihn nicht von dem Prozeß abtrennen kann.« Er sah, wie seinem Gesprächspartner das Blut ins Gesicht schoß. »Er muß selbstverständlich als Zeuge aussagen. Aber auch so werden seine Aussagen für das Gericht wie für den Ankläger keine Bedeutung haben. Wenn wir ihn zusammen mit Sykstus und der ganzen Gesellschaft auf die

Anklagebank setzen, wird es heißen, wir quälten jeden, der auch nur den geringsten Anteil an der Sache gehabt hat. Das ist doch wohl klar.« – »Dennoch scheint mir seine Anwesenheit unentbehrlich«, sagte er. Der Präsident spielte mit seinen Fingern, die kurz und dick über die Uniformknöpfe glitten. Ihre breiten Nägel waren sorgfältig gefeilt. Er wartete auf weitere Erläuterungen. Er ahnte, daß er eine Dummheit begangen hatte. Zudem mußte ihn das Rot auf seinen Backen reizen. Noch wußte er nicht, worin eigentlich sein Fehler bestand. Er suchte verzweifelt nach einer Erklärung, blickte nicht ohne verhohlenen Zorn vor sich hin und schloß die schrägen, dunklen Augen zur Hälfte. »Mehrmals« – er spielte jetzt mit der Ungeduld des anderen – »habe ich diesen Droschkenkutscher vernommen. Zu einem bestimmten Zeitpunkt wurde mir klar, daß es gut wäre, wenn er nichts von dem zugäbe, woran uns bei diesem Fall gelegen ist. Er ist ein düsterer und sehr hartnäckiger Fanatiker. Vor Gericht wird er eine stumme Anklage gegen die Verbrecher sein. Die wir dort neben ihn setzen. Er wird für ihre Schuld und seine eigene Unschuld bestraft werden. Denen zum Trotz, die sich in seinen Augen schon zur Schuld bekannt haben. Er wird sich dafür verantworten, daß er die Wahrheit nicht akzeptiert. Kraft einer fatalistischen Beschwörungsformel, die er einmal, das dunkle, wundertätige Marienbild vor Augen, nachgesprochen hat. Gerade er wird durch seine bedingungslose und schwer verständliche Hartnäckigkeit zu dem ernsthaftesten Argument der Anklage werden, dessen man sich im Laufe des Prozesses wird bedienen können. Dieses Argument wird vor Gericht keine größere Bedeutung haben, wohl aber eine Bedeutung für alle, die uns mit so großem Eifer beobachten. Ich habe nicht die Absicht, diesen Unglücklichen länger zu quälen. Im übrigen habe ich den Verdacht, daß er auf seine Weise eigentlich glücklich ist. Vielleicht glaubt er sogar an Sykstus' Unschuld.« – »Unsinn!« brachte der Präsident heraus. »Durch diesen Unsinn«, erwiderte er, »erringe ich manchmal Erfolge. Wir würden einen ernstlichen Fehler begehen, wenn wir ihn nicht auf dieselbe Bank setzten wie Sykstus und seine Freunde. Ich werde mit größter Aufmerksamkeit sein Verhalten beachten, sofern man mich nicht wieder zu einem neuen Fall ruft. Ich bin sehr gespannt darauf, was geschieht, wenn er endlich glaubt, daß alles, was wir ihm sagen, die Wahrheit ist, kurz – wenn er seinen Glauben verliert ...« Der Präsident steckte sich eine Zigarette an. Einen

Augenblick länger als notwendig hielt er das brennende Streichholz fest. Dann ließ er es jäh fallen, aber das glimmende Feuer fiel nicht auf das Grüne Tuch, mit dem der Schreibtisch bezogen war, sondern verlosch im Aschenbecher. »Woher haben Sie solche Ideen, Iwan Fjodorowitsch?« frage er und zog den Rauch ein. Langsam verflog sein Zorn. Natürlich begriff er, daß er sich geirrt hatte und daß der Fall des Droschkenkutschers in diesem Prozeß behandelt werden mußte. Vielleicht wird er sich einst sogar dieses Einfalls als seiner eigenen Initiative rühmen. Schließlich ist das ein Privileg meines Amtes, dachte er, während er den Zigarettenrauch schmeckte. »Ich werde mir alles überlegen, was Sie gesagt haben. Vielleicht haben Sie recht. Ich bin mit dem Fall nicht so genau vertraut.« Er suchte nach seinen Handschuhen. »Sie müssen oft mit dem Teufel sprechen ...« – »Ach nein«, er lachte, »solche Gelegenheiten ergeben sich nicht alle Tage ...« Der Präsident lachte ebenfalls auf. »Ich nehme Sie mit bis zum Hotel.« Im Korridor brannten bereits die Lampen. Sie kamen an einer Häftlingsgruppe vorüber, die zum Ausmarsch antrat. Es waren Arrestanten, die man zur Verhandlung hergeschafft hatte. Durch die offene Tür der Kanzlei konnte man die Schreiber an ihren hohen Pulten arbeiten sehen. Über den Lampen, die in Höhe ihrer Gesichter hingen, wogten die Aureolen des Tabakrauchs. Sie stiegen in den Wagen. »Ein interessanter Typ, dieses Sykstus!« sagte der Präsident. »Meinen Sie nicht auch, Iwan Fjodorowitsch, daß er einen ziemlich geschulten Kopf hat?« – »Mit Sicherheit«, antwortete er. »Ich habe mir stets überlegt«, fuhr der Präsident fort und setzte sich bequem zurecht, »wie das kommt, daß ein hohes Maß an Wissen bei manchen Menschen das Mitwirken der Phantasie ausschließt. Als ich noch ein gewöhnlicher Richter war, hatte ich damit ständig zu tun. Und ich habe es immer noch. Am häufigsten kommt es bei politischen Verbrechern vor. Die kann ich verstehen. Sie haben gewisse Ideale. Das reicht aus, um die gewöhnlich von allzu lästigen Regeln freie Phantasie zu töten. Aber es gibt auch kriminelle Verbrecher. Solche wie diesen Sykstus.« – »Ich glaube, Spiridion Apollonowitsch«, unterbrach er ihn, weil er genug hatte von diesen Ausführungen, »sie sind mit einer besonderen Art von Phantasie begabt; und diese hat nicht viel gemein mit der üblichen Auffassung vom gesunden Menschenverstand.« – »Meinen Sie?« fragte der Präsident verwundert. »Besitzt denn Sykstus Ihrer Ansicht nach diese besondere Art von Phantasie?« –

»Ja«, antwortete er. »Das drückt sich in einem spezifischen Mystizismus aus, einem anderen als dem uns gewohnten. Er entwächst einem anderen Stamm, und wenn er auch eine Deformation ist, grenzt er bestimmt nicht an den religiösen Wahn.« – Der Präsident lachte. »Dessen bin ich nicht ganz sicher . . .« Der Wagen hielt vor dem Hotel. Der Präsident murmelte noch etwas von dem Abendessen, zu dem er ihn einladen wollte. Seine Frau mache ihm Vorwürfe, daß er das bisher nicht getan habe. Er aber wisse, wie schwer es sei, in diesem verdammten Beruf etwas freie Zeit aufzutreiben. Auf seinem Zimmer fand er Briefe aus Petersburg vor. Außerdem die Visitenkarte des Arztes aus der Stadt, den er nach seinem Eintreffen aufgesucht hatte. Der Arzt schrieb, die Ergebnisse der Analysen seien nicht schlecht. Dennoch wolle er zusätzliche Untersuchungen vornehmen. Er zog seinen Kalender und notierte den vorgeschlagenen Termin der Visite. Bei ihrer ersten Begegnung – der Arzt wohnte auf der anderen Seite des Bahnhofs, ein kleines, einstöckiges Gebäude in einer dunklen, schattigen Allee – hatte er zwischendurch das auf dem Schreibtisch liegende Buch erwähnt. Es handelte sich um eine in deutscher Sprache gedruckte Arbeit des Arztes. Er hatte den Titel behalten: *Medizinische Logik. Kritik der ärztlichen Erkenntnis.* Wie sich herausstellte, war der Provinzdoktor auch Philosoph. Prävidismus und Pragmatismus interessierten ihn. Er beschäftigte sich mit Rätseln wie der logischen Veranlassung im Lichte der algebraischen Logik. Vor allem aber fesselte ihn die Philosophie der Medizin leidenschaftlich. Er fragte ihn, wie er das Thema auffasse, denn dieses Spezialgebiet komme bisher als Bereich wissenschaftlicher Forschung nicht vor. Der Arzt entgegnete, er könne seine Ansichten natürlich nicht im Verlauf eines einzigen Gespräches wiedergeben. Er bat den Doktor um seine Werke. Und wenn es nur der auf deutsch erschienene Band wäre. Er bekam ein Exemplar. Später fand er keine Zeit hineinzuschauen. Bei der bevorstehenden zweiten Begegnung würde er das Buch zurückgeben müssen. Er erinnerte sich – sie verließen gerade das Zimmer, er sah durch die offene Tür den Garten mit Sträuchern und Obstbäumen und im Hintergrund eine große Eberesche mit roten Vogelbeertrauben –, wie der Arzt ein Fragment seiner Theorie geschildert hatte und sich auf die Meinung eines hochgeschätzten Warschauer Wissenschaftlers berief. Er sagte, er wolle das Hauptgewicht in der Pathologie vom Körperbau auf die

Funktionen verlagern, von der pathologischen Anatomie auf die pathologische Physiologie. Keine Theorie der Krankheiten, sagte er, könne die anatomischen Veränderungen übergehen oder geringschätzen, doch man könne ihnen eine unterschiedliche Rolle beimessen. Nach den Anschauungen von heute oder vielleicht schon von gestern bedeute, eine Krankheit zu verstehen, die anatomischen Veränderungen zu untersuchen und zu beschreiben und aus ihnen andere pathologische Erscheinungen als notwendige Folgen der im Körperbau auftretenden Veränderungen abzuleiten. Indessen seien die anatomischen Veränderungen – er unterstrich das stark – weder der Anfang der Krankheit noch das Fundament in der Reihe der einander folgenden Erscheinungen. Das gesamte Leben reduziere sich auf die Sensibilität der Gewebe gegenüber äußeren Reizen. Während er auf der Schwelle stand und sich von dem hochgewachsenen, attraktiven Mann verabschiedete, überlegte er, ob dieser zufällige Besuch schließlich die Diagnose seiner Krankheit bringen könne. Der Arzt lächelte, sagte, es werde dieses Jahr bestimmt einen schönen Herbst geben, er würde jetzt gern in die Berge fahren, doch die häuslichen Umstände und die wissenschaftliche Arbeit hielten ihn leider am Ort fest. Er blieb noch ein Weilchen stehen, um mehr zu erfahren, obwohl er wußte, daß dies keine vernünftige Erwartung war, ein einziger Besuch konnte schließlich kein Geheimnis klären. Dennoch hoffte er, geleitet von der besonderen Kraft der dem Menschen innewohnenden Intuition, daß sein Schicksal in die Hand dieses unbekannten Mannes gelegt würde, daß jener endlich die Quelle seiner Krankheit fände und das Urteil spräche, von dem alles abhängt. Der Arzt schien zu ahnen, was ihn bedrückte. Er schaute sich ratlos um. Dann wies er auf die nahende Droschke. »Sorgen Sie sich nicht«, sagte er. »Ich befürchte nichts Schlimmes.« Wieder kam er auf den Fall des Paters Sykstus zurück. Nach dem ersten Verhör hatte er in einem Brief an seine Moskauer Freunde versucht, sein Aussehen zu beschreiben. Ein kleiner, untersetzter Herr wurde in den Raum geführt. Er trug einen schwarzen Zivilanzug, das Hemd mit steifem Kragen, ohne Krawatte. Ein großer, kahl werdender Kopf mit deutlich vortretender, etwas abgeflachter Nase, spitzem Kinn und schwarzen, eingesunkenen Augen. Aus den Akten, die auf dem Tisch lagen, ging hervor, daß er vierzig Jahre alt war; er sah aber wesentlich älter aus. Während des ersten Verhörs pflegte er die äußeren Reaktionen des Verhörten zu beobachten. Den Dolmetscher zog er nicht mehr heran. Er fragte nach eigentlich unwichtigen Dingen im Bereich der Familie, der Kindheit, er spielte den gelangweilten, ermüdeten Beamten. Doch alles in ihm war aufs äußerste gespannt. Er empfand diesen besonderen Moment der Konzentration, als erwachte er zum wirklichen Leben – eine Klarheit des Gedankens, eine Anspannung, die erlaubte, die Wahrheit jenseits allen Scheins fehlerfrei aufzudecken. Und zugleich das verblüffende Gefühl, das Blut erstarre ihm. »Herr Richter«, unterbrach ihn Sykstus plötzlich, »ich hätte lieber eine andere Reihenfolge. Ich möchte erst die Fragen über meine Angelegenheit beantworten. Die Details aus dem Lebenslauf sind doch wohl nicht das Wichtigste.« – »Entschuldigen Sie«, entgegnete er, »darüber entscheide ich. Warum meinen Sie, diese Einzelheiten seien ohne Bedeutung?« – »Weil ich jahrelang ein Mensch war, der sich durch nichts auszeichnete«, antwortete Sykstus. »Mein Gott«, seufzte er, »wer kann das wissen! Es gibt so viele im Alltag unmerkliche Kleinigkeiten, die dennoch über den weiteren Verlauf des Menschenlebens bestimmen! Zum Beispiel möchte ich wissen, ob Sie sich als Kind berufen fühlten und sich als Diener Gottes vorstellten. Das geschieht oft und vergeht ebenso oft. Manchmal dagegen wird aus solchen Spielen und jugendlichen Träumen ein stärkerer Wunsch, der schließlich dahin führt, daß der junge Mensch in ein Kloster eintritt.« – »Nein«, antwortete Sykstus, »ich habe damals solche Wünsche nicht empfunden.« – »Sie müssen mir ein gewisses Bekenntnis erlauben«, begann er nach einer Weile. »Ich möchte um unser beider willen, daß wir näher in Kontakt kommen. Ihnen wird das unnötiges Leiden ersparen und mir die Zeit der Verhöre wesentlich abkürzen. Also möchte ich gleich einleitend erklären, daß ich ein ungläubiger Mensch bin. Ich habe zwar ein bestimmtes Verhältnis zur Religion, aber dieses Verhältnis ist negativ. Ihre religiösen Erlebnisse müssen Ihre Art zu denken und die von Ihnen gefällten Entscheidungen beeinflußt haben. Das ist die erste Schwierigkeit, über die wir, denke ich, hinwegkommen werden; denn ich bin kein fanatischer Anhänger des Atheismus und ziehe aus der Tatsache, daß ich es mit einem religiösen Menschen zu tun habe, keine sehr weitgehenden Schlüsse. Es geht einfach darum, daß ich im Namen der Wahrheit die Motive zu verstehen wünsche. Berücksichtigen Sie das bei Ihren Antworten auf meine Fragen. Die zweite Schwierigkeit hängt mit der ersten zusammen. Ich bin zwar in einer Tradition erzogen worden, die sich auf den Glauben an Gott gründet, aber es war eine andere als die, welche Ihre Persönlichkeit geformt hat. Ich bin im Geist der orthodoxen Kirche erzogen worden, Sie dagegen in dem der römischen. Eigenartig, aber der Unterschied in der Sicht vieler Dinge ist ziemlich beträchtlich. Derselbe Erlöser starb für uns am Kreuz. Seine Leiden jedoch empfinden wir verschieden. Sicher geschieht das darum, weil wir uns Gott zu oft jenseits menschlicher Leiden vorstellen. Wie kann Gott leiden? Haben Sie einmal darüber nachgedacht?« Sykstus hörte aufmerksam zu. Er wußte, er würde es mit einem schwierigen Gegner zu tun haben, den man mit Hilfe der merkwürdigsten Maßnahmen würde überwinden müssen. »Ja, Herr Richter«, antwortete er, »ich bin imstande, mir ein solches Leiden vorzustellen. Ich weiß, wie er infolge meiner Schuld leidet ...« – »Das spricht bestimmt für Sie«, sagte er, »obwohl es mir schwer fällt zu glauben, daß jemand, sogar ein vom Schicksal so Geprüfter wie Sie, sich das Ausmaß dieses Leidens vorstellen kann. Ich meine sogar, hinter dieser Überzeugung verbirgt sich eine Art von Großtuerei, die uns wohl allen nicht fremd ist.« – »Ich weiß nicht«, murmelte Sykstus mit gesenktem Kopf, »ich möchte das aber um jeden Preis vermeiden. Ich muß demütig sein. Ich habe mir diese Pflicht in dem Augenblick auferlegt, als ich festgenommen wurde und begriff, daß das Ende gekommen war.« – »Aber Sie leben doch«, unterbrach er ihn zornig. »Sie müssen noch für Ihre Schuld büßen!« – »Genau darum bin ich als Mensch, der irgend etwas wählen kann, gestorben«, antwortete Sykstus ruhig. »Gewählt hat für mich Der, dem ich so unwürdig gedient habe ...« Er beschloß, heftiger zuzuschlagen. Noch wußte er nicht recht, ob sich hinter den Worten dieses Menschen nicht etwa ein Spott verbarg, dem er zum Opfer fallen sollte, und solange das sein konnte, durfte er seinen wachsenden Zorn nicht zeigen. Er muß wieder den Gelangweilten spielen und durfte seine Absicht nicht verraten. »Kehren wir noch einmal zurück zur Sache«, sagte er. »Dieses Gespräch ist sehr interessant für mich. Für den Prozeß – den Ihr Prozeß naht schließlich – können solche Klärungen eine wesentliche Bedeutung haben. Nennen wir dieses Kapitel das Kapitel Ihrer religiösen Erfahrungen. Jetzt interessiert mich etwas anderes. Erinnern Sie sich an Ihre Mutter?« – »Ja«, antwortete Sykstus. »Sie ist vor zwanzig Jahren gestorben ...« – »Ich weiß«, fuhr er fort. »Hat sie Ihnen nie Unrecht getan?« Er hob den Kopf. »Warum fragen Sie das?« – »Aus Notwendigkeit.« Er lächelte. »Ich stelle häufig zu Anfang diese Frage.« – »Nein, nein«, antwortete er schnell, als verscheuchte er einen aufdringlichen Gedanken, »ich erinnere mich an nichts dergleichen.« – »Sie hatten also eine ruhige Kindheit?« – »Nein, Herr Richter«, widersprach er. »In diesem Lande hat man keine ruhige Kindheit.« – »Wie soll ich das verstehen?« fragte er. »Mein Vater hat als junger Mann im Aufstand mitgekämpft«, entgegnete Sykstus. »Um der Genauigkeit willen möchte ich wissen: War das ein gegen unsere Herrschaft gerichteter Aufstand?« Er war ungemein neugierig, wie Sykstus wohl reagieren würde, und schloß halb die Augen. »Die Fragen der Politik sind mir nicht geläufig, Herr Richter«, sagte er. »Ebenso wenig die der Geschichte.« – »Wie das?« Er tat erstaunt. »Sie sprechen von einem Aufstand, der sich gegen die Staatsmacht richtete. Wenn ich es richtig verstehe, hat sich Ihr Vater durch die Teilnahme an diesem Aufstand das Patent eines Empörers ausgestellt.« – »Er war Eisenbahner«, sagte Sykstus. »Er stammte aus einer verarmten Adelsfamilie. Meine Mutter war die Tochter des Zuckerfabrikbesitzers der Stadt, in der sich unser Kloster befindet. Beide sind sie in patriotischem Geiste erzogen worden ...« – »Sie wollen damit nicht sagen«, bedrängte er ihn, »daß Ihr Vater dank dieser Erziehung einen verbrecherischen Weg betreten hat ...« Er ließ sich nicht provozieren. Doch der Richter vergaß nicht, daß hier die erste Grube war, in die dieser durchtriebene, von Demut redende Mönch eines Tages fallen mußte. Mochte er inzwischen beliebig oft wiederholen, er beschäftige sich nicht mit Politik und habe sich dafür nie interessiert. »Erinnern Sie sich an Ihren Vater?« fragte er. »Ja«, antwortete Sykstus, »aber nicht sehr deutlich. Es ist die Erinnerung an seine Gestalt; vielleicht erinnere ich mich manchmal seiner Stimme, aber keines einzelnen von ihm gesprochenen Wortes. Er war oft außer Hause. Das lag an seiner Arbeit. Um uns Kinder kümmerte er sich, er aß mit uns, ging mit uns spazieren, nahm uns mit in die Kirche.« – »Das war sonntags. Und an den Wochentagen? Erinnern Sie sich weiter. Üben Sie Ihr Gedächtnis. Wir treiben hier etwas wie Gewissenserforschung.« – »Das habe ich bereits getan«, unterbrach ihn Sykstus, »ohne meinen Vater. Seine Gegenwart benötige ich dazu nicht.« – »Irgendein Tag, ein Gespräch«, bat er, »Sie werden doch nicht alles vergessen haben.« – »Ja«, sagte er nach einer Weile, »ich weiß noch, er angelte gern und nahm mich manchmal mit an den Fluß.« – »Na, sehen Sie.« Er lächelte. »Tat er das oft?« – »Weiß ich nicht«, er schüttelte den Kopf, »vielleicht.« – »Sie waren also oft mit ihm zum Angeln?« fragte er. »Wir fuhren aus der Stadt hinaus. Gewöhnlich im Morgengrauen. Abends kamen wir zurück, und meine Mutter kochte dann zum Abendessen die mitgebrachten Fische. Ich hatte es gern, im Gras am Ufer zu liegen und die reglose Angel zu beobachten. Immer hoffte ich, wir würden abends einen riesengroßen Fisch mitbringen.« – »Und in Wirklichkeit?« unterbrach er ihn. »Habt ihr große Fische gefangen?« – »Ich weiß es nicht mehr, Herr Richter«, entgegnete Sykstus. »Manchmal glaube ich, es war so. Das ist eine Frage der Proportionen. Mein Vater mag der Ansicht gewesen sein, da gebe es keinen Grund, sich zu rühmen.« – »Lassen wir das.« Erst jetzt stellte er die Frage, die er schon anfangs hatte stellen wollen. »Wann hatten Sie zum ersten Mal ein Verhältnis mit einer Frau?« Sykstus ließ den Kopf sinken, hob ihn gleich wieder und schaute ihn an. Er versuchte, nicht die geringste Anspannung zu zeigen, schloß die Lider halb und hielt seinem Blick stand. »Hat das«, er lächelte, »etwas mit dem Angeln zu tun, Herr Richter?« – »In gewissem Sinne ja«, antwortete dieser, ohne zu lächeln. »Bitte beantworten Sie meine Fragen.« – »Kann ich«, begann er nach einer Weile, »die Antwort verweigern?« – »Ja«, sagte er. »Ich möchte Sie nur an Ihr Versprechen erinnern. Wir müssen das Ausmaß der Schuld bestimmen. Das heißt nicht, daß wir in Ihrem ganzen Leben nach Spuren zu suchen haben, die zum Verbrechen führen. Unsere Fähigkeiten, die Wahrheit zu suchen, sind begrenzt. Sie müssen uns helfen. Wenn ich richtig verstehe, was Sie bisher gesagt haben, erkennen Sie Ihre eigene Schuld an und ziehen aus ihr die entsprechenden Konsequenzen. Sie wollen büßen. Wenn es wirklich so ist, muß das Schuldgefühl Sie während unserer Gespräche begleiten. Wir berühren leider die dunkle Seite der menschlichen Natur. Sie müssen mir glauben, daß ich die ganze Zeit über bemüht bin, nicht nur diese Seite zu sehen ...« – »Das gehört nicht zu Ihren Pflichten, Herr Richter!« unterbrach er ihn unverhofft scharf. »Doch«, er lächelte bei der Antwort, »es gehört dazu. Ich bin nicht, denken Sie daran, der Richter, der dazu berufen ist, das Urteil zu sprechen, auf das Sie warten. Das ist nicht meine Aufgabe, das werden andere tun. Ich dagegen muß ihnen überzeugende Beweise liefern. Ich wiederhole, ich bin nicht Ihr amtlicher Richter. Ich bin ein Mensch, der Ihre Taten und die dazu führenden Motive kennen lernen soll. Mit anderen Worten, ich bin weder Teufel noch Engel. Ich klage nicht an und verteidige nicht. Ich bin ein Mensch, der die Wahrheit über einen anderen Menschen herausfindet. Ich bin ein Bruder dieses Menschen, falls das für Sie eine Bedeutung hat. Und falls das nicht zu pathetisch klingt«, schloß er. Als er, nachdem Sykstus schon abgeführt worden war, über bestimmte Einzelheiten ihres Gesprächs nachdachte, kam ihm die Doppeldeutigkeit zum Bewußtsein, die in den Antworten des Häftlings sichtbar war. Es fehlte ihm an Grundlagen, um der Ansicht zu sein, daß alles, was er über die freiwillig auferlegte Buße gehört hatte, bare Lüge sei. Sykstus hatte sich in der Tat sofort nach der Verhaftung zu seiner Schuld bekannt. Aber das konnte eine nicht hinreichend durchdachte Reaktion gewesen sein. Auf jeden Fall mußte er selbstverständlich alle Verteidigungsmöglichkeiten berücksichtigen. Es ging darum, ob der Häftling sich bis ans Ende zu voller Offenheit entschied. Indem er über dieses Ende nachdachte, meinte er nicht so sehr die Gerichtsverhandlung – dann würde Sykstus' Geschick ihn nichts mehr angehen – als vielmehr alle weiteren Etappen der Ermittlung, die mit Rücksicht auf den besonderen Charakter des Falles sich lange hinziehen würden. Noch vor einem Monat hatte er in seinem Zimmer im Ministerium gearbeitet. Er hatte regelmäßige Gespräche mit dem Ministerialbeamten geführt, der für die Gerichtsaufsicht verantwortlich war. Vor kurzem erst war er von der Krim zurückgekehrt. Der Urlaub war ihm nicht recht gelungen. Er klagte über irgendwelche seltsamen Unpäßlichkeiten. Gleich nach der Heimkehr hatte Olga ihm die Adresse eines berühmten Arztes gegeben. Der Arzt untersuchte ihn und verschrieb ihm Medikamente, doch die Schmerzen kamen immer wieder. Ende September wurde er zum Minister gerufen. Er erfuhr, daß er nach P. fahren sollte, um die Ermittlung im Fall Sykstus zu führen. Was er an Ort und Stelle in Petersburg feststellen konnte, ließ darauf schließen, daß er dort auf ernstliche Schwierigkeiten stoßen würde. Sie würden nicht in der Natur der zu führenden Untersuchungen liegen, sondern in der Atmosphäre ringsum. Den Zeitungen entnahm er erste Informationen. Dies waren die Tatsachen: In einer entlegenen Vorstadt des Ortes, wo sich das in ganz Europa bekannte Kloster befindet, wurde aus einem Teich ein Sofa herausgefischt. Darin fand man die Leiche eines jungen Mannes, den jemand mit mehrern Axthieben auf den Kopf getötet hatte. Anschließend wurde festgestellt, daß das Sofa aus dem Kloster stammte und auf Bestellung der Mönche angefertigt worden war. Die Identität des Ermordeten wurde festgestellt. Dann rollte alles blitzschnell ab. Aus dem Kloster waren, nachdem sie die Schatzkammer bestohlen hatten, zwei Mönche geflohen. Einer von ihnen hieß Sykstus. Er wurde wenige Tage später in Begleitung einer jungen Frau aufgegriffen. Mit diesen Nachrichten bestieg er auf dem Warschauer Bahnhof in Petersburg den Zug, der ihn an den Tatort bringen sollte. Olgas Mann hielt sich zu dieser Zeit in Moskau auf, sie hatten also den letzten Tag vor seiner Abreise gemeinsam verbringen können. Sie legten fest, daß Olga in der Zeit seiner Abwesenheit – er wußte, die Ermittlung im Fall des klösterlichen Verbrechens würde lange dauern – mit ihrem Mann über die Scheidung sprechen würde. In letzter Zeit waren sie immer wieder auf dieses Thema gekommen. Zwar hatte sich Olga zur Scheidung entschlossen, doch je akuter sie wurde, desto häufiger bestätigten sie einander die Notwendigkeit dieses Schrittes. Warum das so geschah? Er bemerkte, daß sie beide die Angst nicht verließ vor dem, was sie anstrebten. Vielleicht hatte ihre Verbindung ganz einfach zu lange gedauert, und die lästige Doppelbödigkeit ihres Handelns hatte allmählich die Bande gelockert, die sie vereinten? Er lehnte sich gegen diese Vermutungen auf. Er beugte sich über sie, er sah ihre erhobenen Lider und ihren forschenden Blick. Am Grunde dieses Blicks fand er einen Schatten von Kummer, als zerrinne zwischen ihren Fingern unwiderbringlich etwas sehr Wertvolles, das sie beide noch erleben könnten. Er gab sich an allem selbst die Schuld, konnte sich aber kein Versäumnis vorwerfen. Olga nämlich hatte gezögert, einen Entschluß zu fassen. Schätzte ihr Mann, ein braver Bankbeamter in hoher Stellung, tatsächlich Freundschaft, Verbundenheit und Brüderlichkeit so sehr? Das konnte er sich nicht vorstellen. Wieviele Männer und Frauen der Gesellschaft, in der sie sich ständig bewegten, lebten ähnlich, ohne sich mit viel Skrupeln zu belasten. Aber hinter diesem verschlungenen Netz von Lügen und Treulosigkeiten verschwand langsam jede moralische Wahrheit. Olga behauptete, eine derartige Gefahr drohe ihnen nicht. Sie meinte im Scherz, sie sei nicht der Mensch, der aus beruflicher Notwendigkeit die Welt des Bösen kennen lerne, wo es keine moralische

Wahrheit gebe, sondern nur die sich auf Lüge und Verbrechen gründenden eigenen Normen des Handelns. Sie führe nicht in verschiedene Städte und Städtchen des gesamten Zarenreiches, um allerlei verbrecherische Geschehnisse zu untersuchen. »Olga«, bat er da, »es ist wirklich eine schwere Last. Ich vergesse es nie, obwohl ich manchmal im Interesse der mir anvertrauten Sache die eigenen Beurteilungen beiseite schieben müßte. Hinter jedem Fall verbirgt sich das gemeine, übermächtige menschliche Elend. Und das Bewußtsein, daß man letzten Endes selber die guten Instinkte von den bösen unterscheiden kann, die viele dieser Menschen ins Verbrechen treiben. Und was hat man davon? Die praktischen Schlüsse reduzieren sich stets auf die Normen des Strafgesetzbuches. Dann entsteht die Auflehnung gegen diese Normen und die amtliche Einteilung in Gut und Böse.« Sie lachte. »Über diese Wahrheit«, antwortete sie, »kannst du bei Dostojewskij nachlesen. Aber er ist kein Spezialist für die Lösung konkreter Kriminalrätsel und darf sich allein auf die eigene Phantasie verlassen. Nun ja, gut, auch auf die Kenntnis des Lebens. Trotzdem ist seine Wahrheit eine ausgedachte Wahrheit. Du aber solltest aus deinen Beobachtungen keine verallgemeinernden Schlüsse über die Natur des Menschen ziehen.« Er mochte solche Scherze nicht. Zu nahe lag die Grenze, hinter der sich das Gefühl für die Verantwortung verliert. »Für welche?« fragte sie. »Nur die ist etwas wert, die unsere Schwäche nicht ausspart.« Er versuchte, mit ihr über etwas anderes zu sprechen. Über die letzten Theaterpremieren, über Konzerte, zu denen sie nicht hatten gemeinsam gehen können, über eine Ausstellung finnischer Landschaftsbilder. Er sah zu, wie sie sich gegenüber dem großen Spiegel in seinem Schlafzimmer auszog, er betrachtete sie ganz, während sie sich ihm zuwandte. Als er sich später über sie beugte, um sie zu küssen, bemerkte er wie jedesmal den aufmerksamen, sehr eindringlichen Blick aus ihren weit geöffneten Augen, mit dem sie ihn umfing. Unterwegs machte er zwei Tage in Warschau Station. Er erfuhr von der hier vorhandenen Hysterie und den hartnäckig wiederkehrenden Gerüchten, der Fall Sykstus sei von der örtlichen Verwaltung präpariert worden, die auf eine Kompromittierung des Klosters abziele. Man empfahl ihm, vorsichtig vorzugehen, um verschiedenen Zweiflern nicht allzu viel Material zu liefern. Komisch! dachte er, natürlich ohne die Ursachen seiner Heiterkeit zu verraten. Schließlich war er ja selbst ein Atheist, dem das Milieu dieser Zweifler aus verschiedenen Gründen sehr nahe sein mußte. Vorsichtig vorzugehen und alle Umstände des Verbrechens ans Tageslicht zu holen, das bedeutete die Anzeichen der im Kloster herrschenden moralischen Zersetzung nicht gering zu achten. Man machte ihn am Ende auf eine besonders wesentliche Tatsache aufmerksam. Die hiesige Gesellschaft hielt das Kloster für ihre geistige Bastion. Der Fall Sykstus konnte das Ansehen dieses Ortes herabziehen, und gerade das sollte das mittelbare Ziel seines Wirkens sein. »Wenn also, verehrter Iwan Fjodorowitsch, die ganze Affäre einen politischen Hintergrund hat«, erläuterte ihm im Warschauer Schloß ein höherer Beamter, der die örtlichen Verhältnisse gut kannte, »dann ist es die Kompromittierung eines feststehenden Symbols, hinter dem sich nicht nur religiöse Gehalte verbergen ...« Klarer konnte man das nicht ausdrücken. Von Warschau aus fuhr er dorthin. Er erlebte die letzten Sommertage oder eigentlich die ersten ernsthaften Anzeichen des Herbstes. In Petersburg hatte der Sommer noch in seinem dort so kühlen Zenit gestanden. Langsam vergaß er die Hitze auf der Krim, wo er sich vor kurzem ausgeruht hatte und wo das Grün von der Sonne ausgeblichen war. In Petersburg und unterwegs, wenn er durch das Abteilfenster die vorbeiziehende Landschaft beobachtete, hatte das Grün Saft und Kraft noch nicht verloren, standen die Herbstfarben noch aus. Hier wurden die Bäume bereits golden. Er kam an zwei großen Parks vorbei. Vor seinen Augen erhoben sich die hohen Steinmauern der Klosterwälle und der spitze, schlanke Turm. Rund um das Kloster ein Jahrmarkt. Buden und unzählige Stände. Kleine, einstöckige Häuser, die Höfe vollgestopft mit Pferden und Wagen. Lädchen mit Devotionalien. Schmutz auf den Gehwegen, volle Rinnsteine. In der Luft Gestank. Und überall diese undurchdringliche Menschenmenge, gemischt aus verstörten und in dieser Umgebung hilflosen Dorfbewohnern und den Einheimischen, die an ihren listigen und selbstsicheren Blicken unschwer zu erkennen waren; diese Schlauberger übertölpelten die Armen, die um irgendwelcher höheren Ziele willen herkamen, zu Erlösung, Buße oder Beruhigung nach lebensbedrohenden Erfahrungen. Er kannte diese Menge, obwohl rund um die großen orthodoxen Klöster alles anders aussah. Auf den ersten Blick war dort alles viel bunter, die Architektur stand der fröhlichen Weltsicht näher. Mindestens nach außen hin gab es dort nicht soviel Strenge, und natürlich war vor allem die Sprache der Menge seinem Herzen näher. Hier erklang sie scharf, voll einer besonderen Rauhheit. Man konnte zwar einzelne Wörter verstehen, die sich die Leute zuriefen, dennoch blieb das Gefühl vollständiger Fremdheit. Er gab acht, daß ihm im Gedränge nicht rein zufällig die Brieftasche entwendet wurde, und steckte sie in die innere Tasche. Er irrte umher. Die Sonne wärmte kräftig, in den Gassen gab es wenig Schatten. Pilger saßen in den Toreinfahrten oder einfach auf den Bürgersteigen. Junge Gesichter fand er unter ihnen selten. Alle aber zeigten starke Erschöpfung. Als ob sich die Leute hier nach dem Eintreffen zum letzten Schlaf niederlegen wollten. Seine Besonderheit erregte keine Aufmerksamkeit. Ihre nichtssehenden Blicke glitten über ihn hinweg. Mit Sicherheit, das bemerkte er, beteten sie nicht. Er beschloß, erst am nächsten Tag das Kloster aufzusuchen. Inzwischen umrundete er die Mauern. Er bemerkte, daß man das Kloster auf einem Kalksteinhügel errichtet hatte, von dem sich nach allen Seiten ein weiter Blick in die Landschaft bot. Da er nicht auf die Uhr sah, wußte er nicht, wieviel Zeit verging. Er beschloß, in sein Hotel zurückzukehren. Und da, auf dem Rückweg, zwischen den beiden Parks, als er eine breite, gepflasterte Allee hinabschritt, begegnete ihm eine Gruppe Pilger, die sich zum Kloster begab. Sie gingen nicht, sondern rutschten auf den Knien und sangen zugleich halb schreiend ein abgehacktes Lied. Es erschütterte ihn, der so etwas noch nie gehört hatte, dermaßen, daß er stehen bleiben und sich an einen Baum lehnen mußte. Er spürte sein Herz heftig schlagen. Er betrachtete sie. Es war keine große Gruppe, nur ein gutes Dutzend Leute. Frauen und Männer in Bauernkleidung. Der Greis an der Spitze hielt ein schwarzes römisches Kreuz mit dem weißen Christus in hoch erhobenen Händen. Man sah, wie seine Arme unter der Last nachgaben. Er blickte empor und hielt die Lider geschlossen, weil die Sonne ihm ins Gesicht schien und seine Augen mit ihrer Helligkeit blendete. Die Lippen bewegten sich. Er sang. Ihm folgten in einigem Abstand die anderen. Mit gleichfalls erhobenen Köpfen. Es schien, als verharrten sie auf der Stelle. Doch sie schoben sich langsam vorwärts. Noch hatten sie nicht die Hälfte des Weges hinter sich gebracht. Man kann überall, dachte er, während er sie trockenen Auges musterte, überall kann man solche Bilder beobachten. Dieselbe freiwillige Demütigung. Dieselbe Last der Schuld, deren sie sich zu entledigen wünschen. Die Hoffnung auf einen Lohn, den es nie geben wird. Das Gefühl des Bedauerns, das ihn erfaßte, weckte noch eine andere Reaktion – Zorn. Dieser Zorn resultierte nicht aus Verachtung, denn er empfand eine nahe Verwandtschaft mit ihrer Hartnäckigkeit und ihrer Hoffnung. Er entstand vielmehr aus der Überzeugung von der Sinnlosigkeit ihrer Anstrengung. Die Krankheit, die diese Leute befallen hatte, war auch seine Krankheit. Im Unterschied zu ihnen vermochte er sie allerdings zu bezeichnen. Er kannte ihre wahren Quellen, die jene dort in magischen Handlungen suchten. Sie näherten sich ihrem blendenden Stern, doch am Ende des Weges wartete bereits die Menge der Schlaumeier und Beutelschneider mit den heuchlerisch verzogenen Gesichtern von Hinterhof-Frömmlern. Sie bewegten sich Schritt für Schritt in ihrer eigenen dunklen Welt. Und nie während der langen Zeit, die er mit der Besichtigung des Stadtteils rund um das Kloster verbrachte, nie stieß er auf ein Zeichen der Freude. Auch der Gesang, mit dem sich jene auf den Knien fortbewegten, zeugte nicht von einem derartigen Gefühl. Er war bedrückend, als enthielte er Begräbnismotive, trostlosen Kummer, Rufe aus dem Grabe. Sehr lange stand er so da und lauschte den Schlägen seines eigenen Herzens, die durch ihr Klagelied drangen. Die Zeit verging unmerklich, bis die letzten, die sich gegenseitig fast stützten, in schwerfälligen Bewegungen an ihm vorübergezogen waren. Er wischte sich mit dem Taschentuch den Schweiß von der Stirn und machte sich auf den Weg zur Hauptstraße, die die Stadt durchschnitt. Hier, zwischen den Parks, am Weg zum Klostertor befand sich kein Halteplatz für Droschken. Der Weg war für Pferde gesperrt. Erst weiter unten, an der Einmündung in eine Straße konnte er eine vorbeifahrende Droschke anhalten und sich ins Hotel fahren lassen. Sein Herz beruhigte sich. Er spürte keine heftigen Schläge mehr. Links gegenüber dem Magistrat erblickte er unter alten Bäumen eine orthodoxe Kirche mit grünen Kuppeln. In der fremden Umgebung konnte ein einziger derartiger Akzent, auch wenn er keinen Symbolcharakter aufwies, schon Freude wecken. An diesem Tag ging er weder zum Essen hinunter noch beendete er den angefangenen Brief an Olga, in dem er seinen Aufenthalt in Warschau und die Gespräche mit den Beamten dort geschildert hatte. Er öffnete das Fenster, obgleich sofort der Lärm des Bahnhofsvorplatzes ins Zimmer drang, und legte sich auf das Sofa. Da spürte er plötzlich die heftige Flut des Schmerzes. Es war derselbe bekannte Schmerz, der sich kürzlich auf der Krim zum ersten Mal bemerkbar gemacht hatte. Zusammengekrümmt ging er zum Schreibtisch, um ein Glas Wasser zu trinken. Seine Hände zitterten, er fürchtete zu stürzen. Sein Blick fiel auf die Tür. Daneben sah er an der Wand die Klingel. Er überlegte, ob er sich dorthin schleppen und Hilfe herbeiholen solle. Er wartete. Der Schmerz wuchs, durchzog die Bauchmuskeln und bedrängte den Brustkorb. Er glaubte das Bewußtsein zu verlieren. Vielleicht geschah das auch wirklich. Er erwachte erst, als der Schmerz verging. Noch atmete er mühsam, aber er merkte, daß der Schmerz weichen würde. Er erreichte die Oberfläche, aufsteigend aus einer warmen, blutigen Tiefe, in der er versunken war und aus der er langsam, heftig nach Luft ringend, zurückkehrte. Allmählich unterschied er die Gegenstände seiner Umgebung, die Geräusche von der Straße, den Hufschlag auf der Fahrbahn und die Stimmen der Menschen. Gegen Abend rief er einen der Gerichtsbeamten an und bat um den Namen eines vertrauenswürdigen Arztes. Der Beamte fragte, ob etwas Ernstliches passiert sei. Er wollte sofort ins Hotel kommen. Er beruhigte ihn aber, es sei nichts Gefährliches. Die übliche Erschöpfung nach der Reise. Er notierte die genannte Adresse und begab sich noch am gleichen Tag – ein Hotelbote kündigte seinen Besuch an – in das einstöckige Haus jenseits des Bahnhofs. Dem Arzt berichtete er von dem kürzlich erfolgten Anfall, der sich nun wiederholt habe. Auch erwähnte er die ihm in Petersburg verschriebenen Medikamente. Später, nach der Untersuchung, begann er, über das Buch zu sprechen, das auf dem Schreibtisch lag. Der Arzt sagte, er beschäftige sich auch mit wissenschaftlicher Arbeit. Ihn bewegten nämlich Fragen aus dem Bereich der Logik und die Möglichkeit, sich dieser bei der medizinischen Forschung zu bedienen. Er wies nach, wie nützlich hier die in der Logik bekannten Erkenntnismethoden sein könnten, durch Ähnlichkeit, Unterscheidung und Ausschließung. Seine Thesen untermauerte er mit Beispielen aus dem Gebiet der Pathologie und der Therapie. Schlüsse von hohem Wahrscheinlichkeitsgrad schrieb er der Unterscheidungsmethode zu. Sie bilde seiner Meinung nach genau genommen eine Art Kontrollfunktion, die eine zuvor nach dem Prinzip der Ähnlichkeit gewonnene Erkenntnis bestätige. Weiter erläuterte er, es sei nicht leicht, aufgrund der drei erwähnten logischen Methoden eine Diagnose zu stellen. Dazu benötige man ziemlich viel Zeit. Praktische Gründe zwängen den Arzt überall zur Eile, in großen Forschungszentren, Universitätskliniken und Provinzpraxen. Darum bediene er sich bei der Erkennung der Krankheit der induktiven oder der deduktiven Methode. Wer den Wert jeder der genannten Methoden richtig einschätze – er sprach mit spürbarer Ungeduld –, könne die logischen Fehler aufdecken, die sich aus Unkenntnis logischer Grundsätze oder auch ganz einfach aus ihrer falschen Anwendung ergäben. Als er das mit winziger Schrift bedeckte Rezept in Empfang nahm, sagte er, wie sehr er die Mühe bewundere, die sich sein Gesprächspartner gebe. »Herr Doktor«, fügte er hinzu, »Ihre Bemühungen resultieren auf natürliche Weise aus dem Fortschritt der Wissenschaft und werden bestimmt, obwohl ich das schlecht beurteilen kann, ihre Reichweite vergrößern. Ob indessen die Anwendung derartiger Regeln, die sich im Bereich des logischen Experiments bewährt haben, in der ärztlichen Tätigkeit wirklich sinnvoll sein können?« Der andere schaute ihn verwundert an. »Wir haben«, fuhr er fort, »das letzte Jahrhundert hindurch verzweifelt versucht, die Welt zu rationalisieren. Wir haben Hunderte von Systemen geschaffen, in denen sich alles unterbringen lassen müßte, was auf dem Gebiet unserer Erkenntnismöglichkeiten existiert. Trotzdem leben wir immer wieder anders, sterben anders ...« Er stand auf und bat um Entschuldigung, daß er dem Arzt mit seinen Zweifeln so viel Zeit genommen habe. »Ich bin ein Laie, Herr Doktor«, sagte er, »ich handle aufgrund entsprechender Vorschriften. Meistens bin ich umgeben von einer Unzahl von Paragraphen, Gesetzen und amtlichen Verordnungen. Wenn ich dem Verbrecher Auge in Auge gegenüber stehe, spüre ich jedesmal, wie vollkommen ungeeignet diese Normen sind. Sie sind nötig, um einen Menschen zu verurteilen, das weiß ich, aber sie werden völlig überflüssig, sobald ich versuche, ihn zu verstehen ...« Der Arzt hob die Schultern. Er hatte den Eindruck, als dächte er an etwas anderes, das gewiß mit seiner Anwesenheit zusammenhing. Waren es vielleicht Überlegungen zur Diagnose? Oder wollte er nur den beruflichen Kümmernissen eines Untersuchungsrichters nicht länger zuhören, den ein vorübergehender Anfall und eine im Grunde geringfügige Krankheit in seine Praxis geführt hatten? Noch einmal also entschuldigte er sich. Sie standen auf dem Korridor. Die Tür zum Garten war offen, und für einen kurzen Moment sah er den großen Ebereschenbaum mit seinen roten Früchten. Der Arzt bat um einen zweiten Besuch nach der Auswertung der nötigen Analysen. »Dann«, er lächelte, in der Hand sein Buch, das er ihm zu leihen versprochen hatte, »packen wir den Stier bei den Hörnern, wie man bei uns sagt, obwohl wir nie in der Arena mit Stieren gekämpft haben.«

Nachdem er tagelang mit Sykstus gesprochen hatte – auf bestimmte Einzelheiten mußte er noch zurückkommen – verhörte er den Mönch, an dessen Silhouette er sich sehr genau vom ersten Besuch im Kloster her erinnerte. Damals hatte er im Kreise der alten Ordensleute gesessen. Im weißen Habit, hochgewachsen, sehr schlank, mit prächtigem grauem Bart, den er von Zeit zu Zeit in zärtlicher Bewegung glatt zu streichen pflegte. Er hatte geschwiegen oder vielleicht ein-, zweimal auf unwesentliche Fragen geantwortet, er war konzentriert gewesen und hatte auf ihn – irrtümlicherweise, wie er jetzt meinte – verängstigt gewirkt. Die Strenge dieses Gesichts war ihm aufgefallen. Wie sich herausstellte, hatte er an dem kritischen Tage, als im Kloster der Mord geschah, gerade Dienst an der Pforte zur Klausur getan. Dieser Teil des Gebäudes war abgeteilt von dem geräumigen Vorflur, aus dem man über mehrere Stufen durch eine große Eichentür in die Kirche gelangte. Die Tür blieb stets geschlossen. Wenn also jemand, d. h. ein Mann – Frauen war entsprechend der Ordensregel der Zugang überhaupt untersagt, dieses Detail darf man nicht vergessen bei bestimmten Teilen der Aussagen, die Sykstus gemacht hat –, hineingelangen wollte, mußte er erst die Glocke ziehen, die an der Wand befestigt war. In solchen Fällen kam der Diensttuende an die Tür, machte ein kleines Fenster auf, um nachzusehen, wer draußen stand, und öffnete, falls es nötig war. Die Ordensregel, die er natürlich kennengelernt hatte, ehe er seinen ersten Besuch bei den Mönchen machte, gestattete gelegentlich den Empfang männlicher Besucher in den Zellen. Häufiger traf man sich, wenn es sich um geringfügige Angelegenheiten handelte, in der neben diesen Räumen befindlichen großen Sprechzelle, wo Sessel, bequeme Sofas und ein großer antiker Tisch standen. Es kam jedoch vor – solche Fälle gehörten, wie er feststellte nicht zu den Seltenheiten –, daß die Patres Gäste in ihren Zellen empfingen. Man hatte sich dann um eine Genehmigung des Priors zu bemühen, doch war das eigentlich eine Formsache, da, wie sie darlegten, dieser Bitte immer entsprochen wurde. Zugegeben, dachte er, dieses Privileg ermöglicht es, ständige Kontakte mit der Außenwelt zu unterhalten, obwohl es an Gelegenheiten dazu auch außerhalb der Klausur nicht fehlte, wo sich die Mönche völlig frei bewegten. Die Frage war nur, ob tatsächlich alle empfangen wurden, die die Schwelle der Klausur zu überschreiten wünschten. Vielleicht mochten sie die vollständige Wahrheit nicht preisgeben? Er hegte den Verdacht, daß sie, während die detaillierte Ermittlung im Fall Sykstus abrollte, eine sehr viel genauere Feststellung in ihrem eigenen Bereich trafen. Sollte sich diese Annahme als richtig erweisen, konnten sie im Gespräch mit ihm bei geschickter Rollenverteilung lügen. Sie gaben sich Mühe, den Eindruck zu erwecken, das Kloster wolle nichts vor den Behörden verbergen. Andererseits mußten sie damit rechnen, daß irgendeine unangenehme Wahrheit über die Klostermauern hinausgelangen konnte. Und dann mußte man sich im Namen eines höheren Ziels eine Lüge gestatten, die man sich im übrigen schnell vergeben lassen konnte. Der Fall Sykstus' und seiner Freunde enthüllte gewiß viele andere, weniger drastische Geschichten. Es ist schlecht vorstellbar, dachte er, in einer Gemeinschaft, die organisiert ist wie das Kloster, diese Art Lebensstil zu pflegen, ohne daß alle es wissen. Selbstverständlich meinte er damit nicht alle Ausschreitungen. Vor allem nicht die, welche Kontakte mit Frauen betrafen. Diese Dinge geschahen, wenn man so sagen darf, auf neutralem Gebiet. Er bat den Mönch, eine Weile zu warten, und vertiefte sich in die Lektüre der Dokumente. Das dauerte ziemlich lange. Er hörte sein nervöses Schnaufen. »Herr Richter«, brachte er schließlich heraus, »ich habe zahlreiche Pflichten ...« Er hob den Kopf. »Entschuldigen Sie, Pater«, dabei blickte er auf, »wir versinken in einem Meer von Papieren. Man kann sich auf das eigene Gedächtnis nicht mehr verlassen, und – Sie werden verstehen – Besonnenheit und Ordnung sind hier unerläßlich. Wir können jetzt zum Verhör übergehen.« – »Dann bitte ich«, sagte jener, »einleitend klarzulegen, in welcher Funktion ich hier bin.« Er schloß die Mappe und blickte schweigend vor sich hin. Aha, dachte er, sie werden, bevor sie herkommen, von einem hinzugezogenen Juristen belehrt. Sie haben ihre Rolle auswendig gelernt. Er beschloß, den Dummkopf zu spielen. »Ich verstehe Sie nicht, Pater«, er hob die Schultern. »Ich möchte wissen«, wiederholte jener und bekam plötzlich ein purpurrotes Gesicht, »ob ich in dieser Amtsstube als Zeuge sitze oder als

Verdächtiger?« – »Wieso?« Er legte in vorgetäuschter Verwunderung die Hände auseinander. »Die Verdächtigen befinden sich doch schon längst hinter Schloß und Riegel. Wer hat Ihnen gesagt, Pater, wir hätten Sie als Verdächtigen zu einem Gespräch gebeten?« – »Niemand, niemand«, versuchte jener zu beruhigen. »Man kann euch jetzt wegen allem verdächtigen«, rutschte es ihm heraus. »Uns?« fragte er. »Was meinen Sie, Pater?« – »Nichts«, murmelte der. »Ihr habt einen Lärm gemacht, als wäre der Teufel auf die Erde herabgekommen.« – »Sie meinen, Pater«, unterbrach er ihn, »er wäre nicht herabgekommen?« – »Was ich dazu meine, hat nichts zu sagen«, gab er zurück. »Ich verstehe«, er lächelte wieder. »Der Teufel kann manchmal die Gestalt eines Mannes im Habit annehmen oder sich in der Dienstuniform eines Justizbeamten zeigen. Meinetwegen bin ich also der Teufel, wenn Sie das wünschen, Pater.« – »Ich mache nicht gern Scherze über dieses Thema«, antwortete der Alte. »Und ich bin völlig sicher, daß dies hier nicht der richtige Ort ist für solche Scherze, Herr Richter.« – »Dieser Ansicht bin ich auch.« Er zündete sich eine Zigarette an, ohne vorher Zustimmung einzuholen. »Bitte sagen Sie mir, was an dem fraglichen Tage geschah, vom Augenblick an, als Sie den Dienst an der Pforte übernahmen.« Der Mönch rückte sich auf dem Stuhl zurecht und warf einen Blick auf den zum Schreiben bereiten Sekretär, der seine Aussagen notieren sollte. »Gegen neun Uhr morgens, gleich nachdem ich den Dienst übernommen hatte«, begann er, »traf ich Pater Sykstus . . .« Ein charakteristischer Zug der Solidarität, die ihn von Sykstus sprechen läßt, als trüge der weiterhin den Habit. »Er war im Mantel und hielt einen Hut in der Hand. Ich fragte ihn, ob er fortgehe. Er antwortete, zum Bahnhof. Morgens treffe der Zug aus Warschau ein, und mit diesem Zug komme ein Verwandter zu Besuch. Ich öffnete die Tür, und Pater Sykstus ging hinaus.« – »Das war gegen neun Uhr morgens«, unterbrach er ihn, »bitte sagen Sie, was Sie nach seinem Fortgang getan haben.« – »Pater Sykstus kehrte gegen elf Uhr zurück . . .«, begann er. Doch der Richter unterbrach ihn nochmals und bat ihn zu erzählen, was zwischen neun Uhr und Sykstus' Rückkehr geschehen sei. Der Mönch wunderte sich. »Nichts«, sagte er. »Ich habe die Vita des heiligen Hieronymus gelesen.« – »Ich frage, ob in dieser Zeit noch jemand die Klausur verlassen hat und ob Sie jemanden hereingelassen haben.« – »Was glauben Sie denn«, entgegnete er. »Wir sind doch für das ganze Kloster da. Ständig ist jemand hinausgegangen, in die Kirche oder in die Wirtschaftsgebäude.« – »Ihr notiert sie natürlich nicht«, vergewisserte er sich, »alle Hinaus- und Hineingehenden?« Der Alte lachte auf. »Was ich da für Papier verbrauchen würde! Und wozu auch?« – »Ich verstehe«, räumte er ein. »Wer ist also in dieser Zeit gekommen?« – »Genau kann ich mich daran heute nicht mehr erinnern. Ich weiß auf jeden Fall, daß ich den mir bekannten Veterinär eingelassen habe, der zu einem Gespräch mit dem Pater Prior in die Bibliothek ging.« – »Finden derartige Begegnungen nicht in der Sprechzelle statt?« fragte er verwundert. Er wußte bereits – denn sein Assistent hatte zuvor den Veterinär verhört –, daß die beiden in der Bibliothek über eine Epidemie gesprochen hatten, von der das Vieh im klösterlichen Kuhstall befallen war. Nach dem kurzen Gespräch hatte der Veterinär einen ihm bekannten Pater in dessen Zelle besucht, der das Klostervermögen im Bereich der Mauern verwaltete. Sie unterhielten sich dort recht unoffiziell über die Gerüchte in der Stadt und tranken einen Likör, den der Pater in einem speziellen Wandversteck aufbewahrte. Der danach gefragte Mönch bestätigte die Tatsache des Gesprächs und erklärte, infolge seiner Funktion geschehe es häufig, daß er allerlei Leute aus der Stadt empfange und sie manchmal – er selbst trinke keinen Alkohol – mit einem oder zwei Gläschen Likör bewirte. »Der Pater Prior«, antwortete der Mönch, »arbeitete an jenem Tag in der Bibliothek, darum meinte ich, es wäre besser, wenn sich der Veterinär direkt dorthin begäbe. Er ist ja ein alter Bekannter von uns und wird öfter ins Kloster gerufen.« – »Sehr gut«, unterbrach er ihn, »wann haben Sie ihn eingelassen?« – »Das weiß ich nicht«, stotterte er. »So genau weiß ich die Einzelheiten nicht mehr. Ich weiß nur, daß er noch mit Pater Ambroży gesprochen hat.« Er war absolut sicher, daß sie diese Einzelheiten festgelegt hatten, ehe der Mönch hier erschienen war, und daß solche Beratungen immer stattfanden, wenn einer von ihnen eine Vorladung vor Gericht erhielt. Das macht nichts, dachte er. Allem Anschein zum Trotz fühlen sie sich sehr viel mehr betroffen, um kein härteres Wort zu gebrauchen, als das bisher festgestellt wurde. Sie leben in großer Spannung, bereit, die einstudierten Rollen herzusagen. In diesen Fällen erreicht man die nötige Überlegenheit leichter, wenn man das Verhör in völliger Ruhe führt. »War dieser Ambroży«, fragte er den Alten, »auch ein Freund von Sykstus?« – »Herr Richter«, die zum Bart erhobene Hand fiel auf das Knie, »wir waren alle seine Freunde.« – »Freunde des Teufels«, murmelte er. »Glauben Sie wirklich, Pater, daß der Teufel in die Haut eines Menschen schlüpfen kann?« Der Alte war erstaunt. Er wußte nicht recht, ob er versprottet wurde und was er antworten sollte. Bestimmt hatte man ihn informiert, daß er es ablehnen konnte, Fragen zu beantworten, doch war ihm das im Moment entfallen. »Selbstverständlich!« Antwortete er. »Ich glaube, daß er sich der Natur des Menschen bemächtigen und ihn regieren kann . . .« – »Haben Sie solche vom Teufel beherrschten Menschen vielleicht schon gesehen, Pater?« fragte er. »O ja«, der Alte nickte. »Und der Teufel hat durch sie in seiner Sprache gesprochen?« – »Der Teufel«, entgegnete er, spricht keine Sprache, Herr Richter. Er spricht durch die Werke dieser Menschen«. – »Das heißt, man kann mit ihm keinen Kontakt aufnehmen«, fragte er weiter, »obwohl bekannt ist, daß er sich einer Menschenseele bemächtigt hat?« – »Nein«, bestätigte der Mönch, »und man darf es auch nicht versuchen. Das kann sehr schlimm enden für denjenigen, der sich von der Neugier verführen läßt. Man darf jedoch, und das ist manchmal unsere geistliche Pflicht, mit dem Menschen reden, der sich ihm ergeben hat. Mit einem Wort, man darf und soll einem solchen Menschen helfen.« – »Nun«, unterbrach er wieder, »gelingen diese Interventionen?« – »Das kommt auf den Willen des Menschen an«, lautete die Antwort des Alten. »Von der Stärke seines religiösen Charakters. Es ist das eine Art geistiger Krankheit, die man aber heilen kann. Auf jeden Fall ist es eine unserer Hauptpflichten.« – »Ereignen sich solche Heilungen oft?« drängte er. »Das hängt von vielen Umständen ab«, wich der Alte aus. »In erster Linie ist der gute Wille des Opfers erforderlich. Der Teufel ist nie imstande, das Gewissen eines Menschen vollständig in Besitz zu nehmen. Er kämpft mit ihm. In diesem Kampf will er siegen. Er muß ihm also bis zum Schluß die Möglichkeit der Wahl lassen. Denn er braucht die Mitwirkung des eigenen Willens. Das ist doch wohl verständlich?« Er nickte bestätigend. »Und darin liegt auch die Erfolgschance unseres Handelns«, fuhr er fort. »Wir gehen zum Angriff über und berühren die Saiten, die für das Gute und die Gerechtigkeit empfindlich sind. Das endgültige Resultat hängt aber von dem Menschen selber ab.« – »Nun ja«, sagte er ohne einen Unterton von Bosheit in der Stimme. »Man braucht sich nicht zu wundern, daß dem Pater Sykstus Fälle von

Gesundungen selten passiert sind.« – »Das ist ein Verrückter!« rief der Alte und hob die geballte Faust, als wollte er sogleich auf die Kanzelbrüstung schlagen. »Nicht der Satan hat sich der Seele des Paters Sykstus bemächtigt, sondern eine Geisteskrankheit, deren Anzeichen wir, auch wenn sie schwer zu erkennen waren, früher bereits bemerkt haben.« – »Ich bitte Sie, Pater«, antwortete er, »die Ärzte und unter ihnen hervorragende Spezialisten aus den besten psychiatrischen Anstalten unseres Staates haben bei ihm keine Krankheit festgestellt. Ich fürchte, Pater Sykstus ist ein völlig normaler Mensch.« – »Nein«, wiederholte er, »er ist kein normaler Mensch ...« Er wußte schon, worauf er hinaus wollte, und interessierte sich nicht für den Hinweis auf die seltsamen Symptome, die bei Sykstus beobachtet worden waren. »Nein«, behauptete er hartnäckig, »man hätte sich an ausländische Ärzte wenden müssen ...« – »Sie haben kein Vertrauen zu unseren Sachverständigen, Pater?« unterbrach er ihn mit gerunzelten Brauen. »Das habe ich nicht gesagt«, parierte er und beherrschte mühsam seine bebenden Nerven. »Ich weiß nicht, was diese Sachverständigen repräsentieren. Bei ausländischen Ärzten könnte man eine größere Unvoreingenommenheit erwarten ...« – »Ich bitte Sie, Pater, das klingt schon fast wie eine Unterstellung. Sie glauben nicht an unseren guten Willen bei den Ermittlungen?« – »Ich habe nur erwähnt«, seufzte der Alte, »daß er meiner Meinung nach an einer psychischen Krankheit litt und daß bestimmte von uns früher nicht beachtete Tatsachen diesen Verdacht bestätigen.« – »Was ist das für ein Verdacht?« seufzte er nun. »Pater Sykstus litt an Schlaflosigkeit«, begann der Mönch, »er hat über dieses Leiden vielfach geklagt.« – »Hat er deswegen so häufig Urlaub für ärztliche Behandlung bekommen?« erkundigte er sich lächelnd. Der Mönch schüttelte den Kopf. »Und weiter?« fragte er drängend. Er lehnte sich im Stuhl zurück und beobachtete eine Fliege, die um die tief hängende Lampe kreiste. »Manchmal unterbrach er sich bei Gesprächen mitten im Satz«, fuhr der Alte fort. »Er führte den begonnenen Gedanken nicht zu Ende, als hätte er ihn vergessen, ließ den Kopf sinken, schwieg oder ließ seinen Gesprächspartner stehen, ohne die Antwort abzuwarten, an der ihm gelegen war.« – »Das sind Ihrer Meinung nach«, unterbrach er ihn, »Symptome einer psychischen Krankheit?« Er lachte auf. »Wir wollen mit diesen Geschichten keine Zeit verlieren. Bitte legen Sie dar, mit wem Sykstus an jenem Tage in das

Kloster zurückkehrte.« – »Ich öffnete ihm gegen elf Uhr die Tür«, sagte der Alte. »Er brachte einen kräftigen jungen Mann mit.« – »Woher wußten Sie, daß dieser Mann kräftig war?« unterbrach er erneut. »Pater Sykstus ist ein stattlicher Mann, der andere aber hatte, obwohl kleiner, breitere Schultern.« – »Haben Sie miteinander gesprochen?« fragte er. »Nein«, der Alte schüttelte den Kopf. »Pater Sykstus sagte nur, der Zug aus Warschau hätte Verspätung gehabt. Dann nahm er den jungen Mann mit in seine Zelle.« – »Sie hatten ihn vorher nie gesehen?« – »Ich kann mich nicht erinnern«, sagte der Mönch. »Angeblich hat er Pater Sykstus schon früher einmal besucht, aber ich kann mich an seine Anwesenheit nicht erinnern. Ungefähr nach einer Stunde, ich habe weiter mein Buch gelesen, kam Pater Sykstus wieder zur Tür und bat mich, sie zu öffnen. Er war nervös, er schaute auf die Uhr...« – »Woraus schließen Sie, daß er nervös war?« erkundigte er sich. »Daraus, daß er auf die Uhr sah?« – »Nein«, entgegnete er. »Er kam mit schnellen Schritten. Er sagte, er hätte etwas Wichtiges vergessen und müßte in die Kirche. Ich habe ihn hinausgelassen.« – »Diesmal«, fragte er, »war der junge Mann nicht bei ihm?« – »Er war allein. Bald darauf ging mein Dienst an der Pforte zu Ende. Ich habe nicht gesehen, daß Pater Sykstus aus der Kirche zurückkam. Das muß etwas später geschehen sein...« Er beugte sich vor, zog eine Mappe heran und entnahm ihr einen großen grauen Umschlag. Fotografien fielen auf den Tisch. Er suchte eine heraus und reichte sie dem Alten. Der Mönch hob sie mit der Bewegung des Kurzsichtigen an die Augen und betrachtete sie lange. »Furchtbar«, sagte er und gab die Fotografie mit zitternder Hand zurück. »Erkennen Sie in diesem Menschen den jungen Mann, den Sykstus ins Kloster mitgebracht hat?« – »Ja«, antwortete er beinahe flüsternd, »das ist er...« Er warf einen Blick auf das Foto. Die Leiche eines Mannes auf einem blechbeschlagenen Holztisch. Nackt, breitschultrig, behaarte Brust, muskulöse Arme. Auf dem leicht abgewandten Kopf deutlich sichtbare Spuren von Schlägen. Blutflecken im Haar. Er steckte die Aufnahme wieder in den Umschlag. »Das ist vorläufig alles.« Er erhob sich. »Sollte Ihnen noch irgendein Detail einfallen, dann benachrichtigen Sie uns bitte, Pater.« Zum Abschied reichte er ihm die Hand. »Entschuldigen Sie bitte auch, daß ich Sie so lange festgehalten habe, doch gehört das leider zu meinen Pflichten. Und noch etwas...« Der Mönch trat zurück. »Ich hege Zweifel daran, ob die Theorie der Teufelsbekämpfung, die Sie dargestellt haben, erfolgreich ist. Zumal er sogar uns besiegen kann. Und wir, Pater, lassen uns nicht vom guten oder bösen Willen leiten, sondern vom Strafgesetzbuch, von den Normen des uns verpflichtenden Rechts, das, wie ich meine, weder sein Werk ist noch das eines nicht gefallenen Engels . . .« Der Mönch verzog das Gesicht. Vielleicht hatte er Lust, etwas Unhöfliches zu sagen. Doch erinnerte er sich rechtzeitig der Demut. Er verneigte sich und verließ wortlos den Vernehmungsraum. »Nun ja, Herr Richter«, vernahm er den Schreiber, der an seinem Pult arbeitete, »die Patres sind nicht gerade gesprächig.« – »Das nicht«, antwortete er und trat ans Fenster. »Kein Wunder. Sie haben hier gut gelebt!« Der kleine, kahlköpfige Mann wischte sich die mit Tinte bekleckslen Finger an einem großen Tuch ab. »Sie hatten das Paradies auf Erden.« Er blickte auf den Platz. Der Alte verließ das Gericht und rief mit entschlossener Gebärde eine Droschke heran. Es war Nachmittag. Am Eingang fuhr ein Gefängniswagen vor, den eine berittene Patrouille eskortierte. Gefangene stiegen aus. Unter ihnen zwei Frauen. Sie verharrten einen Augenblick und hoben die Köpfe. Sie blickten in die Sonne, die über dem Platz stand. Noch vor kurzem hatte er gedacht, das geistige Niveau der Geistlichen, mit denen er es hier zu tun haben würde, sei hoch. Solche Meinungen kursierten in seinen Kreisen. »Das ist keine orthodoxe Geistlichkeit«, wurde ihm erläutert. »Bei uns ist nur die Elite gebildet, unser niederer Klerus ist ungebildet. Dahinter steckt eine bestimmte Absicht. Ein kluger Pope kommt mit dem Pöbel nicht zurecht. Hier dagegen herrschte eine ganz andere Tradition. Die Kirche ist auch der Tempel des Wissens, der Herd der Volksbildung.« Er war neugierig gewesen, wie das in Wirklichkeit aussah. Jedenfalls sah es weniger anziehend aus, als er geglaubt hatte. Solche Dispute über den Teufel hätte er in jeder noch so kleinen und vernachlässigten orthodoxen Kirche führen können. Dort hatte der Teufel einen Schwanz und Hufe. Er fuhr durch Augen und Ohren in die Menschenseele ein und machte es sich dort bequem, und führte seinen hinterlistigen Kampf um die Seele, die rein war wie ein von keiner schmutzigen Berührung beflecktes Tuch. Dieser orthodoxe Teufel blieb gewöhnlich ein Wahnsinniger. So mußte es auch sein, da er ja aus eigenem Willen ein gefallener Engel geworden war und auf die Wohltaten des Paradieses verzichtet hatte. Er benahm sich wie ein Verrückter und machte die Menschen, in denen er zu langfristiger Buße Wohnung genommen hatte, zu Verrückten. Natürlich nahm er nicht immer Zuflucht zum Verbrechen, obwohl auch das vorkam. Sie selbst, die Verbrecher, berichteten schreiend, wenn man sie vor das Antlitz der Gerechtigkeit rief, von seiner quälenden Anwesenheit. Doch manchmal war er auch heiter. So erschien er meistens in Dorfgeschichten und Moritaten. Er tat nicht allzu tugendsamen Mädchen Gewalt an, betrog Mönche, läutete die Glocken, um nachts die Leute zu wecken, oder lauerte bei verlassenen Friedhöfen, um vorbeikommende Wanderer zu verfolgen. Der Teufel hier hatte eine Axt hinter dem Rücken. Er ließ Sykstus nicht schlafen und zeigte sich dem fiebrig Glühenden als schwarze, das Netz der Eifersucht webende Spinne. Er versprach Wonnen der Liebeserfüllung ohne flüchtige Freude, voller Berechnung. Er ließ ihn in seinen Träumen zurückkehren zum nackten weiblichen Körper, der ihn unterjochte und eigentlich, ohne die Sehnsucht zu stillen, ein noch finstereres Verlangen weckte und seine Gedanken abhängig machte von der Erinnerung an das, was er entdeckt hatte, sooft sie einander nahe gewesen waren und sich berührt hatten; und damit dieser Hunger ewig währte – der Teufel kannte keine Ruhe –, hieß er ihn, immer neue Arten eines Spiels zu erfinden, in dem sein Körper – dem Teufel mußte so etwas ja völlig egal sein – vor Erschöpfung verging, um zum nächsten Rausch zu erwachen. Der hier war ein denkender Teufel. Kein bäuerlicher Idiot, der auf dem Zaun hockte und mit Katzenaugen um sich blickte. Vor kurzem hatte Sykstus ausgesagt, es habe Tage gegeben, an denen er angefangen habe, zu ihm zu beten. Er hatte gesagt, das seien sehr anständige Gebete gewesen, und er habe nicht den Wunsch gehegt, dieses Wesen zu töten. Sykstus war sich übrigens vollauf im klaren, daß dieses Wesen unsterblich, daß die Kette der teuflischen Siege unendlich sei. Irgendwann einmal – von einem beichtenden jungen Mann war ihm diese Lektüre zugesteckt worden – hatte er ein Gebet zum Satan gelesen. Es hatte auf ihn, wie er sagte, einen erschütternden Eindruck gemacht. Er vernichtete es schnell, doch umfangreiche Bruchstücke, die er später in seiner Zelle wiederholte, blieben in seinem Gedächtnis haften. Er wunderte sich, daß man so etwas drucken durfte, vermutlich jenseits der Grenze, und versuchte, sich an jenen jungen Pilger zu erinnern, der ihm diese furchtbare Lektüre im Beichtstuhl zugesteckt hatte, doch fiel ihm nur das banale Bekenntnis zur Sünde der

Unreinheit ein. Wenn auch jener Mensch, überlegte er, diese Gebete vor sich hinsagt, dann gibt es vielleicht einen geheimen Orden von Bekennern, die auf diesem Wege – und der Weg ist ganz einfach das üppige, schwer zu beherrschende Verlangen – seiner Seele zureden, sich mit ihnen zu gemeinsamer Erfahrung des Bösen zu verbinden. Er versuchte, solche Gedanken zu unterdrücken. Aber sie kehrten wieder. Erst glaubte er versucht zu werden, um in diesem Ringen am Ende zu siegen, denn hinter ihm stünden ja größere Mächte als die, die ihn zu beherrschen trachteten. Wenn er die Arme in lästerlicher Umarmung schloß, spürte er jedoch, daß sie nicht stärker waren, ließen sie doch eine Sehnsucht zu, tief wie der Instinkt des Lebens selbst, der sich im heftigen Kreisen des Blutes kundtat. Nein, das war bestimmt kein Teufel heiterer Spielchen, der manchmal wie in zufälliger Selbstvergessenheit befahl, das Messer in den Rücken des Feindes zu stoßen, der den Verstand mit Selbstgebranntem trübte und den Menschen mit brennender Fackel auf ein Strohdach schickte ... Die Droschke mit dem Mönch hatte das Gerichtsportal schon längst verlassen. Auch von dem Gefängniswagen war keine Spur mehr zu sehen. Zwei schläfrige Gendarmen spazierten im Schatten auf und ab. Er drehte sich vom Fenster weg. Der kleine, kahlköpfige Mann lehnte sich an das Pult und starrte gedankenlos die Wand an. »Sie können gehen«, sagte er zu ihm. »Wir arbeiten heute nicht mehr.« Dann kehrte er zum Tisch zurück, griff nach den Akten und fand darin eine Aussage der Inhaberin jenes Zimmers, das Sykstus in Warschau gemietet hatte. Er schrieb, er wolle diese Frau verhören, sie sei deshalb aus Warschau herbeizuholen. Dann zog er die Handschuhe an und lächelte bei dem Gedanken, daß er sich nun ausruhen konnte. Er hatte morgens eine Droschke bestellt und wollte hinausfahren, um die angeblich sehr malerischen Ruinen einer frühmittelalterlichen Burg aufzusuchen. Das Wetter war immer noch vorzüglich.

Am nächsten Tag sprach er mit dem Direktor des örtlichen Gefängnisses. Er fragte ihn nach Sykstus. Er wollte wissen, wie der Häftling sich verhielt. Ob er ruhig sei oder aggressiv. Und er erfuhr, daß er keinerlei besondere Merkmale an den Tag legte. Der Direktor erklärte sich das mit einer gewissen voranschreitenden Gewöhnung. Ganz offensichtlich war er der Ansicht, das

Klosterleben unterscheide sich, jedenfalls was den Kontakt mit Menschen anbetraf, nicht wesentlich vom Leben im Gefängnis. Er versuchte nicht, diesen Irrtum zu korrigieren. Eine Information dagegen konnte von Bedeutung sein. Sykstus schlief nachts nicht. Was also tat er? Er hockte angeblich auf seinem Bett oder kniete, den Kopf gegen die Wand gelehnt. Er bat um Benachrichtigung, wenn sich das Verhalten des Häftlings ändern sollte. Dann begab er sich direkt in den Vernehmungsraum. Sykstus war bereits zur Stelle. Er unterhielt sich mit dem Schreiber. Er hatte ihn gefragt – doch das erfuhr er erst, als der Häftling schon abgeführt worden war –, was die Zeitungen jetzt über ihn schrieben, und sich auch beklagt, daß er sie nicht lesen dürfe. Er habe gesagt, man müsse alles bis ins Letzte klären, er werde nicht versuchen, irgend etwas zu verbergen. Er habe das mit so viel Bewegung gesagt, daß der alte Gerichtsbeamte, der gleichlautende Versicherungen vielfach aus dem Munde von Häftlingen gehört hatte, der Meinung war, Sykstus hege tatsächlich diese Absicht. Als er, von dem Gespräch mit dem Gefängnisdirektor kommend, den Raum betrat, in dem Sykstus auf das Verhör wartete, brachen beide Männer ihre Unterhaltung ab. Er musterte den Häftling. Ein blasses, erdfarbenes Gesicht, schlecht rasiert. Und sehr durchdringend blickende Augen. Er begrüßte ihn, setzte sich an den Tisch und las die Schlußsätze des letzten Protokolls. Dann konnte er ein Lachen nicht unterdrücken. »Bitte sehr«, sagte er zu ihm, »Ich habe gerade überlegt, wie die Sprache der Zukunft sein wird. Jeder weiß, sie ändert sich. Neue Wörter treten auf, die neue Begriffe bezeichnen, sie dringen aus der Wissenschaftssprache in die Umgangssprache ein. Schließlich ändert sich auch die Sensibilität der Menschen. Das alles schlägt sich natürlich in der Sprache nieder. Die Änderungen sind erkennbar, obgleich sie sich langsam vollziehen. Ich habe immer gedacht, die Menschen würden sich einer präziseren, den Gedanken näheren Sprache bedienen, so daß diese sich klarer ausdrücken ließen. Glauben Sie nicht manchmal, daß wir uns, wenn wir etwas möglichst genau formulieren wollen, wie im Dunklen bewegen und daß unsere Umgangssprache ständig zu arm ist?« – »Da muß es sich um besondere Dinge handeln, Herr Richter«, antwortete Sykstus. »Ich habe solche Schwierigkeiten nie empfunden.« – »Sie sind also frei von der Angst, die mich heimsucht.« Er legte den Kopf zurück an die Stuhllehne und schloß die Augen halb, um sich an etwas zu erinnern, beobachtete aber die ganze Zeit hindurch aufmerksam den Häftling. »Wir haben, glaube ich«, begann er, »letztes Mal von Ihrem Theologiestudium gesprochen. Wenn ich richtig verstanden habe, bezeichnen Sie es heute als ungenügend zur Erlangung der Weihen. Ist es so?« Sykstus nickte, »Ja«, stimmte er zu. »Mein Wissen reicht nicht aus, um den Zweifeln, von denen Menschen befallen werden können, die Stirn zu bieten.« – »Nun gut«, fuhr er fort, »und der Glaube?« – »Herr Richter«, er lächelte, »die Weihen legen uns so viele Pflichten auf, die uns mit anderen Menschen verbinden ...« – »Also sind diese Probleme«, unterbrach er ihn und ging zur nächsten Frage über, »anscheinend doch zu kompliziert für mich. Genug damit. Wann haben Sie Barbara kennengelernt?« Er hatte diesen Kniff mit dem schnellen Wechsel des Themas schon mehrfach angewandt. Er war von Überlegungen über allgemeinere Themen zu einer konkreten Einzelheit übergewechselt. Sykstus verriet in solchen Fällen deutlich Angst. Das war eine wichtige Eigenschaft. Er ist nicht fähig, seine Emotionen zu verbergen, obwohl er sich auf dem Weg hierher auf Überraschungen einstellen konnte. Jetzt ließ er den Kopf sinken, um nicht zu zeigen, daß er plötzlich rot geworden war, und suchte nach seinem Taschentuch, um sich die Stirn abzuwischen. In derartigen Momenten erloschen seine Augen. Der Widerschein des Lebens verschwand in ihnen wie unter dem Einfluß einer tödlichen Wunde. Lange dachte er über seine Antwort nach. »Das geschah im Mai vorigen Jahres«, sagte er nach einer Weile. »Sie kam zu mir. Weil an diesem Tage einige Pilgerzüge das Kloster aufsuchten, nahm ich zusammen mit anderen Patres auf dem Hof vor dem Haupteingang der Kirche die Beichte ab. Damals lernte ich sie kennen.« – »Ach bitte«, unterbrach er, »erzählen Sie das genauer.« – »Das kann ich leider nicht tun, Herr Richter«, fuhr Sykstus fort. »Ich habe sie während der Beichte kennengelernt. Das ist ein Geheimnis, das ich niemandem aufdecken darf.« – »Folglich werden wir«, seufzte er, »den Verlauf Ihres Gespräches leider nicht rekonstruieren können. Es sei denn«, überlegte er, »daß sie selbst davon erzählt ...« – »Das wird sie nicht tun!« sagte Sykstus. »Da bin ich völlig sicher, Herr Richter.« Er machte eine ratlose Handbewegung. »Und was war weiter?« Sykstus schwieg. Sah er sich in diesem Augenblick mit der Hand an der Wand des Beichtstuhls, als er die kühle Berührung ihrer Lippen spürte? Eben noch hatte er mit dem gekrümmten Finger an die

Wand geklopft zum Zeichen, daß die Beichte zu Ende sei. Da hatte sich der Kopf gehoben. Nur für sehr kurz, nur für die Dauer eines Seufzers. Er hatte ihre Augen gesehen, während er selbst in der Tiefe des Beichtstuhls unsichtbar blieb. Die Sonne erleuchtete den gepflasterten Platz. Sie wurde von der Wand gegenüber reflektiert. Er saß mit geschlossenen Augen. Noch immer spürte er ihre Nähe. Er erwachte erst, als er das ungeduldige Flüstern der nächsten Büßerin vernahm. Er beugte den Kopf vor und sprach die Einleitungsworte zur Beichte. Dann öffnete er die Augen, fürchtete sich aber vor dem Blick auf den Platz. Von dort drang Lärm herüber, der die Worte der Beichtenden übertönte. Endlich schaute er hin. Es konnte sie sein, die dort genau dem Beichtstuhl gegenüber an die Mauer gelehnt stand. Im scharfen Sonnenlicht. Sie hob beide Hände und öffnete den Kragen ihres Kleides. Ihre langen Finger berührten die steife weiße Spitze. Er sah ihren Hals. Der Kopf war leicht nach hinten gelehnt. Mit halb geschlossenen Augen sah sie ihn an. Dann sanken die Hände herab. Jetzt berührten sie ihre Hüften, um die sich eng das Kleid spannte. Er sah den Umriß der langen, schlanken Beine, den flachen Bauch, die hohen, sich in tiefen Atemzügen bewegenden Brüste. Er wandte den Blick nicht ab und merkte, daß das Mädchen dort ihn spürte und ihrerseits nicht wegschaute. Die Hitze benahm ihm den Atem, das Blut stieg ihm zu Kopfe. Hin und wieder verdeckten vorbeigehende Pilger ihm das Mädchen. Das Flüstern auf der rechten Seite des Beichtstuhls wurde immer aufdringlicher. Sie wiederholte einen Satz und wartete auf die Antwort. Er schwieg. Vielleicht dachte sie, er sei eingeschlafen. Wahrscheinlich flüsterte sie deshalb lauter. Er verstand ihre Worte, doch hatte er nicht die Kraft, zu ihr zu sprechen. Inzwischen richtete sich das Mädchen die Haare, die ihr in die Stirn gefallen waren. Sie verhielt sich dabei nicht herausfordernd. Dennoch erregte jede Bewegung seine Phantasie und weckte Begierden, die das Blut schneller pulsieren ließen. Er konnte sich dieses Gefühls nicht erwehren. »Ist Ihnen schlecht?« hörte er es hinter dem Holzgitter flüstern. »Nein, nein!« entgegnete er endlich. Er ließ den Kopf auf die Brust sinken. Als er ihn nach einer Weile wieder hob, war die Stelle gegenüber leer. Er empfand Bedauern über den Verlust dieses Bildes und wachsenden Zorn. Heftig ballte er die Fäuste. Nichts, nur die zur Kirche heranflutende Menge, Gruppen erschöpfter Menschen, die sich unter der unbarmherzigen Sonne in beiden Richtungen dahinschleppten. »Noch am gleichen Tage«, begann er in ruhigem Tonfall, der an Berichte über die Bekenntnisse anderer erinnerte, »verabredete ich mich mit dieser Frau«, er benutzte ihren Vornamen selten, »auf dem Klosterwall. Genauer gesagt, vor der Pforte, die auf diesen Wall führt und abends immer geschlossen wird. Ich hatte den Schlüssel bei mir und wollte sie dort einlassen.« – »Stimmte sie zu?« fragte er. »Ja«, antwortete Sykstus, »obwohl ich nicht sicher war, ob sie wirklich käme. Meine Bitte hatte sie überrascht.« – »Hatten Sie schon damals«, fragte er weiter, ohne den Blick von dem Häftling zu lassen, »einen genauen Plan?« Sykstus verstand ihn nicht. »Ich frage«, wiederholte er, »ob Sie, als Sie zu der Begegnung gingen, schon wußten, was dabei herauskommen würde? Doch bestimmt kein Gespräch oder die Fortsetzung der Beichte.« – »Ich wußte es«, sagte Sykstus. Das heißt, dachte er sehr konzentriert, wir nähern uns dem Anfang des Dramas. Jetzt beginnt in Sykstus' Seele – er wünschte sehr, diesen Zeitpunkt wahrzunehmen, er hoffte darauf, daß der Häftling ihm in diesem wichtigen Augenblick nicht auswich – die Hölle, die er an jenem Maimorgen noch nicht ahnte. »Ich muß es sagen, Herr Richter«, er hob den Kopf, »und ich weiß, es klingt besonders abstoßend, daß ich so etwas nicht besonders wichtig genommen habe. Ich habe bereits meine früheren, flüchtigen und leider recht zahlreichen Kontakte mit Frauen erwähnt. In der Rangordnung der Sünden schien mir diese nicht die schwerste zu sein. Ich gab den Bedürfnissen meines Körpers nach. Ich befriedigte sie ohne Anteilnahme des Herzens. Die Frauen, die sich darauf einließen, nahmen unsere Beziehungen ähnlich leicht. Zunächst waren sie natürlich überrascht. Manche von ihnen wußten, daß ich Geistlicher bin, dazu noch Ordensgeistlicher. Ich erklärte ihnen, wir begingen zwar gemeinsam eine Sünde, meine Schuld aber sei größer. Im übrigen waren das primitive Frauen, sie nahmen alles natürlicher. Unsere Schwäche kannten sie gut, das Böse war für sie sehr allgemein geworden. Sie verkauften sich ganz einfach. Nicht alle wollten Geld, aber in unseren Beziehungen war immer etwas von Verrechnungen. Ein Klima sündhafter Verwandtschaft. Langsam – Sie wissen, darüber vergingen, seit ich die Weihen erhalten hatte, einige Jahre, gewöhnte ich mich an dieses Leben. Selbstverständlich mied ich Begegnungen in unserer Stadt. Meistens fuhr ich für einige Tage nach Krakau. Jenseits der Grenze war es schwerer, mich zu erkennen. Ich stieg in Krakauer Hotels ab oder mietete mir ein Zimmer ...« Alles das hatte er bei den vorangehenden Verhören genau erzählt. In seinen Aussagen bewies Sykstus – er mußte ja jedes Mal das ihm schwer zusetzende Gefühl der Scham und der Demütigung überwinden – eine gewisse Kaltblütigkeit. Genauso würde wohl jemand reden, der wegen Veruntreuung öffentlicher Gelder angeklagt ist. Anscheinend, dachte er, hatten die früheren, für den sozialen Status des Häftlings recht zahlreichen Kontakte mit Frauen wirklich keine größere Bedeutung. Sie dürften sein Gewissen nicht belastet haben. »Ich wartete einige Zeit an der Pforte«, fuhr Sykstus fort. »Es wurde spät, und in Kürze sollte das Haupteingangstor zum Kloster geschlossen werden. Die letzten Pilger verließen, von den Brüdern angetrieben, die Kirche. Ich war nicht sicher, ob es noch zu unserer Begegnung kommen würde. Gerade wollte ich in meine Zelle zurückkehren, als ich sie erblickte. Sie war sehr schlank und klein. In einem langen, dunklen Kleid und offenen Mantel kam sie auf mich zu. Ich weiß das noch ganz genau. Aus der Perspektive des Haupteingangs, bei dem ich stand, wirkte sie noch kümmerlicher. Angst erfaßte mich. Ich wollte weggehen. Das alles weiß ich noch heute ganz genau, und ich sehe in diesem Zustand meiner Erinnerung eine Hilfe von Dem, den ich durch mein Handeln schwer gekränkt habe. Ich hätte mich in die Kirche und dann in die Sakristei begeben können, sie hätte mich nie gefunden. Statt dessen hieß mich eine Kraft, auf der Stelle zu verharren. Sie, Herr Richter, werden diesen Bewußtseinszustand eine Intervention des Teufels nennen«, – er schaute Sykstus an, verriet sich aber mit keiner Miene – »und sind damit der Wahrheit nahe. Sie trat heran, zog den Handschuh aus und reichte mir die Hand. Eine Weile hielt ich sie fest. Ihre Finger waren kalt. Die großen silbernen Ringe mit den grünen Steinen sah ich erst später. Sie sagte, sie hätte sich verspätet, weil sie keine Droschke finden konnte. Warum haben Sie mich herkommen lassen, Pater? fragte sie. Ich bat sie, mir zu folgen, stellte fest, daß niemand uns beobachtete und öffnete die Pforte. Dann ließ ich sie durch und schloß die Tür. Wir waren auf den Wällen. Schauen Sie, sagte ich, während ich sie weiter hinein führte, was für ein merkwürdiger Abend. Im Westen leuchtete purpurrot die Sonne. Rosa Licht lag auf den Kiefern im Garten. Wir kamen an den Kreuzwegstationen vorbei. In einer Einbuchtung, wo wir vom Kloster aus nicht zu sehen waren, blieb ich stehen und lehnte mich mit dem Rücken an die Mauer. Sie schaute mich an. Sie hatte schöne, von langen Wimpern umrahmte Augen. Heute früh, sagte ich, war es mein ehrlicher Wunsch, dir zu helfen. Doch ich bin selbst ein schwacher Mensch. Ich berührte ihre Hand, sie zog sie nicht fort. Du bist es – ich hatte ihr Gesicht mit dem erstaunten Blick dicht vor mir – die mir helfen kann ... Alles geschah ganz plötzlich. Völlig ohne Überlegung. Nie zuvor hatte ich etwas so Starkes erlebt. Als wäre unverhofft eine unbekannte Saite meines Herzens zum Leben erwacht. Ich vernahm den schnellen, heftigen Atem, in dem sich das Verlangen nach Tränen verbarg und zugleich das siegreiche Gefühl der Freude, das uns vereinte. Ich sah hoch über den Klostermauern und über unserem Kirchturm, auf dessen Spitze das grüne Licht die Pilger anlockte, die Sterne groß und durchdringend hell wie noch nie. Ich empfand keine Müdigkeit, und die bösen, demütigenden Gedanken, die ich von solchen Begegnungen kannte, befielen mich nicht. Ich hatte nicht den Eindruck, eine Fremde neben mir zu haben, mit deren willenloser Hilfe der Satan das sündige Verlangen meines Körpers befriedigte. Dagegen spürte ich ein übermächtiges Gefühl der Ruhe. In der Stille, die uns umfängt, dachte ich, kann es keine Sünde geben. In derselben Stille starb indessen unter grenzenlosen Martern Der, der unsere Schuld sah. Doch damals dachte ich nicht an Ihn. Er schien gestorben zu sein, um nicht zum ewigen Leben zu erwachen. Er verschwand in noch größerer Entfernung als die Sterne, auf die wir schauten. Nach einiger Zeit brachte ich sie zur Pforte. Ich öffnete ihr das Tor. Ich fühlte, daß sie sich an mich drücken wollte, aber ich hielt sie auf Armeslänge von mir. Ich wußte absolut nicht, was ich tun sollte. Wir haben gesündigt, sagte ich schließlich flüsternd, aber ich nehme diese Sünde auf mich. – Nein! widersprach sie laut, ohne die Furcht, jemand könne ihre Worte hören. Wir haben keine Sünde begangen ... Plötzlich wandte sie sich ab und lief schnell über den dunklen Platz auf die Straße zu, an der in der Ferne kümmerliche Lichter brannten. Durch die leere, völlig dunkle Kirche kehrte ich in die Zelle zurück. Dem diensttuenden Bruder sagte ich, ich käme von einem Krankenbesuch in der Stadt.« Er versank in Gedanken. Sein Kopf hing tief auf der Brust. Der Schreiber betrachtete ihn mit großer Neugierde. »Wir machen eine Pause«, entschied er, weil er bemerkte, wie erschöpft er war. Er reichte ihm ein Glas Wasser. Sykstus dankte und trank. »Sie sehen heute schlecht aus«, sagte er in Erinnerung an das Gespräch mit dem Gefängnisdirektor. »Soll ich für Sie längere Spaziergänge beantragen?« – »Nein«, wehrte er ab, »ich habe keine Wünsche.« Er hob den Blick. »Sie sehen auch schlecht aus, Herr Richter.« Er wunderte sich. War es wirklich so? Wenn er sich im Hotel wusch, sah er jedesmal sein Gesicht, Veränderungen aber hatte er darin nicht bemerkt. »Sie müssen krank sein«, fuhr Sykstus fort. »Unsinn!« entgegnete er. »Ich arbeite viel, das ist alles.« Die Antwort befriedigte den Häftling nicht. »Ich sage Ihnen, Herr Richter«, wiederholte er, »Sie sehen krank aus.« Abends fuhr er zu dem verabredeten Essen beim Präsidenten. Er hatte versucht, sich herauszureden, mußte schließlich aber doch nachgeben. Er zog es vor, den offenen Krieg zu meiden. Der Präsident wohnte in einem riesengroßen Gebäude. Dieses Haus war Eigentum eines der Großfürsten, es wohnten dort nur Verwaltungsbeamte. Die russische Kolonie in dieser Stadt. »Sie werden sich«, versicherte der Präsident, »wie daheim fühlen.« Er begrüßte erst die Dame des Hauses, deren Anblick ihn schon im Vorflur erschreckt hatte. Sie war klein und breithüftig und hatte ein winziges Gesicht, das von rotem, zu einem hohen Knoten aufgestecktem Haar umrahmt war. »Ach, Iwan Fjodorowitsch«, plapperte sie sofort drauf los, »ich habe durch meinen Mann so viel von Ihnen gehört, und Sie haben sich in unserem Haus bislang nicht blicken lassen ...« Zum Abendessen waren einige Persönlichkeiten aus den örtlichen Industriekreisen eingeladen. »Hier«, erläuterte ihm ein Herr, »befinden sich große und ertragreiche« – er betonte dieses Wort – »Textilfabriken. Wir sind ein wichtiger Produzent im Kaiserreich. Leider« – er runzelte unzufrieden die Stirn – »beobachten wir einen Zustrom ausländischen Kapitals. Die Polen«, fuhr er fort, »haben ein Interesse daran, daß Franzosen oder wenigstens Deutsche hier ihr Kapital anlegen. Für sie alle ist das reines Geschäft. Es geht ihnen nämlich um die Belieferung des russischen Marktes. Auf diesem Markt reicht ihrer Ansicht nach das Angebot nicht aus. Sie ziehen es aber vor, hier Fabriken zu bauen statt im Inneren Rußlands. Aus sehr vielen Gründen ist diese Tatsache beunruhigend. Wir leben in Zeiten, da die Politik sich immer enger mit der wirtschaftlichen Entwicklung verbindet. Hinter jeder Tatsache dieser Art verbergen sich wichtige politische Folgen. Die Polen möchten den Anteil unseres Kapitals auf ihrem Gebiet beschränken. Sie selbst haben keine große Lust, ihr eigenes Kapital zum

Beispiel in Sibirien oder im Kaukasus anzulegen, wo sie doch ebenso gute Geschäfte machen könnten. Man kann also gewisse Verbindungen des ausländischen Kapitals mit dem hiesigen, dem polnischen feststellen. Bei dieser Lage der Dinge sind wir von Elementen umgeben, die uns durchaus nicht freundschaftlich gesonnen sind. Ich bin nicht sicher, ob unsere Wirtschaftskreise in der Hauptstadt die Folgen genauer kennen, die wir hier an Ort und Stelle fast jeden Tag mit eigenen Augen beobachten ...« Eine Dame mittleren Alters, die ihrem Gespräch zuhörte, hob die Hand. »Du, mein Lieber«, sagte sie, »siehst überall eine Verschwörung.« – »Meine Frau ist Polin«, erläuterte der Herr, »und kennt sich in Wirtschaftsfragen überhaupt nicht aus.« – »Schon wieder«, seufzte sie, »redet er schlecht von meinen Landsleuten.« – »Aber die sind doch großartig«, unterbrach sie ihre Nachbarin, »ich mag sie sehr ...« – »Diese Dame«, ergänzte der Herr, »ist zur Abwechslung Sozialistin.« – »Was sagen Sie da!« entrüstete sie sich. »Solange ich lebe, habe ich noch keine einzige sozialistische Broschüre gelesen.« – »Dafür«, entgegnete der Herr, »haben Sie sich viele Male bei mir für entlassene Rädelsführer eingesetzt.« Er drohte ihr mit dem Finger. »Das hat«, sagte sie, »weder mit sozialistischer Agitation etwas zu tun noch mit meiner persönlichen Überzeugung.« – »Man kann Sozialistin sein«, sagte er nun lächelnd, »ohne die Doktrin genau zu kennen.« – »Da sehen Sie es, Sofja Andrejewna.« Der Herr freute sich. »Na ja.« Sie zuckte mit den Achseln. »Diese Doktrin ist widerwärtig. Selbst wenn sie Zukunft haben sollte.« Beim schwarzen Kaffee, der im Arbeitszimmer des Präsidenten gereicht wurde, sprachen sie später über gewisse Verbindungen zwischen dem revolutionären Ferment und den nationalistischen Bestrebungen. Bei den Streiks hierzulande würden zum Beispiel außer ökonomischen Forderungen auch nationale Postulate erhoben. Jemand fragte ihn nach dem Fall Sykstus. Er antwortete, die Ermittlungen seien im Gange, er dürfe darüber nichts mitteilen. Was er aber von den Presseberichten halte? Er sagte der Wahrheit entsprechend, er habe keine Zeit, die Zeitungen genau zu lesen, und ziehe es vor, sich nicht von ihnen den Kopf verdrehen zu lassen, um nicht durch Zufall einem falschen Einfluß zu unterliegen. »Nun gut!« stimmte die Dame des Hauses zu. »Aber sagen Sie uns wenigstens etwas über diesen Sykstus. Was für ein Typ Mensch ist das?« Er überlegte. »Ich glaube«, antwortete er erst nach einer längeren Weile, »er ist ein tief unglücklicher Mensch . . .«

Trotz allem mußte er binnen kurzem den Arzt aufsuchen. Ein sehr heftiger Schmerzanfall überraschte ihn auf einem Spaziergang. Mühsam konnte er sich noch zum Halteplatz der Droschken schleppen. Ohne zu wissen, ob er den Doktor antreffen würde, ließ er sich auf die andere Seite des Bahnhofs fahren, wo an einer breiten Kastanienallee das niedrige, einstöckige Haus stand. Zum Glück traf er den Arzt an. Er gab ihm sofort eine Spritze, worauf der Schmerz wich. Später lag er im Behandlungsraum auf dem Sofa. Jetzt atmete er ruhiger, tief. Er bat den Doktor um Entschuldigung, weil er ihm durch seinen unerwarteten Besuch Mühe gemacht hatte. »Mühe?« wunderte sich der Arzt. »Was blieb Ihnen denn anderes übrig?« Er wollte gleich in das Hotel zurückkehren, doch der Arzt riet ihm, eine Weile zu warten. Er wollte sicher sein, daß das injizierte Medikament auch weiterhin wirkte. Weil es in dem Zimmer trotz der zur Straße hin geöffneten Fenster recht stickig war, schlug er vor, in die Vorlaube zu gehen. Er bat um eine Tasse Tee. Aus der Vorlaube sah man in den Garten. Dort spielten zwei Mädchen, die Töchter des Arztes. Die Obstbäume waren schön beschnitten. Große Äpfel hoben sich durch ihre goldene Farbe vom Grün ab. Die mit Stangen gestützten Äste bogen sich unter ihrer Last. Auf den Beeten wuchsen Blumen. Hochstämmige Rosen, abwechselnd gesetzte weiß und rot blühende Sträucher. Der Staub von der Straße drang ebenso wenig hierher wie der Lärm vorbeifahrender Wagen. Die Luft war rein. Am Ende des Gartens der Baum – noch nie hatte er eine so hohe Eberesche gesehen – mit den blutroten Früchten. Das war sein Eindruck, wenn er in jene Richtung blickte. »Im Winter«, sagte der Doktor, »ist dieser Baum eine prächtige Speisekammer für die umwohnenden Vögel.« Dann sprachen sie über das Buch, das er beim letzten Mal mitgenommen hatte. Er sagte, er habe es aufmerksam gelesen, doch sei es eher für Fachleute bestimmt, die mit der Sache vertraut sind. Sein eigenes Wissen auf dem Gebiet der Logik hielt er nicht für ausreichend, um alles zu verstehen, was das Buch enthielt. »Zu Anfang«, sagte der Doktor, »war die Logik eine spezielle, eine besondere Wissenschaft. Aristoteles zählte sie überhaupt nicht zu den philosophischen Wissenschaften. Erst seine Nachfolger erkannten sie als Teil der offiziellen Philosophie an. Ich lasse mich bei meinen Forschungen«, fuhr er fort, »von der Überzeugung leiten, daß die eigentliche Aufgabe der Logik darin besteht« – er schlug das Buch auf und las vor –, »die allgemeinen Grundsätze und Regeln zu finden, von denen sich der erkennende Lauf des menschlichen Gedankens leiten lassen soll, um richtige Ergebnisse zu erreichen, und die von der Logik aufgestellten Regeln sollen der Prüfstein sein ebenso für unser wissenschaftliches wie auch für unser gewöhnliches erkenntnismäßiges Suchen. Und noch eines«, betonte er, »ich unterscheide unbedingt die Logik als praktische Wissenschaft von der Erkenntnistheorie als Teil der Philosophie. Das hat klare Konsequenzen. Wenn wir nämlich die Erkenntnis«, er sah ihn aufmerksam an, um vielleicht eine Veränderung in seinem Gesicht zu bemerken, eben wie ein Arzt seinen Patienten beobachtet, »als bewußte Wiedergabe der Wirklichkeit im Geiste behandeln, dann umfaßt ein dermaßen weiter Blick auf die Sache nicht nur Probleme, die die Erkenntnistheorie betreffen, sondern auch rein logische. So ähnlich beurteilen das übrigens viele zeitgenössische Forscher ...« Er nannte ihre Namen: Überweg, Struve, Schuppe, Wundt, Mill ... »Wenn wir jedoch die Erkenntnis als erkennende Tätigkeit des Geistes behandeln, einfach als logisches Denken, dann findet die Erkenntnistheorie in diesen Grenzen keinen Raum mehr.« – »Ich verstehe«, antwortete er und spürte noch deutlich die Starre in den Muskeln; offenbar hatte die Spritze noch nicht zu wirken aufgehört, »die in philosophischen Kategorien aufgefaßte Erkenntnistheorie ist nichts Eindeutiges. Sie wurde auch im Verlauf der Geschichte nicht einheitlich verstanden.« – »Das ist es!« rief der Arzt erfreut. »Wir unterscheiden in der Geschichte verschiedene philosophische Richtungen: Rationalismus, Empirismus, Skeptizismus. Ihre Einführung in die Logik, das werden Sie zugeben, kommt dieser aber nicht zugute. Darum muß die Logik werden, was sie bereits zu Aristoteles' Zeiten werden sollte, eine eigenständige Wissenschaft.« Danach sprachen sie über die Schwierigkeiten, die Erkenntnis in der Welt zu verbreiten, über das Abgeschnittensein der Provinz von den Hauptwegen wissenschaftlicher Verständigung, was zu dauerhafter geistiger Verstümmelung führe. Es ist schwierig, Bücher heranzuschaffen. Zunächst weil man selbst bei Spezialthemen, im Bereich der Medizin zum Beispiel, an Informationsmangel leidet, sodann wegen der bestehenden Vorschriften, die die Beschaffung revolutionärer

Literatur verbieten. Und festzustellen, was revolutionäre Literatur ist, fällt nicht ganz leicht... Er schaute hinauf zum Himmel, an dem die ersten Abendwolken aufstiegen. Er sah den Klosterturm vor dem sich rötenden Hintergrund und erinnerte sich an Sykstus. Seine Worte über einen ähnlichen Abend mit dem im Westen glühenden Himmel, den sie vom Klosterwall aus gesehen hätten. Sykstus hatte gesagt, damals sei eine Freude über ihn gekommen, deren Existenz er zuvor nicht einmal geahnt hätte. Seiner Meinung nach war es der Teufel, der ihrer beider Herzen mit Freude erfüllte. Und genau da wurde das Verbrechen geboren. Er hatte noch einen anderen Ausweg. Er konnte das Kloster verlassen, nachdem er sich vergewissert hatte – bedurfte es noch anderer Beweise? –, daß es nicht mehr der Ort für ihn war. Neugierig erwartete er die Aussagen der Frau, die er erst nach Abschluß der Gespräche mit Sykstus zu verhören beschlossen hatte. Noch einmal fielen ihm die Einzelheiten ihres ersten Abschieds ein. Im Westen erstarrten die blutroten Fasern langer, tief hängender Wolken. Er führte das Mädchen zu der schweren, schmiedeeisernen Pforte. Er murmelte etwas über die Sünde – nichts anderes fiel ihm offenbar ein – und stieß sie zurück, damit sie ihn nicht plötzlich umarmte. Sie sollte gesagt haben, sie hätten keine Sünde begangen. Das ist wahr, dachte er später. Sie wandte sich ab. Sie lief auf die Straße zu, wo bereits die mit schwachem Licht brennenden Lampen entzündet waren. »Wie geht es Ihnen?« fragte der Arzt. Erst jetzt bemerkte er, daß er minutenlang – der rosa Himmel war inzwischen purpurrot geworden – in völliger Erstarrung verbracht hatte. Ein Gefühl, als versänke er in Schlaf, erfaßte ihn. Aber er war nicht müde. »Ganz gut, Herr Doktor...« Der Arzt goß Tee ein. »Trinken Sie«, sagte er. »Das ist die normale Reaktion auf die Spritze.« Er trank einen Schluck Tee, der bitter war und aromatisch. »Können Sie mir sagen, was das für eine Krankheit ist?« fragte er. Der Arzt lächelte. »Sie lassen mir zu wenig Zeit«, antwortete er. »Ihre früheren Ärzte, und das waren, wie Sie erwähnt haben, gute Spezialisten in Petersburg, haben ihr Ziel auch nicht erreicht. Ich habe gewisse Vermutungen.« – »Was für welche?« unterbrach er ihn. »Bitte, beunruhigen Sie sich nicht! Ihre Krankheit resultiert aus allgemeiner Erschöpfung. Sie müssen sich ausruhen. Es wäre gut, wenn Sie möglichst bald daran dächten.« – »Ph!« Er bewegte die Hände widerstrebend. »Ich darf an Ausruhen nicht denken. Mindestens jetzt nicht. Ich habe eine ernsthafte und zeitraubende Aufgabe.« Er bekannte, daß er die Untersuchung des Mordes führe, der vor einigen Monaten im hiesigen Kloster passiert sei, und daß man ihn zu sorgfältiger Vorbereitung des Beweismaterials delegiert habe. Das Material aber sei sehr umfangreich. Der Doktor nickte verständnisvoll. Er sagte, auch ihn habe das Verbrechen erschüttert. Er überlegte, womit man diese Tatsache erklären könne, und kam zu dem Schluß, infolge eines fatalen Zusammentreffens von Umständen seien Menschen, die eine natürliche Veranlagung zum Bösen besäßen – ein Wissen, fügte er hinzu, das seinem christlichen Verständnis des menschlichen Schicksals nicht widerspreche –, leider mit großen Fähigkeiten zur Beeinflussung ihrer Umgebung begabt. Diese seien oft weit wirkungsvoller als die Einflüsse anderer auf dieselbe Umgebung. Die Menschen rund um Sykstus müssen sehr schwache Charaktere gewesen sein. Sie haben sich ergeben.« – »So einfach ist das nicht, Doktor«, entgegnete er. »Ich glaube nicht, daß dieser Mensch besonders disponiert gewesen ist. Ich halte ihn nicht für herausragend.« – »Womit erklären Sie sich dann«, drängte der Doktor, »das Verbrechen?« Er antwortete, darauf habe er noch keine eindeutige Antwort. Er hoffe jedoch, auf dem Weg zur Entdeckung der Wahrheit zu sein.

Am nächsten Tage unternahm er den letzten Versuch, den Widerstand des Droschkenkutschers zu brechen. Er ordnete eine neue Gegenüberstellung an. Sykstus wurde hereingeführt. Der Droschkenkutscher wandte bei seinem Anblick schnell den Kopf ab und schaute zum Fenster. Er fragte, ob er diesen Menschen kenne. Er sagte, ohne sich zu besinnen, er gehe doch zum Gottesdienst ins Kloster, daher kenne er alle Patres. Diesen also auch. Er befahl ihm, Sykstus noch einmal anzusehen. »Ist es derselbe Mensch, der zum Halteplatz kam, um Eure Droschke zu mieten?« – »Nein!« erwiderte er kategorisch, ohne den Blick von Sykstus zu wenden. »Damals habe ich ihn nicht gesehen.« Sykstus sprang heftig auf, trat zu ihm und kniete nieder. »Mensch«, sagte er beinahe laut, »ich flehe dich an, die Wahrheit zu sagen. Ich löse dich von dem abgelegten Eid. Tue das, um dich und mein Gewissen zu retten.« Er stand nicht auf und starrte den Kutscher an. »Nein«, vernahmen sie nach einer Weile, »ich habe diesen Menschen damals nicht gesehen. Er ist nicht zu mir an den Halteplatz gekommen.«

Sykstus erhob sich und kehrte auf seinen Platz zurück. Er schlug die Hände vors Gesicht. »So also«, sagte er in ruhigem, beherrschten Ton, »haben wir unser Schicksal besiegelt.« – »Was heißt das?« fragte der Droschkenkutscher beunruhigt. »Schreibt Eurer Frau«, antwortete er, »sie soll einen guten Verteidiger suchen. Er wird keine leichte Aufgabe haben. Euer Fall wird von dem Gericht entschieden, das auch diesen Menschen aburteilt.« Er wies mit der Hand auf Sykstus, doch der Häftling schaute diesmal nicht hin. »Wieso?!« rief er. »Ich habe doch nichts Böses getan! Man kann einen unschuldigen Menschen nicht verurteilen ...« Er winkte dem Wächter zu und ließ ihn in die Zelle abführen. Noch am gleichen Tag beschrieb er alles in einem Brief an Olga. Im Verhalten des Droschkenkutschers – das hatte Sykstus bestimmt gespürt und deshalb zu der theatralischen Demonstration mit dem Kniefall vor dem Häftling Zuflucht genommen – steckte neben der Angst vor dem Verlust des Glaubens auch menschliche Würde. Du siehst, schrieb er, man kann sie auch in der Lüge finden, wenn der Mensch andere retten will oder, mehr noch, die Idee, an die er mehr glaubt als an das Gerechtigkeitsgefühl bei seinen Nächsten. In seinem Brief erwähnte er die Scheidung nicht. Er meinte, sie könne solche Worte als Versuch ansehen, Druck auszuüben. Das aber hilft niemandem. Er erwähnte auch, daß seine Beschwerden wieder aufgetreten seien und daß der Arzt, der ihn behandle, die Krankheit als Folge der Erschöpfung ansehe. Mit einem Scherz über die Erholung tat er das ab und versiegelte den Umschlag sorgfältig, um ihn noch am gleichen Abend auf dem Bahnhof abzusenden. Allmählich kam die Sache voran. Trotz unbezweifelbarer Erschöpfung verlor Sykstus nicht die Lust, detailliert von seinem Schicksal zu erzählen. Auch tauchten immer mehr Zeugen auf. Man mußte unter ihnen diejenigen auswählen, die sich für den vorbereiteten Prozeß am besten eigneten. Eines Tages erschien, durch Eilverfügung herbeigeholt, die Eigentümerin des Zimmers, das Sykstus in Warschau gemietet hatte, eine vierzigjährige, laute Frau. Sie trug ein steifes, grünes Kleid, beantwortete gern seine Fragen und spielte dabei mit der auf ihrer Brust hängenden kleinen goldenen Uhr. »Herr Richter«, erklärte sie und kniff die Lider zu, als ob die grelle Sonne, die in den Raum fiel, ihren Augen weh täte, »ich hatte im Lauf meines Lebens Gelegenheit, mit sehr verschiedenen Menschen in Berührung zu kommen, und war bisher immer der

Meinung, ich könne erraten, was sich im Inneren eines Menschen verbirgt.« Aus den von der Polizei gelieferten Informationen, die an Ort und Stelle eingeholt worden waren und die er noch einmal gelesen hatte, bevor man sie hereinführte, ging hervor, daß die Dame sich mit der Führung eines sorgfältig getarnten Bordells beschäftigte, in dem Männer aus sehr guten Gesellschaftskreisen verkehrten. In dem Bericht tauchten sogar bestimmte Namen auf. Es handelte sich um Direktoren und Präsidenten, Leiter und Sekretäre hoher Ämter, Polen und Russen. Die Dame verhielt sich sehr sicher, sie vertraute anscheinend auf ihre Protektion. »Dieses Mal, Herr Richter, habe ich mich völlig getäuscht. Ich hatte absolutes Vertrauen zu diesen Menschen. Ich bin Witwe. Ich habe eine große, für meine eigenen Bedürfnisse zu große Wohnung und vermiete Zimmer. Ich bin eine selbständige Frau«, schwatzte sie mit kokettem Lächeln, »aber ich stelle natürlich Ansprüche. Ich habe mich entschlossen, die freien Zimmer zu vermieten, selbstverständlich an vertrauenswürdige Personen. Nie habe ich auch nur die geringsten Schwierigkeiten mit meinen Mietern gehabt. In Warschau ist es jetzt nicht so leicht, eine Wohnung zu finden. Immer mehr Menschen ziehen zu. Man schätzt also gute Unterkünfte. Ein gewisser Ordensgeistlicher« – wie festgestellt worden war, handelte es sich um Pater Damian, Sykstus' Freund, der ihm bei der Flucht nach Auffindung des Sofas geholfen hatte – »hat mir diesen Menschen empfohlen und behauptet, es sei ein Vetter, der sein Gut in den Ostgebieten verkaufe und sich darum zeitweilig mit seiner Frau in Warschau aufhalte. Beide machten auf mich gleich den besten Eindruck. Sie werden mir zugeben, Herr Richter«, sie hörte keinen Augenblick lang auf zu lächeln, »daß man sich auf eine solche Empfehlung wohl verlassen kann.« In der Tat, dachte er, hat Damian ihre Mädchen aufgesucht, wenn er in Warschau war. Zwar hatte er in dieser Stadt auch seine ständige Geliebte – sie hatte diese Bekanntschaft übrigens nicht gestanden, als er das auch ihr herauslocken wollte –, doch hinderte ihn das nicht, den Salon in der Allee aufzusuchen, wo er, wie Sykstus ausgesagt hatte, der anscheinend in alle Einzelheiten eingeweiht war, stets mit kandierten Früchten erschien, weil die Mädchen sie besonders mochten, oder mit einer Schachtel besten Konfekts. Sykstus hatte das mit erkennbarem Widerwillen erwähnt. Schließlich belastete er einen Freund, der ihm im schlimmsten Zeitpunkt zu helfen versucht hatte. Doch stand sein Entschluß fest, bis zum Ende die Wahrheit zu sagen und niemanden zu schonen. »Ich war einverstanden, ihnen das Zimmer zu vermieten. Außerdem habe ich Barbara sehr lieb gewonnen. Wir haben viel Zeit miteinander verbracht. Sie ist, Herr Richter«, sie hörte auf, mit der Uhr zu spielen, legte ihre Hand auf den Tisch und betrachtete ihre langen, schön geformten Finger, »ein sehr intelligentes und schönes Mädchen. Soweit ich aus eigener Beobachtung schließen kann, sehr viel interessanter als dieser Sykstus. Wir haben uns zum Beispiel oft über Kunst unterhalten. Ich bin nicht firm auf diesem Gebiet, aber sie wußte mein Interesse zu wekken. Ihre Meinung über die Moral von heute teile ich nicht. Ich bin eine Anhängerin«, log sie, ohne mit der Wimper zu zucken, »der strengen moralischen Grundsätze, in denen ich erzogen wurde...« Er schwieg. Eine einzige Frage, die Nennung eines einzigen Namens, den er ohne jede Mühe aus dem auf seinem Tisch fast in Reichweite ihrer Finger liegenden Bericht ablesen konnte, hätte genügt, um ihr unverzüglich die Fassung zu nehmen und sie zur Änderung ihrer Taktik zu zwingen. Dennoch beschloß er zu schweigen. Vielleicht, überlegte er, sollte man sie so weit bringen, daß sie sich die ganze Zeit über ähnlich verhält. Bis zum Prozeß. Und erst im Gerichtssaal mit Hilfe einiger schlichter Fragen das wahre Gesicht der Kupplerin enthüllen. Man sollte, wenn das einem ernsthaften Ziel dient, theatralische Effekte im Verlauf des Gerichtsverfahrens nicht scheuen. Sogar dann, wenn ein echtes Drama abläuft, bringt ein Operettenmotiv plötzlich das Leben näher, erzeugt Spannung und regt die Phantasie dieser Menschen an, die gewohnt sind, mittels juristischer Normen und Formeln zu denken. Das hatte er von seinen Meistern gelernt. Ein Prozeß vor Gericht, hatten sie behauptet, ist auch Theater. Nur daß es auf diesem Theater nichts Erdachtes geben darf... »Barbara«, fuhr die unermüdliche Dame fort, »erklärte sich zur Anhängerin der freien Liebe.« Sie ließ ihre Lider sinken. »Diese Mode herrscht jetzt. Ich bin überzeugt, sie wird das vergessen, sobald in ihr der Mutterinstinkt erwacht. Ihr droht doch wohl«, sie hob die Augen, »kein ernstliches Urteil?« – »Darüber wird das Gericht entscheiden«, antwortete er. »Sie ist ein wirklich unschuldiges Wesen«, nahm sie den Faden eifrig wieder auf. »Sykstus hat sie natürlich demoralisiert. Ich bin trotzdem immer noch davon überzeugt, daß sie nicht gewußt hat, wer dieser Mensch in Wirklichkeit ist. Sooft er von Warschau abreiste, hat er gesagt, dringende Vermögensangelegenheiten riefen ihn.« Wenn ich im Laufe des Verhörs, dachte er, durch irgend etwas verriete, daß ich das Geheimnis ihres Salons kenne, und wären es nur Details von Damians Besuchen, würde sie sogleich nach ihrer Rückkehr die Hilfe eines Warschauer Rechtsanwalts in Anspruch nehmen, und der würde ihr bestimmt beibringen, was sie dem Gericht zu sagen habe. Auch die anderen mit stolzen Titeln versehenen Besucher ihres gastlichen Hauses würden sich beunruhigt fühlen. Interessant wäre zu wissen, überlegte er, ob sie Barbara nie zu noch zügelloserem, aber auch lukrativerem Leben geraten hat. Sie hatte ja ausführlich von ihrer Schönheit und ihren ungewöhnlichen Talenten gesprochen. Solche Frauen machen Jagd auf Mädchen, die neue Kunden heranziehen können. Und wenn dem so war – da sie im Hause wohnte, mußte sie wissen, was dort vorging –, was hat sie dann wohl geantwortet? Er notierte auf dem Bogen, auf dem er die Einzelheiten für das Verhör mit ihr ausarbeitete, daß es gut wäre, vorsichtig an die in der Warschauer Wohnung geführten Gespräche über die freie Liebe zu erinnern. »Dieses Mädchen«, vernahm er, »war überzeugt, es sei wirklich so.« Sie dachte eine Weile nach, ob dieses Bekenntnis nicht zu naiv wirkte. »Nun, jedenfalls«, setzte sie hinzu, »hat sie von den wahren Gründen seiner Reisen nichts erwähnt.« Er fragte sie, ob sie vielleicht in Warschau Verwandte oder gute Bekannte gehabt hätte. Die Dame entgegnete, davon sei ihr nichts bekannt. Von dem Mord dagegen habe sie aus der Zeitung erfahren. Sie sei einer Ohnmacht nahe gewesen. Barbara tue ihr ehrlich leid. Sie glaube jedoch, nach einer so schweren Prüfung werde sich das Schicksal der Unglücklichen in Zukunft gnädiger erweisen. Drei Monate vor jenem Geschehnis, schloß sie, seien sie bei ihr ausgezogen und hätten sich noch für die Vermietung des Zimmers bedankt. Sykstus habe gesagt, es sei ihm gelungen, seine Vermögensangelegenheiten positiv zu regeln, er habe in Warschau eine bequemere Wohnung gefunden. Sie und Barbara hätten einander versprochen, sich nach geraumer Zeit in einer Konditorei zu treffen, sie selbst habe sogar geglaubt, sie würde von ihr eingeladen werden, sobald sie sich in der neuen Wohnung eingerichtet hätte. Er dankte ihr für diese Aussage. Im letzten Augenblick, als sie gerade ihre Handtasche schloß, aus der sie ihre Handschuhe genommen hatte, bat er sie zu warten. Er habe noch eine wichtige Frage und rechne sehr mit ihrer ehrlichen Antwort. Innerlich vor Lachen bebend, tat er so, als machte die Frage ihn befangen, und die Dame schien den Haken zu schlucken. »Ich möchte wissen – das ist von wesentlicher Bedeutung –, ob sie Ihnen Einzelheiten ihres intimen Lebens verraten hat.« Die Dame blickte ihn deutlich verstört an. »Nun ja«, begann sie, »sie hat mir gesagt, er sei gut . . .« – »Ich frage«, wiederholte er, »nach den Einzelheiten ihres intimen Lebens. Aus dem, was Sie hier ausgesagt haben, geht hervor, daß Sie ein beschützendes Verhältnis zu ihr hatten und ihr Vertrauen genossen. In derartigen Fällen holt eine junge Frau oft Ratschläge für ihren Umgang mit Männern ein.« – »Herr Richter«, antwortete sie alsbald entrüstet, »darüber haben wir nie gesprochen. O ja«, sie senkte wieder den Blick, »Barbara hat erwähnt, daß sie diesen Menschen sehr liebe und daß er ein Mann sei, auf den eine Frau warte. Sie sagte das so natürlich, daß ich direkt gerührt war. Befangen, Herr Richter«, erläuterte sie, »pflegen Leute zu sein, die in diesen Dingen etwas zu verbergen haben. Sie hat mir damals gesagt, sie habe mit anderen Männern gelebt, aber keiner sei ihr so nahe gewesen. Wie ich bereits erwähnt habe, was die Liebe angeht – und wir haben auch über diese Dinge gesprochen –, so bekannte sie sich zur Unteilbarkeit der geistigen und der körperlichen Liebe. Ein je stärkeres sinnliches Verlangen ihrer Ansicht nach der Mann wecke, mit desto heißerem Gefühl könne man ihn bedenken. Das ist nun wohl alles, was ich Ihnen sagen kann, ohne fürchten zu müssen, die zwischen Frauen vorhandenen Geheimnisse zu verletzen und dieses ohnehin schon vom Schicksal übermäßig geprüfte Wesen irgendwie zu belasten.« Er verabschiedete die Dame höflich und geleitete sie zur Tür. Dann kehrte er zurück, zündete sich eine Zigarette an und fragte den Schreiber, was er von ihr halte. »Eine Rassefrau«, seufzte er, »mit starkem Charakter . . .« Er lachte. »O ja!« sagte er. »Eine reinrassige Hure.« Der Schreiber war verdattert, er stotterte: »Herr Richter . . .« Er machte sich klar, daß dieser Mensch den Inhalt der vor ihm liegenden Berichte nicht kannte. »Packen Sie Ihre Papiere zusammen«, knurrte er. »Ich habe Kopfschmerzen.« Es wunderte ihn, daß Sykstus beim nächsten Verhör, bald nachdem er von der Begegnung auf den Klosterwällen gesprochen hatte, unerwartete Lebhaftigkeit verriet. »Das ist ein sehr wichtiger Abschnitt, Herr Richter«, betonte er. »Heute scheint es mir, als könnte er das Verständnis meines ganzen weiteren Vorgehens erleichtern. Aber nicht nur das. Ich komme in meinen Gedanken oft auf diese Wochen zurück. Damals habe ich – man kann eine solche Zeit nicht mit präziser Genauigkeit eingrenzen, aber sie umfaßte, glaube ich, mehrere Wochen nach unserem Kennenlernen – einen sehr schweren und anstrengenden Kampf geführt. Zum Schluß bin ich unterlegen, das stimmt. Wie sich herausstellte, bin ich nicht der geeignete Mensch, Versuchungen zu bestehen. Ich versichere jedoch, daß meinem Fall ein heftiges Ringen voranging.« – »Was haben Sie denn getan?« fragte er, um den Redefluß zu unterbrechen. Sykstus nickte besänftigend. Er würde alles genau erzählen. Während er seinen Beteuerungen weiter zuhörte, dachte er, daß sich sein Verhältnis zu diesem Menschen allmählich, ja beinahe von Verhör zu Verhör ändere; das beunruhigte ihn. Zuerst hatte er etwas wie Mitleid geweckt durch das vollständige Fehlen psychischer Abwehrkräfte. Zu jenem Zeitpunkt beobachtete er ungewöhnlich genau den Verhörenden. Seinem bisher geführten Leben total entrissen, erinnerte er an trübsinnige Arrestanten, die sich zum ersten Mal hinter Gefängnismauern befinden. Zudem wußte er noch, daß er ein besonderer Häftling war und auf Schritt und Tritt allgemeine Neugier weckte. Später vertiefte er sich in Gedanken über die Buße. Lange überlegte er, ob das nicht ein Spiel sei, der Wunsch zu täuschen, die Absicht, bestimmte Spuren im Lebenslauf zu verwischen. Bald aber merkte er, daß er sich irrte. Es folgte eine sichtbare Veränderung, sogar im Aussehen des Häftlings. Er hielt auf Sauberkeit. Sein Gesicht und besonders seine Augen zeigten einen Zustand tiefer Beseelung. Langsam besserte sich sein Selbstgefühl. Die Wörter von der Buße verschwanden zwar nicht, er sprach weiter über sie, eher noch fieberhafter, aber man konnte leicht bemerken, daß die Buße Bestandteil der Verteidigungstaktik des Häftlings geworden war und daß er daran bis zum Schluß festhalten würde. Auch erwähnte er den Teufel. Wahrscheinlich vermutete er, der verhörende Richter werde diese Bemerkungen nicht allzu ernst nehmen. Darum war der Satan anfangs eine, wenn man so sagen darf, nicht genau bestimmte Figur, ein der Tradition entnommenes Symbol. Allmählich jedoch – sicher verfuhr er so in vollem Wissen um sein Ziel – näherte er sich einer genaueren Bestimmung seiner Natur. Er ließ ihn stundenlang von den Einflüssen faseln, die der Teufel auf das Verhalten des Menschen habe. Er tat, als verstünde er, daß er es mit jemandem zu tun hatte, der aufgrund seiner Berufung sehr viel von den teuflischen

Eingriffen wissen mußte. Und er erkannte bald, worum es ging. Sykstus wollte beweisen, daß er im Kampf um seine Seele ein gefährlicher Gegner des Teufels gewesen sei. Deswegen habe dieser ihn mit soviel Ungestüm bedrängt. Alle Versuchungen seien daher gekommen. Er verstieg sich so weit, daß er von seinen Gesprächen mit dem Teufel zu erzählen begann. Sie sollten nachts stattgefunden haben, wenn er schlecht schlief. »Ich bitte Sie« – er hielt nicht länger an sich –, »auch ich rede oft mit mir selbst. Manchmal ertappe ich mich dabei, daß ich sogar laut rede . . .« Der Satan hatte also seine Besuche in Sykstus' Zelle kurz nach der unverhofften Beichte begonnen, bei der ein unbekannter junger Mann ihm das vermutlich in Krakau gedruckte Büchlein mit dem furchtbaren Gebet in die Hand gedrückt hatte. »Ich verstehe, Herr Richter«, brachte er mit größter Erregung hervor, »daß es Ihnen schwer fällt, so etwas zu glauben. Trotzdem behaupte ich, es gab keinen Zufall in dieser Folge von Ereignissen. Machen Sie sich das klar.« Der Satan spielt Sykstus die Drucksache in die Hände, die ihn erschüttert. Danach schiebt er ihm die Frau zu. Schließlich beginnt er, in seiner unpersönlichen Gestalt einen Dialog mit ihm zu führen. Leider mußte er diesem Unsinn geduldig zuhören. »Ich möchte ganz deutlich sagen, Herr Richter«, der Häftling blickte ihn mit flammenden Augen unverwandt an, »daß dieser Zustand absolut nicht von der Erschütterung meines psychischen Gleichgewichts zeugt. Ich möchte behaupten, daß es sich nicht um krankhafte Einbildungen handelte. Meine Versuche, davon zu erzählen, sind, das gebe ich zu, sehr unbeholfen. Sie zeugen von Ratlosigkeit. Bitte beachten Sie, daß man auch darin Spuren teuflischer Eingriffe sehen kann; denn der Teufel verwirrt die Sprachen.« Er lächelte. »Ich weiß auf jeden Fall, daß man nicht alles erzählen kann und daß der Mensch sehr oft in der Tiefe seiner Seele allein mit sich selbst . . .« Sykstus brach gleichsam aus der eingelernten Rolle aus und vergaß die Wachsamkeit seines Gegenübers; die Wörter ›allein mit sich selbst‹ hatte er sich gemerkt – ». . . Gespräche führt, die er später weder zu erzählen noch aufzuschreiben vermag, weil er ganz einfach keine Wörter findet, die das Gewicht der ihn in solchen Augenblicken befallenden Gedanken wiedergeben könnten. Das ist wie bei der Beschreibung von Musik, Herr Richter. Die Momente meiner innigsten Annäherung an Gott«, fuhr er fort und flocht zur Abwechslung auch noch diesen Gedankengang ein, »verbinden sich mit Musik.

Mit ihrer Hilfe kann ich sein Wesen noch besser begreifen ...« – »Sie sind ein Dichter«, er verzog sein Gesicht. »Ich habe immer geglaubt, ihr Geistlichen hättet bessere Methoden, euch Gott zu nähern, und fändet die richtigen Wege.« – »Gott ist überall!« unterbrach Sykstus energisch. »Er kann in jedem menschlichen Leib anwesend sein.« – »Begreifen Sie doch« – er rückte sich im Sessel zurecht und sah den Häftling mit unverhohlener Abneigung an –, »daß diese Bekenntnisse für mich unwesentlich sind.« – »Das ahne ich, Herr Richter«, parierte Sykstus. »Dennoch müssen Sie mich ausreden lassen. Sie haben mich doch gebeten, in unseren Gesprächen absolut ehrlich zu sein. Darum liegt mir daran, daß Sie den Stand meines Geistes genau verstehen, ehe wir zu den Fakten übergehen, die später folgten.« – »Einverstanden«, er nickte. »Aber halten Sie sich bitte so dicht wie möglich an die Tatsachen. Ich kann nicht beurteilen, ob die hier abgegebenen Aussagen etwas mit theologischen Untersuchungen zu tun haben, für mich jedoch sind sie gänzlich gleichgültig. Ich glaube, denken Sie daran, weder an den Teufel noch an irgend etwas, das seine Verneinung sein könnte.« Sykstus rückte ungeduldig auf seinem Hocker hin und her. »Sie sind hoffentlich nicht auf die Idee gekommen« – er hob die Schultern –, »mich zu bekehren ...« – »Das ist Ihre Sache«, sagte Sykstus. »Gott spricht manchmal auch durch den Mund der Unwürdigsten, Herr Richter.« Bei dieser Versicherung lächelte er. Da spürte er zum ersten Mal ein heftiges Anfluten von Widerwillen. Der Häftling schlug Haken, er wollte ganz deutlich auf Umwegen zum Kern der Sache kommen und suchte für sein Handeln Begründungen außerhalb der üblichen menschlichen Erkenntnisse. Darum beachtete er den weiteren Bericht über nächtliche Besuche nicht mehr, bei denen Sykstus mit seinem Verfolger gekämpft haben wollte. Seine Gedanken irrten ab. Er wunderte sich, daß er so wenig an Olga dachte. Die plötzlich eingetretene räumliche Distanz schob ihre Anwesenheit sehr weit fort, und er war nicht sicher, ob sich das nur mit der Ermüdung erklären ließ, die durch das Verbergen ihrer Beziehung bedingt war. Immer häufiger dagegen erinnerte er sich an die Besuche bei dem Arzt, an alles, was in der Nähe und in nicht allzu weit zurückliegender Zeit geschehen war. Der Arzt war schließlich ein fremder Mensch. Fremd auch die Stadt, in der er jetzt wohnte. Trotzdem dachte er sehr häufig an seine Gespräche unter dem hohen, Früchte tragenden Vogelbeerbaum, an die Untersuchungen des Arztes, die bestimmt zu nichts führen würden, weil ihm die Suche nach Begründungen im philosophischen Wissen oder gar in der Logik, die jener aus der Philosophie ausgliederte, beim Stellen von Diagnosen eine höchst riskante Beschäftigung zu sein schien. Instinktiv aber bewunderte er etwas anderes, das außerhalb der wissenschaftlichen Interessen dieses Provinzarztes lag, nämlich die Leidenschaft, mit der er sich dieser Beschäftigung in der häßlichen, am Ende der Welt gelegenen Stadt hingab, einer Stadt, die anscheinend verfaulte, seit ihre Entwicklung um die Mitte des vorigen Jahrhunderts stehen geblieben war. Konnte etwa hier, nahe der Grenze, für jemanden die Welt beginnen? Einem Menschen, der aus der Hauptstadt an der Newa kam, erschien das geradezu unwahrscheinlich. Der Ausbau der Industrie, die Streiks, der Zufluß ausländischen Kapitals, das gab es zwar tatsächlich, doch das eigentliche Leben der hier Wohnenden floß gleichsam in einer verborgenen Strömung. Der Arzt war offenbar ein moderner Mensch, in seinen Interessen der Epoche näher, die vor dem Ende der Welt noch kommen würde. Selbst wenn er sich in seinen Überlegungen irrte, die Tatsache, daß sie überhaupt stattfanden, forderte unverhohlene Bewunderung. Zudem – auch das machte er sich klar, während er die Ausführungen des Häftlings anhörte – verband ihn mit dem Arzt die Krankheit. Er spürte, er würde die Lösung des Rätsels aus den Händen jenes Menschen empfangen, aus seinem Blick, seinem Rat, seiner Fürsorge. Deshalb beschloß er, bei der nächsten Gelegenheit mit ihm über einige Dinge zu sprechen, die ihm am Herzen lagen. Er wußte, dieses Gespräch würde auf beiden Seiten ohne jene Aufregung ablaufen, die ihn stets in höchsten Zorn versetzte. Sollte sich erweisen – das setzte er ebenfalls als sehr ferne und schwer vorstellbare Möglichkeit voraus –, daß seine Krankheit tödlich war, würde dieser Mensch ihm erlauben, die Wahrheit zu erfahren. Er wollte mit ihm über das Gewissen reden ... »So ist es, Herr Richter«, beteuerte Sykstus wieder sehr eifrig, »Gott spricht auch durch den Mund der Unwürdigsten.« – »Ich möchte Sie«, unterbrach er scharf, »um etwas mehr Demut bitten. Ich glaube zwar, daß er sich unterschiedlicher Werkzeuge bedient, fände es aber besser, wenn er es nicht durch Ihren Mund täte. Wir haben hier eine Reihe konkreter Tatsachen festzustellen. Sagen Sie mir bitte, wann Sie nach Ihrer Trennung wieder in Warschau waren.« Sykstus lächelte und ließ mit enervierender Nachsicht seine

Zähne sehen. Es war ihm gelungen, seinen Verfolger aus dem Gleichgewicht zu bringen, und das genau in dem Augenblick, als sie über Gott diskutierten. »In Warschau?« wiederholte er. »Das war schon im Sommer. Vorher hatte ich von ihr viele Briefe erhalten. Diese Briefe holte ich mir immer auf der Post ab. Zunächst habe ich nicht geantwortet...« Das wußte er. In den Akten des Falles befanden sich nämlich, mit einem rosa Bändchen zusammengehalten, alle diese Briefe. Man hatte sie bei der Durchsuchung in Barbaras Zimmer gefunden. Sie hatte sie aufgehoben, ohne zu ahnen, welch wesentliche Bedeutung sie eines Tages für die Feststellung der Größe der Schuld ihres Verfassers haben würden. Eine erstaunliche Sorglosigkeit. Aber Sykstus wußte nichts davon. Anfangs hatte er sie am Schluß eines jeden Briefes daran erinnert, sie möge nicht vergessen, ihn zu verbrennen. Er hatte alle diese Briefe mit dem Gefühl gelesen, noch einmal auf sie zurückgreifen zu müssen. Sie stellten den Maßstab für Sykstus' Gedächtnis dar. Auch wären sie ein vorzügliches Mittel für die Enthüllung der echten, aber verborgenen Absichten gewesen, falls es solche gab. »Später jedoch«, fuhr er fort, »habe ich ihr geantwortet. Ich habe sie gebeten und beschworen, alles zu vergessen, was zwischen uns gewesen ist.« – »Haben Sie ihr auch von den nächtlichen Gesprächen mit dem Teufel geschrieben, die Sie zu jener Zeit in Ihrer Zelle führten?« – »Nein«, entgegnete Sykstus. »Darüber habe ich nicht geschrieben. Das sind Dinge, die eine Frau nicht begreifen kann.« – »Warum?« Er wunderte sich. »Sie ist doch gebildet...« – »Was hat Bildung denn damit zu tun?« sagte der Häftling schroff. »Ich verstehe«, sagte er. »Trotzdem...« – »Nichts, ich wiederhole es, hätte sie von solchen Bekenntnissen verstanden«, beharrte Sykstus. »Das war mein tiefstes Geheimnis.« – »Sie haben mich nicht aussprechen lassen.« Er beugte sich über den Tisch. »Zweifelten Sie etwa an dem Glauben dieser Frau?« – »Am Glauben?« wiederholte Sykstus. »Nein, ich wußte, daß sie gläubig ist. Aber ihr Glaube war oberflächlich. Frauen zeigen oft, besonders wenn sie in die übliche Devotion verfallen, diese Art des Glaubens, der an Heidentum grenzt.« – »Wie meinen Sie das?« fragte er. »Sie haben nicht die Fähigkeit, Seine Gegenwart mystisch zu erleben«, erläuterte er. »Nicht alle, selbstverständlich. Unsere Kirche hat unter ihren Heiligen Frauen, deren Geist sich so hoch erhoben hat, daß sie die Gegenwart Gottes absolut zweifelsfrei erleben. Diesen Frauen ist ein

Wunder widerfahren, und sie haben selbst viele Wunder getan. Das Alltägliche aber pflegt anders zu sein. Ich habe nicht geglaubt, Barbara könne mir helfen oder auch nur begreifen, was damals in meiner Seele vorging. Eines Tages erhielt ich ein geheimnisvolles Telegramm von ihr, das mich aufforderte, sofort nach Warschau zu kommen«, fuhr er fort. »Sie wußte offensichtlich, daß ihr Eintreffen im Kloster mich nicht zu einer Begegnung hätte zwingen können. Damals kämpfte ich noch mit mir, und nichts kündete den bevorstehenden Fall an. Ich las das Telegramm viele Male. Jedenfalls begriff ich, obwohl das nicht direkt gesagt war, daß Barbara mit Selbstmord drohte. Diese Tatsache entschied alles. Ich sandte eine Depesche ab, die meine Ankunft ankündigte, und stieg am nächsten Tag in den Zug ...« – »Was haben Sie Ihren Oberen gesagt?« fragte er. »Ich führe zum Arzt.« Sykstus ließ den Kopf sinken. »Gibt es denn hier am Ort keine vertrauenswürdigen Ärzte?« fragte er verwundert. »O doch!« antwortete Sykstus, »aber ich hatte schon zuvor Warschauer Ärzte wegen meiner Schlaflosigkeit aufgesucht. Schwierigkeiten, Zustimmung zu solchen Reisen zu erlangen, hatte ich nie.« – »Das wissen wir«, sagte er. »Haben Sie jedesmal, wenn Sie das Kloster verließen, dieselben Gründe für Ihre Reise angegeben?« – »Nein.« Sykstus ließ wieder den Kopf sinken. »Manchmal habe ich gesagt, ich wolle meine Familie besuchen.« Er sagte die Wahrheit. In den späteren Briefen an Barbara tauchten Bitten auf, sie möge an seine Adresse Telegramme richten, die ihn zu seiner kranken Mutter oder seinem Bruder riefen. Barbara sandte diese Telegramme jedesmal ab. »Wie verliefen Ihre weiteren Begegnungen?« Er legte den Kopf an die Sessellehne. Eigentlich hätte er das Verhör unterbrechen müssen, doch waren sie gerade an einem sehr wesentlichen Punkt angelangt. »Wenn ich auf dem Warschauer Bahnhof aus dem Zug stieg«, begann Sykstus, »und die kleine, auf mich zueilende Gestalt in der Menschenmenge des Bahnhofs erblickte, wußte ich, daß ich nicht umkehren und niemandem erlauben würde, mir ihre Nähe zu nehmen. Ich lästerte in wahnwitziger Freude. Mir war, als fände ich mich selbst wieder. Die Leute blieben stehen und schauten uns an. Selbstverständlich trug ich nicht mein Habit, trotzdem hatte ich Angst, jemand könne mich erkennen, aber nicht einmal diese Angst war stark genug, sie von mir zu schieben. Ich war so glücklich wie ein Mensch, der nach langer Nacht das

Morgenlicht sieht, den Aufgang der Sonne in ihrer göttlichen Majestät.«

Abends im Hotel bereitete er sich auf das nächste Verhör vor, er las Sykstus Briefe. Von unten drang Lärm herauf. Die Fenster standen offen, denn der Tag war warm gewesen, und der Abend hatte sein Dasein noch nicht durch die erste Kühle kundgetan. Er vernahm aus dem Parterre die Klänge des Orchesters, das im Saal des Restaurants spielte. In den Briefen, die Sykstus vor seiner Reise nach Warschau geschrieben hatte, tauchten Warnungen und heilsame Ratschläge auf, wie sie für das Denken eines Ordensgeistlichen typisch sind. Der Stil dieser Briefe verriet Kaltblütigkeit und vollständige Selbstbeherrschung des Schreibenden. Keine Spur von der Anwesenheit des Teufels in Sykstus' Gedanken. Er mahnte, tadelte, versprach Gebete. Er forderte heiße Buße. Er bat, nie die Gegenwart dessen außer Acht zu lassen, dem er, obwohl er ein schwacher Mensch sei, aus voller Kraft sich zu dienen bemühe. Er kündigte an, seine Kraft werde reichen, ihr Verlangen zu überwinden. Er fragte direkt, worauf sie abziele. Er teilte ihr mit, er werde das Kloster nicht verlassen. Das sei der Ort, wo er bis zum Tode auszuhalten beschlossen habe. Die Sünde, die sie beide begangen hätten, könne daran nichts ändern. Er empfahl ihr Bücher. Er berief sich auf die Titel von Büchern, die wesentlich schlimmere Fälle beschrieben. Dennoch hätten, so schrieb er freudig, Menschen, die wie er versucht worden seien, sich schließlich zu einem heiligmäßigen Leben erhoben. Am Ende schrieb er sogar, sie müsse überlegen, ob sie nicht die Berufung zum Ordensleben in sich spüre. Vielleicht, fragte er, ist es so, und sie würde erst dort, in einem richtig gewählten Orden den inneren Frieden erfahren. Er empfahl sie der Obhut verschiedener Heiliger und beschwor sie, nie wieder zu schreiben. Die Briefe aus dieser Zeit waren die am wenigsten interessanten. Sie trugen nichts Wesentliches zu dem Fall bei. Das Spiel, das er damals trieb, hatte ein ganz klares Ziel. Er wollte die aufdringliche Büßerin loswerden. Es wäre interessant, Barbaras Briefe zu lesen. Sie waren nicht erhalten, sicher hatte er sie sofort nach dem Durchlesen vernichtet. Doch vielleicht, dachte er sich, ist Barbara bei den bevorstehenden Verhören bereit, selbst darüber zu berichten. Sehr viel wichtiger dagegen war der zweite Teil der Korrespondenz, die Briefe, die er nach dem mehrtägigen Aufenthalt in

Warschau geschrieben hatte. Ihr Verfasser schien ein völlig anderer Mensch zu sein. Der unpersönliche Stil war unwiederbringlich vorbei. Diese Briefe spiegelten ein richtiges Drama. Sie bezeugten eine starke Sehnsucht, die frühere Widerstände brach. Sykstus schrieb viel und schön vom Zustand seines Herzens, vom Verlangen, das an ihm nagte. Freude mischte sich mit Angst. Er erkundigte sich nach ihrer Gesundheit. Er wollte ihre kleinsten Beunruhigungen wissen. Jetzt flehte er sie an, häufiger zu schreiben, jeden Tag. Die alten Gedanken gab es in den Briefen nicht mehr. Man nahm gleichsam an der Geburt eines neuen Menschen teil. In all diesen mit geduldiger Handschrift aufgezeichneten Seufzern, Klagen und vom Rausch durchzogenen Verzweiflungssätzen war von der Vorahnung eines nahen Verbrechens nichts zu lesen. Erstaunlich, dachte er, daß sich Sykstus zum ersten Mal selbst gefunden und infolge dieses Gefühls – trotz der sündigen Aura, die ihn keinen Augenblick lang verließ – im Zustand einer echten Reinheit des Geistes gelebt hat. In einem der Briefe erwähnte er sogar, sein Glaube habe sich gefestigt. Er bat sie, sich über dieses Bekenntnis nicht zu wundern. Er vertraue auf die Barmherzigkeit Gottes, der nur Menschen straft, die Böses tun. Wir tun nichts Böses, versicherte er, im gegenseitigen Vertrauen und in dem Zustand, der stärker ist als Vertrauen, den die Menschen Liebe nennen und dem wir uns schließlich haben nähern dürfen ... So etwas schreiben sehr junge Leute unter dem Einfluß des ersten starken Liebesrausches. Dabei war Sykstus schon lange ein reifer Mann. Darum las er mit immer größerem Staunen diese Briefe und entdeckte ein neues, bislang unbekanntes Gesicht des Häftlings. Manchmal ertappte er sich bei einem peinlichen Gefühl, weil er diese Korrespondenz lesen mußte. Schließlich war er ein Fremder, und die Lektüre diente ihm außerdem noch dazu, negative Argumente über den Prozeß gegen ihren Verfasser zu sammeln. Er hatte nicht erwartet, in dieser Geschichte die alten Schilderungen sündiger Mönche und Nonnen zu finden, die ihre Berufung aufgaben, weil stärkere Gefühle sie banden als die Liebe zu Gott, dem sie beim Anlegen der Ordenskleidung Treue gelobt hatten. Und noch eines, die Sehnsucht nach Befreiung. Er erkannte, wie furchtbar damals Sykstus' Leben im Kloster gewesen sein mußte. Vielleicht hat er aber auch, überlegte er, außerhalb seiner Umgebung gelebt und sich der auferlegten Regel entziehen können? Man kann sich das allerdings schwer vorstellen. In

Kürze wollte er das Kloster aufsuchen. Er beschloß, die Mönche nach Sykstus' Verhalten in jener Zeit zu fragen. Ob er die Wahrheit hören würde, wußte er nicht. Hatten sie eine Veränderung in seinem Verhalten bemerkt? Hatte er Symptome einer besonderen Erregung an den Tag gelegt oder im Gegenteil ruhig gewirkt und Zufriedenheit ausgestrahlt? Er stellte sich vor, daß in dieser Umgebung Veränderungen nicht verborgen bleiben können. Die Briefe waren keineswegs hochstilisiert, keine Bemühung um innere Glut ... Es geschah, was der Präsident ihm angekündigt hatte, der Pariser Journalist fand ihn und bat ihn um eine Unterredung. Er sagte, er habe wenig Zeit und könne keine Auskünfte über die Ermittlung erteilten. Sie unterhielten sich im leeren Vernehmungsraum, nachdem der letzte Zeuge hinausgeführt worden war. »Sie sollten wissen«, sagte er langsam, »daß man in der ganzen zivilisierten Welt so vorgeht.« – »Ja, das weiß ich!« antwortete der Journalist. »Ich bemühe mich um die Erlaubnis zu einer Unterredung mit Ihrem Häftling.« – »Ich fürchte, Sie werden diese Erlaubnis nicht erhalten.« – »Bei uns«, unterbrach ihn der Franzose,, »sind solche Begegnungen im Gefängnis hin und wieder möglich.« – »Meinen Sie«, fragte er, »das hilft dem Gericht? Auf diese Weise organisiert ihr nur den Druck der öffentlichen Meinung.« – »Und durch andere Mittel« – der Journalist lächelte –, »ohne Kontakte mit den Personen auf der Anklagebank kann man Ihrer Ansicht nach keinen Druck ausüben?« – »Dafür«, entgegnete er, »haben wir ja gerade die Zensur. Ich versichere Sie, der Brauch, geduldig auf den Prozeß zu warten, ist besser und dient wirklich der Gerechtigkeit.« – »Vielleicht kommen wir noch einmal auf unser Gespräch zurück«, murmelte der Franzose. »Ich erwarte ein Schreiben aus Petersburg. Dort habe ich Bekannte in unserer Botschaft, und die haben Bekannte in Ihrem Ministerium ...« Damit verabschiedete er sich. Nicht zum ersten Mal begegnete er einem so festen Vertrauen in die Macht der Protektion. Als er das Gerichtsgebäude verließ, stieß er auf eine kleine, in ein Tuch gehüllte Frau. Sie näherte sich. »Sie sind es«, flüsterte sie. »Ich war im Gefängnis. Man hat mir gesagt, Sie wären noch im Büro.« Im ersten Augenblick erkannte er sie nicht. Erst als sie die Laterne erreichten, die mitten auf dem Platz brannte, erkannte er die Frau des festgenommenen Droschkenkutschers. »Haben Sie Ihren Mann besucht?« fragte er. »Ja«, sagte sie schnell und mit belegter Stimme; sie unterdrückte Tränen. »Ich habe sieben Kinder. Seit mein Mann geholt worden ist, leiden wir Not, Sie müssen ihn rauslassen.« – »Das liegt nicht in meiner Macht.« Er blieb stehen. »Es gab nur einen Weg für Ihren Mann, entlassen zu werden.« – »Welchen?« Sie hob den Kopf. Graue Haarsträhnen schauten unter dem in die Stirn gezogenen Tuch hervor. »Er hätte die Wahrheit sagen müssen. Weiter nichts!« antwortete er ärgerlich, weil sie hier aufgetaucht war. Schnell näherte er sich der Straße, die zum Bahnhof führte. »Wir haben darüber gesprochen. Ich habe oft genug gesagt, daß dieser Trotz ihn auf die Anklagebank bringt.« – »Aber«, sagte sie und trippelte neben ihm her, »er hat doch nichts Böses getan.« – »Wir müssen die Verbrecher bestrafen und auch diejenigen, die Verbrechen decken wollen«, entgegnete er zornig. »Da kann ich nichts machen. Suchen Sie sich einen guten Rechtsanwalt.« – »Wir haben kein Geld!« wieder begann sie zu schluchzen. »Wir hungern, Herr Richter.« – »Dann wird das Gericht ihm«, erläuterte er, ohne seine Schritte zu verlangsamen, »einen Pflichtverteidiger bestellen. Wir werden sehen, was dann wird.« – »Verfluchtes Schicksal!« stöhnte sie. »Verfluchte Polizei, verfluchte Gerichte«, und lauter, als sollte ihr dieses Bekenntnis Erleichterung bringen: »Verfluchtes Kloster . . .« Er blieb stehen, weil er falsch gehört zu haben glaubte, doch sie wiederholte ihre Flüche. »So ist das also!« Er ließ den Kopf sinken. Es wäre interessant zu wissen, ob sie sich im Gefängnis ebenso verhalten hat. Ob sie die verflucht hat, die das Unglück herbeiführten? Und wie hat der Häftling darauf reagiert? Er griff in die Tasche, zog seine Brieftasche und reichte ihr eine zerdrückte Banknote. »Nun ja«, sagte er achselzuckend. »Mehr kann ich nicht tun . . .« Er sah, wie sie mit sich kämpfte. Sie überlegte, ob sie den Schein nehmen sollte. Schließlich streckte sie die Hand aus. Dann wandte sie sich wortlos ab und ging die Straße hinauf. Im Restaurant, das er aufsuchte, um Abendbrot zu essen, traf er auf den Präsidenten, der mit seiner Begleitung tafelte. Es war zu spät zum Rückzug, er mußte an den Tisch treten und wurde mit lauten Ausrufen gegrüßt. »Ach, da ist ja unser Einsiedler!« stellte der bereits stark angeheiterte Präsident ihn seinen Bekannten vor. »Der aufgehende Stern am Firmament der Petersburger Juristerei.« Sie lächelten und boten ihm ein Gläschen an. Er sagte, er wollte nicht trinken, weil er sich nicht wohl fühle. »Ausreden, Ausreden, Iwan Fjodorowitsch«, murmelte der Präsident. »In Ihrem Alter habe ich, glaube ich, die

Freuden des Lebens besser ausgekostet.« Mit heiser, trunkener Stimme fing er an zu singen. Die anderen schickten den Kellner mit einer neuen Bestellung fort.
Der Präsident beugte sich vor und begann, einen Fall zu erzählen, der sich vor Jahren in Rjasan zugetragen hatte. Damals war er ein junger Richter gewesen und hatte die Presseberichte gelesen. »Sie müssen sich mit jener Sache vertraut machen, lieber Iwan Fjodorowitsch«, fuhr er fort. »Es ist in gewissem Sinne ein Präzedenzfall. Ich habe schon die entsprechenden Papiere kommen lassen. Hören Sie zu«, er leckte sich die glänzenden Lippen. »In einem Frauenkloster bei Rjasan wurde eine alte Nonne ermordet. Im Verlauf der Ermittlung, die nach einiger Zeit eingeleitet wurde, denn zunächst versuchte man, das Verbrechen zu vertuschen, stellte sich heraus, daß die Mörderin ein junges, soeben erst ins Kloster eingetretenes Mädchen war. Man nahm sie fest, man ließ sie psychiatrisch beobachten. Die Ärzte konnten sich nicht entschließen, eine psychische Krankheit zu konstatieren. Das Mädchen gab das begangene Verbrechen sogleich zu. Man suchte nach Motiven. Wie sich zeigte, kam nur Eifersucht in Frage. Es wurde nicht definitiv festgestellt – vielleicht wollte man auch nicht alle Ergebnisse veröffentlichen –, ob noch andere Antriebe mit im Spiel waren. Möglicherweise gab es sie. Doch das Gericht wollte sie nicht aufdecken. Ich würde mich überhaupt nicht wundern, wenn es so gewesen wäre. Doch die Ursache, von der die Nonne selbst sprach, waren ihre Gesichte. Sie behauptete hartnäckig, seit vielen Monaten kämen zu ihr verschiedene Heilige. Sie erzählte das den übrigen Nonnen. Man versuchte, sie zu beruhigen. Als ihr das Zureden zu viel wurde, glaubte sie, der Teufel habe eingegriffen und spreche durch den Mund jener alten Frau. Eines Tages erschlug sie sie in einem Wutanfall mit einem großen, auf dem Hof gefundenen Knüppel, gerade als sie vom nächtlichen Gottesdienst aus der Kirche kam. Beachten Sie, Iwan Fjodorowitsch, das Verhalten der Sachverständigen. Sie konstatierten selbstverständlich einen Zustand erhöhter Erregbarkeit auf dem Hintergrund einer religiösen Psychose, erkannten aber nicht auf Unzurechnungsfähigkeit. Sie setzten also voraus«, er lachte laut auf, »daß man abends mit den Heiligen des Herrn disputieren, nachts morden, aber am Tage sich für sein Handeln vor Gericht verantworten kann. Ich will damit nicht sagen, daß die Gutachten, über die wir im Fall Sykstus verfügen, irgendwelche Befürch-

tungen hinsichtlich seiner Zurechnungsfähigkeit wecken können. Er hatte ja keine derartigen Gesichte. Zwar phantasiert er da etwas über irgendwelche Gespräche mit dem Satan, aber er hat den Teufel nie mit eigenen Augen gesehen. Mit solchen Teufeln haben wir es« – er brüllte vor Lachen – »jeden Tag zu tun, stimmt's?« Die anderen bejahten eilfertig. Man füllte wieder die Gläschen. »Man bedrängt mich erneut, Iwan Fjodorowitsch«, seufzte er, »die Untersuchung zu beschleunigen.« – »Zu welchem Zweck?« fragte er. »Nun, Sie sehen doch, daß ich mir nichts daraus mache!« entrüstete er sich. »Ich schicke sie zu Ihnen. Sie klagen, der Fall könne ganz einfach verblassen, verstehen Sie? Aus dem Gesichtsfeld verschwinden. Man könne ihn vergessen.« – »Und was geht uns das an?« Er zuckte mit den Schultern. »Genau das antworte ich Ihnen«, sagte er mit bitterer Miene. »Das ist das Los des Beamten, der auf etwas höherem Posten sitzt. Gott sei Dank tragen Sie die größere Verantwortung.« – »Ich verstehe«, sagte er. »Kürzlich haben wir uns darüber unterhalten, daß es außer allerlei Unsinn, den sich die Lokalpresse erlaubt, keinen Druck gibt.« – »Ich erinnere mich«, entgegnete der Präsident. »Darum habe ich auch nicht von Druck gesprochen. Mein Gott, das sind kaum Ratschläge. Ich selbst muß die Grenze finden, wo sie enden und die Empfehlungen beginnen.« Er hatte keine große Lust, sich weitere Faseleien anzuhören, doch gehörte es sich nicht zu gehen. »Noch etwas.« Der Präsident lächelte. »Sie haben kürzlich in Sachen Sykstus eine gewisse Dame aus Warschau vernommen. Anscheinend hat sie das Zimmer vermietet . . .« – »Richtig«, antwortete er, »ich habe diese Person vernommen.« – »Wie ich hoffe«, erkundigte sich der Präsident weiter, »haben ihre Aussagen keine größere Bedeutung.« – »Warum hoffen Sie das?« fragte er verwundert. »Ich würde es begrüßen, wenn sie nicht in den Prozeß hineingezogen würde.« – »Im Gegenteil«, sagte er schnell, »ich werde den Antrag stellen, daß sie als Zeugin vernommen wird.« – »Was kann sie schon sagen!« rief der Präsident. »Sie hat das Zimmer vermietet.« – »Sie irren«, sagte er mit eisiger Ruhe, »sie hat sehr interessante Gespräche geführt.« – »Lieber Kollege«, – er gab nicht nach – »wenn wir in diesen schon von Natur aus aufgebauschten Fall auch noch irgendwelchen Gesellschaftsklatsch hineinbringen . . .« – »Ich bin nicht der Ansicht« – er lächelte –, »daß man ihre Aussagen so nennen kann. Sie ist eine Kupplerin.« – »Sie stützen sich auf übertriebene

Informationen der Polizei«, fuhr der Präsident fort. »Ich will Ihnen nicht verschweigen, daß die Kenntnisse dank eines Versehens an uns gelangt sind. Ich habe Signale von hochgestellten Persönlichkeiten erhalten, wonach es besser wäre, wenn wir das Weib in Ruhe ließen.« – »Ich verstehe nicht«, unterbrach er ihn. »Was sind denn das wieder für Personen?« Der Präsident wurde rot im Gesicht. »Ich brauche Ihnen die Namen nicht aufzuzählen«, entgegnete er schroff. »Ich hoffte, Sie verstünden, was hinter dieser Bitte steckt.« – »Nein«, sagte er. »Ich verstehe das nicht und bitte Sie um Aufklärung, Spiridion Apollonowitsch.« – »Großartig!« Der Präsident warf einen Blick auf seinen Nachbarn. Der war mit einem anderen ins Gespräch vertieft und erzählte begeistert von Börsennotierungen. »Die Dame, von der wir reden, beschäftigt sich tatsächlich mit einer Art von Kuppelei, obwohl man, denke ich, in bestimmten Kreisen solche Tätigkeiten etwas weniger direkt bezeichnet.« – »Sie leitet ganz einfach ein verkapptes Bordell«, warf er ein. »Du lieber Gott«, seufzte der Präsident, »seien Sie doch so gut und achten Sie nicht auf die Terminologie. In ihrem Hause verkehren allerlei Leute . . .« – »Sie kennen ihre Namen aus dem Polizeibericht«, unterbrach er ihn. »Ich habe gesagt«, fuhr der Präsident ungerührt fort, »daß diese Informationen übertrieben sind und man ihnen keine Bedeutung beimessen darf. Jetzt aber zur Sache, Iwan Fjodorowitsch. Die Verteidiger von Sykstus oder einem anderen Angeklagten können die Glaubwürdigkeit ihrer Aussagen leicht untergraben.« – »Warum sollte das der Staatsanwalt nicht tun?« fragte er. »Der Staatsanwalt wird schweigen«, sagte der andere. »Dessen kann ich Sie versichern. Wir haben die Empfehlung bekommen, eine solche Situation zu vermeiden. Es genügt, wenn im Verlauf des Prozesses – völlig außerhalb des Wesens der Sache – Namen von Menschen aus unserer Verwaltung auftauchen, und schon wird die Lokalpresse, der wir in diesem Fall den Mund nicht verbieten können, die Geschichte sofort zu einem Riesenskandal aufblasen. Es dürfen also in ihren Aussagen während des Prozesses keine Namen fallen«, schloß der Präsident. »Nur das wollte ich Ihnen mitteilen. Und damit Sie keine Zweifel hegen, füge ich noch hinzu, daß es sich nicht um meinen persönlichen Einfall handelt, obwohl ich die Zweckmäßigkeit einer solchen Lösung einsehe.« Er antwortete nicht, sondern trank seinen Kaffee. Ihm war bewußt, daß alles, was er tat, keine Sekunde lang einem unsichtbaren Auge entging, daß er die ganze Zeit über unter aufmerksamer Beobachtung stand und daß ihn andere Leute mit nimmermüden Blicken verfolgten, andere außer dem neben ihm sitzenden Biedermann, der sich gerade eine Zigarre ansteckte und sich in das Sofa flegelte, glücklich, weil es ihm so leicht gelungen war, seinen Monolog zu beenden. »Die Herren«, wandte sich sein Nachbar, ein einheimischer Industrieller, an ihn, »diskutieren über Politik?« – »Nein«, verkündete er, »über Mädchen . . .« Der Präsident erstarrte. »Wir haben von einem bestimmten empfehlenswerten Bordell gesprochen.« Der Mann hörte auf zu lächeln, nahm die Brille ab und reinigte sie mit dem Rand der Serviette. »Iwan Fjodorowitsch«, murmelte der Präsident, »hat ein seltsames Gefühl für Humor. Die Gerichtspraxis vergiftet offenbar die gesunde Freude.« – »Nun ja«, stimmte der Mann zu. »Inzwischen haben wir«, seufzte er, »ständig Schwierigkeiten mit der anschwellenden revolutionären Welle. Aus Rußland dringen anarchistische Elemente ein. Von hier aus schleichen sich Agitatoren ins Innere des Reiches. Ein wahres Konglomerat unterschiedlicher Interessen, über denen das revolutionäre Ziel schwebt. Die Forderungen wachsen von Tag zu Tag. Es kommt zur Selbstjustiz. Unsere Werkmeister haben Angst, ihre Nase auf die Straße hinauszustrecken. Das ist schlichter Terror.« – »In dieser Sache«, der Präsident kehrte in seine frühere Position zurück, »haben wir klare Anweisungen. Die Gerichte werden strenge Urteile sprechen. Wir werden die Strafen verschärfen.« – »Meinen Sie nicht, meine Herren«, fragte er, »daß diese Dinge komplizierter sind und die Struktur des Staates selbst betreffen?« – »So denken die Liberalen der Hauptstadt«, sagte der Mann. »Ich bin nicht überzeugt davon, daß Diskussionen über die Struktur zu Änderungen im Stand der Dinge führen. Inzwischen können sie mir jeden Augenblick die Fabrik in die Luft jagen.« Der Präsident lachte auf. »Und was werden sie danach essen? Die Steine?«

Sykstus hatte nichts von seiner Lebhaftigkeit eingebüßt. »Jeden Morgen. Herr Richter«, erzählte er und zog seinen Stuhl näher an den Tisch, »kommen zwei Tauben an mein Fenster. Die eine ist grau mit weißen Flecken auf den Flügeln, die andere hat braune Flecken. Ich gebe ihnen Brot. Sie erscheinen immer zur gleichen Zeit. Ich warte auf sie. Sie sind etwas vollkommen Reines . . .« – »Sie haben recht«, sagte er. »Aber messen Sie bitte diesem Besuch keine symbolische Bedeutung bei.« – »Warum sollte ich das tun?« Sykstus lächelte. Was sollten sie auch symbolisieren, dachte er. Ich möchte den Häftling lieber nicht gleich zu Anfang aufregen. »Ich denke jetzt oft an den Tod«, fuhr Sykstus fort. »Der Tod existiert nicht außerhalb der Moral. Das heißt, wir müssen ihm einen moralischen Sinn geben. Ich denke an den Tod . . . Ich bin absolut sicher, daß mein Leben sich seinem Ende nähert.« – »Warum denken Sie das?« fragte er. »Fühlen Sie sich nicht wohl?« – »Im Gegenteil«, antwortete Sykstus. »Ich fühle mich angesichts der Umstände, unter denen ich lebe, ganz wohl. Ich habe nie geahnt, daß der Anblick von Tauben auf dem Fensterbrett auch einen moralischen Sinn haben kann. Natürlich wenn wir etwas Reinigendes in uns spüren.« – »Suchen Sie die Moral«, unterbrach er ihn, »nicht im Tode, sondern im Leben.« – »Sie irren, Herr Richter«, sagte Sykstus. Er sprach mit immer deutlicher hörbarer Selbstsicherheit, wie ein Lehrer oder ein Prediger. »Der Tod, das wird Ihnen auch der erstbeste Arzt sagen, ist nichts, was sich im Bruchteil einer Sekunde vollzieht. Wir sterben jeden Tag, jede Stunde. Der Vorgang entwickelt sich in uns. Wir reifen auf ihn hin. Wir wachsen auf ihn zu. Ich meine nicht das Nachlassen der biologischen Vorgänge. Mich interessiert der sichtbare Prozeß unter moralischen Kategorien.« – »Großartig«, sagte er. »Ich bin nicht geneigt, mich mit derartig abstrakten Erörterungen über Moral abzugeben. Ich möchte vielmehr wissen, ob Sie je zu ihr über die Möglichkeit gesprochen haben, das Kloster zu verlassen.« – »Ja«, antwortete Sykstus, »viele Male.« – »Und immer mit demselben Ergebnis?« – »Ich empfand damals«, begann er, »einen starken Zwiespalt. Ich liebte diese Frau. Ich brauchte sie immer mehr. Alle meine Gedanken drehten sich um sie. Das stimmt. Gleichzeitig aber spürte ich, daß ich auf die Ordensgelübde nicht verzichten durfte. Ich kann Ihnen versichern, darin lag keine Bequemlichkeit, kein Wunsch, in einer verdächtigen Bindung zu verharren. Ich fuhr nach Warschau, immer häufiger, zu immer längeren Besuchen, ich verbrachte die ganze Zeit mit ihr. Ich war glücklich, und sie war es, glaube ich, ebenfalls. Trotzdem – sooft sie mich bat, das Kloster zu verlassen, sagte ich ihr, das sei unmöglich. Sie antwortete, ich solle nicht befürchten, dem Leben außerhalb der Mauern nicht gewachsen zu sein. Sie glaubte ganz fest, das sei möglich. Sie wollte weit wegfahren, dorthin, wo niemand imstande wäre, unser Geheimnis zu lüften. Ich machte ihr klar, daß es nicht darum gehe, sich ein neues Leben einzurichten; es gebe vielmehr andere, tiefere Gründe, die aus dem einmal abgelegten Gelübde erwüchsen und mich für immer an das Kloster bänden. Sie konnte nicht begreifen, daß ich so zu leben imstande war. Wenn das eine Frage des Glaubens sei, überlegte sie, müsse man doch versuchen, von dem Gelübde entbunden zu werden. Man könne in dieser Angelegenheit sogar nach Rom fahren und den Papst um Lösung bitten. Sie muß irgendwo von dieser Möglichkeit gelesen haben. Ich bat sie, das alles zu vergessen. Doch wie kann man die Zukunft vergessen? Ich wußte nicht, was ich dazu sagen sollte. Vielleicht sind wir beide, erklärte ich ihr verzweifelt, noch nicht reif genug, um einen Entschluß zu fassen. Was für einen? fragte sie ärgerlich. Sind wir einander nicht nötiger als je zuvor? Wir machten oft lange Spaziergänge am Weichselufer. Sie endeten bei der Zitadelle. Manchmal glaubte ich, die Erfüllung meiner Hoffnung auf ein besseres Leben sei nahe, sie sei nur so weit weg wie das andere Weichselufer, das man hinter Altwassern und niedrigen Bäumen sehen konnte. Sie liege in der erst grünen und dann blauen Linie am Horizont. Man müsse nur hinüberschwimmen. Wie lange soll ich warten, fragte sie und wiederholte diese Frage zu Hause, in den Läden, wo wir einkauften, im Theater, in das sie mich zum ersten Mal in meinem Leben führte. Ich flehte sie an, Geduld zu bewahren. Ich wußte, daß sie litt, aber ich litt ebenfalls. Nach der Rückkehr ins Kloster verbrachte ich viele Stunden in der leeren Kirche. Vor dem verhängten wundertätigen Bild betete ich um Hilfe. Ich bekam keine Antwort. Das Gespräch mit einem erfahrenen Beichtvater fürchtete ich. Ich ahnte, was er mir antworten würde, und glaubte nicht an die Wirkung solcher Hilfe. Vielleicht irrte ich? Vielleicht hätte ich mein Herz einem zweiten Menschen öffnen sollen? Immer seltener, nicht einmal beim Knien vor der brennenden roten Lampe in der dämmerigen Kirche ließ ich den Gedanken an mich heran, wir könnten getrennt leben. Sind Sie imstande zu verstehen, was ich sage?« Diese Frage wunderte ihn. Aber in Sykstus Blick lag jetzt eine Bitte, das Hoffen auf Hilfe, die er ihm gewähren sollte. »Nein«, antwortete er, »diese Zweifel verstehe ich nicht. Sie haben die Gelübde gebrochen. Ihnen blieb nichts anderes übrig, als diese Tatsache zu bekennen. Dann wären Sie ein freier Mensch gewesen. Dann hätten Sie ehrlich leben können.« – »Frei!« wiederholte Sykstus. »Kann ein solches Gelübde ausgetilgt werden?« – »Es muß so sein«, sagte er ohne zu überlegen, »wenn Sie sich auf die Moral berufen. Sie waren feige.« – »Ja«, stimmte Sykstus zu. »Aber ich fasse Mut anders auf, Herr Richter. Ich habe Den nicht verleugnet, der mich auserwählt hat.« – »Hätten Sie Schwierigkeiten mit der Befreiung von den Gelübden bekommen?« – »Das weiß ich nicht«, sagte Sykstus, »ich habe nie im Ernst daran gedacht.« – »Also zogen Sie es vor, andere zu betrügen, ja sogar im Kloster Geld zu stehlen«, warf er ein, »die Frau, die Sie liebten und für die Sie die Verantwortung übernommen hatten, in eine vom moralischen Standpunkt aus immer unheilvollere Situation hineinzuziehen ...« Er wollte noch sagen: und den Gott, an den Sie glauben, zu beleidigen, da unterbrach ihn Sykstus. »Ich zog es vor, Herr Richter, alle diese Sünden auf mein Gewissen zu laden, wollte aber die Bindungen nicht lösen, die ich mir auferlegt hatte. Sie waren das Wichtigste.« – »Und deshalb«, sagte er hart, weil er seinen anwachsenden Zorn nicht länger verbergen konnte, »haben Sie das Verbrechen gewählt!« Sykstus ließ seinen Blick keinen Moment von ihm, als wüßte er, daß der, der ihn verhörte, seiner Empörung Ausdruck verleihen mußte. Überzeugt von der Unvollkommenheit der Sanktionen, die sich die Menschen erdenken, wenn sie die Normen für ihr Zusammenleben festlegen, wollte er immer noch nicht zur Kenntnis nehmen, daß auch das seiner Ansicht nach höhere übernatürliche Recht ein vom Menschen geschaffenes Recht ist. »Entschuldigen Sie, das hätte ich nicht sagen dürfen.« – »Warum nicht, Herr Richter?« Sykstus wunderte sich. »Gut, gut«, murmelte er und packte die Papiere weg, darunter auch die Abschriften der zuvor gelesenen Briefe, die ihm in diesem Gespräch keinen Nutzen gebracht hatten. »Wir haben heute einen schlechten Tag.« Er warf einen Blick zum Fenster hinaus. Dunkle Wolken zogen über den Himmel. »Es wird wahrscheinlich regnen.« Er beschloß, in den nächsten Tagen nicht mit Sykstus zu sprechen. Material gab es bereits genug, es mußte aber in Ruhe analysiert werden; er mußte die Reihenfolge der weiteren Ermittlungen festlegen, um sich im Dickicht von Abschweifungen, Monologen und – erstaunlicherweise von Sykstus hinterlistig gemeinten Fragen und Antworten nicht zu verlieren. Außerdem gab es noch einen Grund. Sykstus redete in letzter Zeit so viel, anscheinend um ihn zu ermüden. In seiner Zelle würde er keine langen Geschichten erzählen können. Seine Wächter würde das nur langweilen. Er bat, Damian aus dem Gefängnis zu holen. Von dem Untersuchungsrichter des örtlichen Gerichts hatte er dieses und jenes über ihn gehört. Vor einigen Tagen hatte der Präsident zornig erwähnt, man werde das Mönchlein freilassen müssen, weil er vermutlich als freier Mann vor Gericht aussagen würde. Angeblich hatte es irgendwelche neuen Pressionen gegeben, durch die seine Entlassung aus dem Gefängnis erzwungen werden konnte. Ein großer, ansehnlicher Mann trat ein, riesengroß sogar, mit breiten Schultern, die Hände über dem dicken Bauch gefaltet. Er trug das weiße Habit. Man hatte ihm wohl erlaubt, diese Kleidung beizubehalten. Mit sicherem, entschiedenem Schritt durchquerte er den Raum und setzte sich, ohne eine Genehmigung abzuwarten, auf den Stuhl. »Ich habe«, sagte er sofort, »mit meinen Anwälten gesprochen. Man hat mich informiert, daß die Untersuchung in meinem Fall bereits abgeschlossen ist. Worum also geht es?« Er erwähnte die Entlassung nicht. Offenbar hatten die vorsichtigen Verteidiger diese Möglichkeit ihm gegenüber nicht erwähnt. »Man hat Ihnen die Wahrheit gesagt«, entgegnete er. »Die Untersuchung in Ihrem Fall ist abgeschlossen. Nicht abgeschlossen aber ist die Untersuchung im Fall Ihrer Freunde.« – »Was für Freunde meinen Sie?« unterbrach er schroff. »Man sollte seine Freunde nicht in der Not verleugnen.« Er lächelte. »Sie wissen sehr gut, wen ich meine.« – »Ich vermute«, sagte er langsam, »Sie meinen Sykstus. Aber was für andere Freunde wollen Sie mir noch zuschreiben?« – »Soviel ich weiß, war außer Ihnen« – er betonte jedes Wort – »auch Leon mit Sykstus befreundet. Der, der nach dem Einbruch in der Schatzkammer verschwunden ist. Wir können ihn vorläufig nicht finden, haben aber gute Beziehungen zur Kriminalpolizei in ganz Europa.« – »Das verbitte ich mir!« antwortete er mit erhobener Stimme. »Leon war nie mein Freund.« – »Die Freunde unserer Freunde . . .«, begann er. »Haben Sie mich hergebeten, um Aphorismen zu zitieren?« Damian runzelte seine Stirn. »Nein.« Er konzentrierte seine Aufmerksamkeit. Wo soll ich beginnen? überlegte er. Bei den Aussagen der Eigentümerin des getarnten Bordells, in dem Damian verkehrte? Das wäre ein zu starker Tabak für ihn. Wenn er sich auf Sykstus' Aussagen beriefe, die ihn belasteten, könnte Damian weitere Aussagen überhaupt verweigern. »Wußten Sie«, fragte er erneut, »was sich in dem Sofa befand, das Sykstus mit Leons Hilfe aus dem Kloster schaffte?« –

»Ich habe diese Frage schon hundertmal beantwortet«, sagte Damian. »Ich habe klargemacht, daß ich zu diesem Zeitpunkt Gottesdienst hielt. Ich war nicht auf dem Hof und habe keine Droschke aus dem Kloster abfahren sehen.« – »Ich verstehe«, räumte er ein. »Wann haben Sie denn nun erfahren, daß Sykstus einen Menschen ermordet hat?« – »Auch das habe ich klargelegt«, seufzte er. Leider konnte er nicht leugnen, von dem Mord gewußt zu haben. Er nämlich war es gewesen, der, als die Polizei nach Sykstus' und Leons Flucht zum ersten Mal im Kloster erschienen war, an die Warschauer Deckadresse die Nachricht gesandt hatte, der Boden unter den Füßen würde heiß. »Ich habe ausgesagt, daß Pater Sykstus an jenem Abend zu mir in die Zelle gekommen ist und eine große Sünde bekennen wollte. Ich fragte verwundert, ob dieses Gespräch eine Beichte sein solle, doch Sykstus verneinte entschieden. Er sagte, er müsse erst sein Gewissen genau prüfen, ehe er zur Beichte bereit sei. Ich wunderte mich und wollte ihn sogar bitten, das Gespräch auf den nächsten Tag zu verschieben, damit er ruhiger würde, denn ich sah seine Nervosität. Aber er bekannte alles, was sich am Vortage in seiner Zelle ereignet hatte. Auch bat er mich, vorläufig niemandem etwas davon zu sagen, er wolle sich selbst an den Prior wenden. Er war mein Freund. Was ich gehört hatte, erschütterte mich zutiefst. Ich versprach Schweigen. Damit handelte ich falsch. Es wäre meine Pflicht gewesen, ohne Rücksicht auf meine Freundschaft mit Sykstus, sofort die Fratres zu informieren. Ich habe durch diese Handlungsweise dem Kloster großen Schaden zugefügt.« – »Wie reagierte Sykstus?« unterbrach er. »Sie können doch«, sagte Damian ärgerlich, »den entsprechenden Teil meiner Aussagen durchlesen, ich habe ihn mit Vor- und Zunamen unterschrieben.« – »Bitte antworten Sie auf meine Fragen!« Er schlug mit der Faust auf den Tisch, weil er sich nicht mehr beherrschen konnte. Eine Sekunde später bedauerte er seinen Ausbruch. So hätte er nicht reagieren dürfen. Nicht nur im Interesse des Ermittlungsverfahrens, sondern auch aus Achtung vor der eigenen Würde. Damians Unverschämtheit übertraf seiner Meinung nach alle Erwartungen. »Herr Richter«, begann er nach einer Weile ruhig und eiskalt, »Ihre erhobene Stimme ist nicht imstande, mich zu erschrecken. Und solche Gesten können Sie sich schenken.« – »Bitte vergessen Sie nicht«, warf er ein, »daß Sie nicht befugt sind, meine Fragen zu kommentieren. Es ist vielmehr Ihre Pflicht, die

Wahrheit zu sagen. Wenn mein an einen gewöhnlichen Staatsbürger gerichteter Appell nicht genug Erfolg hat, wende ich mich an Sie als Geistlichen, dessen vordringlichste Pflicht es meines Wissen ist, immer und überall die Wahrheit zu sagen.« Damian lächelte sichtlich befriedigt. »Ich werde mich bemühen, Ihren Erwartungen zu entsprechen«, antwortete er und fügte hinzu: »Meine Anwälte haben mich informiert, daß ich alle Aussagen verweigern kann.« – »Die Ratschläge Ihrer Anwälte interessieren mich im Augenblick nicht.« – »Ich will damit sagen«, fuhr Damian fort, »daß ich hier freiwillig antworte.« Einen Moment lang überlegte er. »Sykstus berichtete von seiner Begegnung mit Barbara. Er erzählte, was ihn mit ihr verbände und wie stark dieses Gefühl geworden sei. Im August – die Beziehung bestand schon einige Monate – ließ die Frau eine immer größere Unruhe hinsichtlich ihrer beider Zukunft durchblicken. Mit einem Wort, sie drängte ihn, aus dem Orden auszutreten und wollte nicht glauben, daß er das nicht tun könne. Er verdächtigte sie, sich ihr Leben anders einrichten zu wollen. Das war, wie er sagte, unerträglich. Dabei kam ihm dieser schreckliche« – er betonte das Wort – »Einfall. Er beschloß, Barbara mit seinem Vetter zu verheiraten. Dieser Mensch erschien ihm dafür geeignet. Er dachte nicht darüber nach – was er hätte tun müssen –, daß er sie durch das unauflösliche Sakrament verband und so seine ohnehin riesengroße Schuld noch vergrößerte. Er und jener Mann, ein junger, sehr armer Eisenbahnbeamter, legten fest, daß der Vetter als Gegenleistung für lebenslange materielle Fürsorge, die er ihnen garantierte, vor der Welt die Rolle des Ehemannes spielen sollte. Aber nur vor der Welt! Er wurde in Sykstus' und Barbaras Verhältnis eingeweiht. Und er stimmte angeblich ohne großen Widerstand zu. Sykstus hat auch von seines Vetters häufigen Klagen über gewisse subtile Beschwerden berichtet. Ich weiß nicht, was das für Störungen waren. Sykstus hatte Mitleid mit dem Burschen. Er betete sogar für ihn. Auch riet er ihm, einen guten Arzt zu konsultieren und sich entsprechend untersuchen zu lassen. Ich weiß nicht, ob er tatsächlich bei dem Arzt gewesen ist und vom Verlauf der Visite Sykstus je berichtet hat. Aber diese Nachricht beeinflußte sicher auch Sykstus' wahnwitzigen Plan. Er fuhr nach Warschau. Nach Festlegung der Einzelheiten mit Barbara, die sich mit der Resignation einer leichtsinnigen Sünderin auf alles einließ, traute er sie vor dem Altar der Visitinerinnen-Kirche. In den folgenden Monaten nahm alles seinen gleichsam normalen Verlauf, kein Drama kündigte sich an.« Damian trug das alles wie eine gut einstudierte Rolle vor, flüssig ohne ersichtliches Überlegen. Währenddessen betrachtete er die schwankenden Äste vor dem Fenster und die schnellen Federstriche, mit denen der Sekretär die Aussagen notierte. Alles sah ein bißchen beunruhigend aus. Er ahnte, daß Damian Wort für Wort vor Gericht wiederholen würde. Man mußte noch mehr auf jede angeführte Einzelheit achtgeben. »Schließlich«, fuhr er fort, »schrieb Barbara in einem ihrer Briefe, die Sykstus selbst von der Post abholte und die nun immer seltener eintrafen, sie verbringe den größten Teil ihrer freien Zeit zusammen mit ihrem Mann. Dies war das erste Alarmzeichen. Bald danach tauchten andere auf. Eines Tages reiste er unangekündigt nach Warschau und fand sie zusammen vor. Es war spät abends. Der Vetter schwieg, während Barbara lachend meinte, er sei doch ihr angetrauter Gatte. Dann jagte sie den Vetter aus dem Hause. Und wieder ging es eine Zeitlang gut. Bis er einen Brief erhielt. Barbara wußte angeblich nichts von seiner Absendung, was ich persönlich bezweifle. In diesem Brief forderte der Vetter kategorisch, weitere Besuche zu unterlassen und drohte Sykstus, die Angelegenheit aufzudecken, falls er das nicht akzeptieren sollte. Sykstus geriet in Panik. Erst da kam ihm der Verdacht, die Verfasserin des ganzen satanischen Planes – im übrigen ist die Geschichte von Anfang an ein Einfall des Teufels – sei Barbara. Angst vermischte sich mit Zorn. Zorn mit Eifersucht. Sykstus bekannte mir, die Eifersucht sei das Schlimmste, sie trübe den Verstand. Von furchtbarer Unsicherheit getrieben, fuhr er wieder nach Warschau. Er traf seinen Vetter nicht an. Barbara tat noch immer so, als wüßte sie nichts. Doch schien sie sehr selbstsicher. Er überschüttete sie mit Geschenken. Er hinterließ größere Summen für die Haushaltsführung. Ein wenig beruhigt kehrte er zurück. Wieder lief er jeden Tag zur Post, aber es kamen keine Briefe. Bald darauf erhielt er den zweiten Brief. Beide hat er später vernichtet. Ich weiß aber, daß der Vetter schrieb, er warte immer noch auf Antwort. Auch nannte er einen Termin, zu dem er die Kirchenbehörden von dem Skandal unterrichten würde, und gab zu verstehen, daß er sich darauf nicht beschränken würde. Das war Erpressung. Nun mußte schnell gehandelt werden. Sykstus beschloß, mit dem Vetter zu sprechen, aber nicht in Warschau. Hier fühlte er sich sicherer und konnte seinem Teilhaber den eigenen Willen aufzwingen. Die Tatsache, Barbara nicht in der Nähe zu wissen, hatte auch ihre Bedeutung.« Damian überlegte. »Was mich während seines Berichts besonders nachdenklich stimmte, war das unveränderte Verhältnis zu dieser Frau. Er sagte, er liebe sie. Das erlaubte ihm nicht, die wahren Charakterzüge des verehrten Wesens zu bemerken. Der Vetter meldete seinen Besuch an. Sykstus erwartete ihn an der Bahn. Von dort begaben sie sich direkt ins Kloster. In der Zelle kam er sofort zur Sache. Er sagte, sie hätten alle drei eine große Sünde begangen. Seine eigene Schuld stehe außer Frage, aber nicht nur seine, denn sie hätten sich einverstanden erklärt mitzuwirken. Weiter sagte er, er liebe Barbara und könne nicht auf sie verzichten. Er versprach Geld. Der Vetter ließ sich auf keine Bedingungen ein. Er behauptete, die fiktive Trauung habe sein Leben zerbrochen. Sykstus versprach, sich sofort um die Auflösung dieser Ehe in Rom zu bemühen. Das werde einige Zeit dauern, doch sei die Auflösung in diesem Fall möglich, zumal es ja nicht zum Vollzug der Ehe gekommen sei. Da lachte der Vetter laut und sagte, er stehe seit drei Monaten in sehr enger Beziehung zu Barbara. Nur während Sykstus' Besuch sei er dort ausgezogen. Das war der schlimmste Schlag. Sykstus sagte mir, er sei einer Ohnmacht nahe gewesen, die ganze Welt sei gleichsam über seinem Kopf zusammengestürzt. Der Vetter lachte dagegen und verkündete weiter, er denke keineswegs an Scheidung, er habe Barbara liebgewonnen und sie erwidere seine Gefühle. Zur Bestätigung zeigte er ihm einen mitgebrachten Brief, der vulgär war in den Worten und rücksichtslos im Inhalt, aber zweifellos von ihr selbst geschrieben. Da schlug er ihn ins Gesicht. Sie fingen an zu ringen. Er erinnerte sich, daß der andere ihn mit voller Kraft mit dem Kopf gegen die Wand stieß. Für einen Augenblick verlor er die Besinnung. Er kam zu sich, aber der Angreifer schlug weiter in rasendem Zorn auf ihn ein. Da griff er nach der Axt, die unter seinem Bett lag, und schlug zu. Einmal und noch einmal. Der Satan hatte sein Werk vollendet. Es geschah wie im Traum. Ich wollte ihm nicht glauben. Ich wußte nicht, was zu tun sei. Trotzdem stellte ich die Frage, wie denn die Axt in die Zelle gekommen sei. Sykstus berichtete, er habe sie aus der Werkstatt geholt, kurz bevor er zum Bahnhof gegangen sei. Er habe das ohne eine bestimmte Absicht getan. Ich wiederhole die ganze Zeit seine Worte, Herr Richter«, sagte Damian, »und kommentiere nichts. Ich kannte Sykstus seit

Jahren. Ich hätte nie geglaubt, daß dieser Mensch ein so großer Sünder werden würde. Er hatte nicht die Natur eines Verbrechers. Jeder von uns, Herr Richter«, sagte er fast flüsternd, »kann sich plötzlich in einem solchen Netz vorfinden, sobald er seine Gedanken vom Anblick des Jüngsten Gerichts löst.« – »Und was geschah dann?« fragte er. »Sykstus sagte, die Axt sei ihm aus der Hand gefallen. Die blutende Leiche seines Vetters lag auf dem Boden. Er fiel auf sein Bett und versank in furchtbare, unaufhaltsame Tränen. Er erhob sich und erteilte dem Sterbenden noch die Absolution. Wieder fiel er auf sein Bett. Er wußte nicht, wie lange das gedauert hatte. Dann fuhr er hoch. Er rief Leon herbei und ließ ihn schwören, das Geheimnis nicht zu verraten. Sie beschlossen, gemeinsam aus dem Kloster zu fliehen. Leon sollte in die Schatzkammer einbrechen, einige Kostbarkeiten herausholen und an einen bestimmten Ort fahren, wo sie sich nach einiger Zeit treffen und entscheiden wollten, was weiter zu tun sei. Zuvor aber mußten sie die Spuren des Verbrechens tilgen. Leon half ihm bei allem. Niemand im Kloster wußte von den schrecklichen Ereignissen. Nachdem das Sofa mit der darin versteckten Leiche abtransportiert war – die Idee stammte von Leon –, brach Leon abends tatsächlich in die Schatzkammer ein und beging einen unverschämten Diebstahl. Am nächsten Morgen verschwand er wie ein Stein im Wasser. Sykstus blieb noch im Kloster. Furchtbare Gewissensbisse zerrissen ihn. Eben da suchte er mich auf. Der Satan hat viele Male an meinem Weg gestanden. Als ich Sykstus einließ, spürte ich seinen Atem. Während des Gesprächs nannte er die Adresse, wo er und Leon sich treffen wollten. Dort wollten sie die Beute teilen. Sie hatten auch die Absicht, die Einzelheiten ihres weiteren Vorgehens festzulegen. Ich bemerkte nicht, wann er meine Zelle verließ. Ich betete nach seinem Fortgang viele Stunden lang auf den Knien. So wurde es Abend. Durch meine Abwesenheit beunruhigt, schaute Pater Paweł in meine Zelle. Ich muß wie ein Todkranker ausgesehen haben. Ich erklärte nichts, weil ich sicher war, daß Sykstus bereits mit dem Prior gesprochen hatte. Am Abend dieses Tages stellte sich heraus, daß die Schatzkammer bestohlen worden und Pater Sykstus verschwunden war. Zwei Tage später – ich mag nicht erzählen, was während dieser Zeit in mir vorging –, als die Polizei zur Untersuchung bei uns erschien und alles aufgedeckt wurde, begab ich mich auf das Postamt, um das unselige Telegramm an die

Adresse aufzugeben, unter der Sykstus sich mit Leon verabredet hatte. Ich habe das gemacht, weil ich wußte, daß man alles tun mußte, um den Faden abzuschneiden. Ich fürchtete, sie würden beide verhaftet, und dachte, es wäre besser, wenn sie unter dem Erdboden versänken. Ich tat es auf eigene Faust, ohne irgend jemanden einzuweihen. Erst als die Polizei auftauchte, um mich zu verhaften, bekannte ich dem Prior die Wahrheit. Ich wurde von Kleinmut geleitet und gebe zu, daß ich meine Berufung vergaß und mithalf, meinem Orden großen Schaden zuzufügen. Dafür werde ich büßen bis ans Lebensende . . .« Er verstummte. Der wichtigste Teil seiner Aussage betraf natürlich die Vorgänge in Sykstus' Zelle. Damian stellte es so dar, als hätte Sykstus, durch das Verhalten seines Vetters provoziert, im Schock gehandelt, ohne sich seiner Tat bewußt zu sein. Und er stellte das ziemlich überzeugend dar, diskret und gar nicht aufdringlich. Die Wahrheit mußte selbstverständlich ganz anders aussehen. Denn Sykstus hatte schon vor Eintreffen seines Gastes daran gedacht, ihn zu ermorden. Darum hatte er die Axt geholt. Dieser Beweis war unanfechtbar. Vielleicht hatte er gehofft, daß sein Vetter im letzten Augenblick nachgeben würde. Andernfalls war er zu dem Verbrechen bereit. Und er führte seinen Plan bis zum Schluß durch. Er wartete, ob Damian noch etwas zum Wichtigsten der ganzen Angelegenheit sagen wollte. Die Aggressivität von vorhin verschwand gleichsam unter dem Einfluß der Erinnerung an jenen Tag. Damian schwieg mit halb geschlossenen Augen. Mittlerweile hatte er die Ratschläge seiner Anwälte vergessen. Vermutlich dachte er an sich. Vielleicht glaubte er, daß das Verbrechen allmählich in seiner Erinnerung immer gewöhnlicher und unrealer werden würde. Doch die Umgebung, in der er sich befand, erlaubte ihm noch nicht, sich in solchen Vermutungen zu ergehen. »Möchten Sie noch etwas hinzufügen?« fragte er und unterbrach damit die sich hinziehende Stille. »Ist Ihnen wirklich keine Einzelheit entgangen?« Damian hob seine Lider. Er hatte erstaunlich blaue Augen mit einem goldenen Halbton, die an Raubtieraugen erinnern. »Sykstus«, sagte er nach einer Weile, »erwähnte noch, er habe sich, als ihm klar wurde, daß der andere dort am Boden stirbt, über ihn gebeugt und ihm die Absolution in der Sterbestunde erteilt.« Wieder schloß er die Lider. »Das kommt Ihnen sicher unwichtig vor . . .« – »Warum?« fragte er. Damian hob die Schultern. »Für die Ermittlung, die Sie hier führen, hat diese Tatsache keine wesentliche Bedeutung.« – »Im Gegenteil!« Er goß etwas Wasser in ein Glas und reichte es Damian. Der Mönch dankte nicht einmal, trank und stellte das leere Glas fort. »Dieses Detail hat für mich«, fügte er hinzu, »eine sehr große Bedeutung.«

Am Sonntag ließ er sich zeitig wecken. Um fünf Uhr sollte ein Auto ihn abholen. Sie fuhren auf die Jagd. Er hatte versucht, sich herauszureden mit dem Vorwand, keine entsprechende Kleidung zu haben. Der Präsident brachte ihm den Jagdanzug seines Sohnes. Er paßte ihm gut. »Um Gotteswillen«, bedrängte er ihn während der Begegnung am Samstag, »was ist das für eine Lebensweise, Iwan Fjodorowitsch?! Man muß doch an die frische Luft. Sie werden sehen, wir haben hier ein herrliches Jagdgebiet. Es kommen einige Bekannte, Beamte aus der nächsten Umgebung des Gouverneurs in Piotrków. Schauen Sie nur, was für ein Wetter ...« Als sie die Stadt verließen, dämmerte der Morgen. Andere Autos überholten sie. Sie sollten deren Insassen zum Frühstück in einem Städtchen treffen, wo die Jagd begann und wo sich die Treiber versammelten. Bald erschien die Sonne. Sie fuhren auf einem sandigen Weg zwischen niedrigen Hügeln. Hier gab es Birkenhaine. Neben dem Präsidenten saß ein Polizeioffizier, der am Abend aus Piotrków gekommen war. Groß und schlank gewachsen, legte er den Kopf an die Sitzlehne. Von Zeit zu Zeit öffnete er die Lider und berührte mit den Fingern seinen kurz geschnittenen Bart. »Wir hatten dieses Jahr eine herrliche Zeit auf der Krim. Ich war von der Arbeit total erschöpft.« Während er das sagte, setzte er eine sehr besorgte Miene auf. »Der Urlaub war absolut notwendig. Ich hatte überlegt, ob ich nicht lieber ins Ausland fahren sollte. Die deutschen Kurorte sind jetzt in Mode. Oder ein Besuch in Italien? Ich kenne einen herrlichen Erholungsort unweit von Venedig. Dennoch habe ich mich für die Krim entschieden. Mein Schutzengel hat mir diese Idee eingegeben. Wirklich gesund wird man nur in der Familie.« Der Offizier öffnete die Augen. In seinem Blick ließ sich keine Zustimmung entdecken. Die Geschwätzigkeit des Mitfahrers reizte ihn offensichtlich. Doch er schwieg. »Diese Farben!« seufzte der Präsident. »Die Farben von Erde, Wasser und Luft.« – »Sie übertreiben, Spiridion Apollonowitsch.« Er konnte nicht länger an sich halten. »Ich bin auf der Krim geboren. Von den Farben der Luft will ich nichts hören.« – »Aber ja doch«, widersprach der Präsident, »das ist irgendein Spiel der Reflexe und der Halbschatten, ganz ungewöhnlich flüchtig und wechselnd. Sie zerrinnen einem fast unter den Fingern.« – »Dann soll man sie eben nicht mit den Fingern berühren, Spiridion Apollonowitsch«, entfuhr es ihm. Der Präsident wurde traurig. »Sie sind wirklich ein Mensch ohne Phantasie. Ich berufe mich auf Ihr Gedächtnis«, redete er hartnäckig weiter. »Sollte es Ihnen nichts zuliefern? Ich kann Ihnen versichern, die Farbe der Luft zum Beispiel über der Wolga ist anders als die in Venedig. Alles hängt ab von der Tages-, von der Jahreszeit ...« – »Davon, ob in der Nähe Fabrikschornsteine rauchen, mein Teurer ...« Der Offizier lächelte. »Bei solcher Sensibilität droht Ihnen der völlige Zusammenbruch.« Der Präsident wedelte mit der Hand, als verscheuchte er eine Fliege. Sie gelangten an den vereinbarten Sammelpunkt. In dem Restaurant brannten, obwohl es schon ganz hell war, Kerzen auf den Tischen. Die Gedecke waren gerichtet. Man wartete auf das vierte Auto. Wie sich später herausstellte, hatte es Schwierigkeiten gehabt – der Motor war kaputt gegangen. Er setzte sich mit dem Offizier an einen freien Tisch. Der gekränkte Präsident schloß sich der übrigen Gesellschaft an. »Ein Dummkopf!« knurrte der Offizier. »Einer der größten Dummköpfe im Gouvernement. Dabei muß ich sagen« – er griff nach der Schüssel – »es gibt davon eine reiche Auswahl. Das sind die Folgen unserer Strafversetzungs-Politik. Wir haben hier vermutlich die dümmste Verwaltung. Gerade hier, wo wir die begabtesten Leute hinschicken sollten, weil uns hier doch ständig ein fremdes und feindliches Element umgibt. Dieser Idiot« – er warf einen Blick hinüber zu dem balzenden Präsidenten – »verkündet slawophile Gedanken, ohne auch nur das Geringste von ihnen zu verstehen.« – »Ich dachte«, antwortete er, »man betreibe diese alte Personalpolitik nicht mehr so genau. Der Arme glänzt wirklich nicht durch Intelligenz.« – »Er kann als Illustration des Grundsatzes dienen«, fuhr der Offizier fort, »daß unter den schlechtesten Bedingungen die Besten die Schlechtesten sind. Dümmeres konnte man sich nicht ausdenken.« Er fügte hinzu, viele Jahre lebe er nun schon hier und kenne die Umgebung gut. Aus ihm spreche keine Verbitterung, weil er jederzeit nach Moskau oder Petersburg zurückkehren könne. Er sei hier aus Verantwortungsgefühl. Nach dem Frühstück teilten sie sich in Gruppen. Er ging mit dem Offizier. Geführt wurden sie von einem Mann mittleren Alters in Försteruniform. Zuerst kamen sie an Waldparzellen mit Holzhäusern vorbei. Dann zeigten sich Kalkfelsen und darauf die Ruinen einer größeren Burg mit einem gut erhaltenen Turm. Bald erreichten sie den Wald. Der Offizier berichtete, die Lage in den Grenzbezirken sei äußerst gespannt. »So ist das gewöhnlich«, erklärte er, »wenn die ersten Krankheitssymptome auftreten. Im Lande kann noch Stille herrschen, obwohl es sich, wie ich glaube, um eine scheinbare Stille handelt, hier aber sind die Anzeichen deutlich zu erkennen. Bislang hatten wir Schwierigkeiten mit der separatistischen Bewegung. Man verdreht den Leuten den Kopf mit Freiheitsträumen. Ich habe mich mit der Geschichte dieses Landes beschäftigt und versichere Ihnen, diese Zeit nicht sinnlos vertan zu haben. Ein Staat, der seine Unabhängigkeit auf so schändliche Weise verloren hat, wird nie widerstehen. Nach ein paar hoffnungslosen Ansätzen, die hauptsächlich aus äußeren Gründen zum Scheitern verurteilt sind, obgleich auch innere Zerrissenheit an ihnen frißt, werden sich diese Versuche nicht mehr wiederholen. Aber das heißt nicht, man dürfe die Zügel lockern . . .« Er bat darum, sich für einen Augenblick setzen zu können. Sie erreichten den alten Teil des Waldes. Der lockere Birkenbestand endete, der Schatten wurde dichter. Der Offizier zündete sich eine Zigarette an. Sie schwiegen. Die kategorischen Behauptungen des Offiziers wirkten auf ihn als riskante Übertreibung. Es kommt vor, daß Menschen, die genau im Mittelpunkt bestimmter Ereignisse stehen, zwar ihre Ursachen bis ins Kleinste kennen, sich jedoch bei dem Versuch synthetischer Beurteilungen irren. Ihnen fehlt die Perspektive, die sich erst aus einer gewissen Distanz ergibt. Er wollte etwas in dieser Richtung sagen. Der andere saß mit gerunzelter Stirn da und sog den Rauch ein. Neben ihm hatte sich der Förster niedergelassen und drehte sich eine Zigarette. »Wir werden einige Fasanen mitbringen«, sagte er nach einer Weile. »Ach«, murrte der Offizier, »ich möchte lieber etwas Größeres.« Er lehnte sich gegen einen Baumstamm und verfolgte das unruhige Hin- und Herfliegen der Vögel zwischen den Zweigen. »Woran denken Sie?« fragte der Offizier. »Ich ruhe mich aus«, antwortete er. »Ich habe viel Arbeit und wenig Zeit zum Ausruhen.« – »Ich erwähnte die Unruhe« – er rauchte und schloß die Lider. »Es ist ein anderer Prozeß als der, den wir bisher gekannt haben. Die Spalten zwischen den verschiedenen Gruppen der Gesellschaft vertiefen sich, eine von unserem Gesichtspunkt aus positive Erscheinung. Aber man kann dabei etwas Gefährlicheres beobachten.« – »Was meinen Sie?« warf er ein. »Sie nennen es das gemeinsame Klasseninteresse. Die revolutionäre Demagogie fällt auf fruchtbaren Boden. In den Fabriken der Stadt greifen wir Agitatoren aus dem Landesinneren auf, die nicht einmal die Sprache hier gut können. Früher war so etwas gar nicht denkbar. Man erkannte den Feind ganz einfach an seiner Sprache.« Er betrachtete die unruhige Bewegung der Zweige. Der Himmel, der durch das Grün hindurchblickte, war wolkenlos und etwas fahl, wie häufig an sonnigen Herbstvormittagen. Ein Blick galt dem neben ihm sitzenden Offizier. Was hat dieser Mensch wohl für Leidenschaften? Ein ideales Mannequin, dachte er. Außer Dummköpfen wie der Gerichtspräsident, die nur Befehlsempfänger der Obrigkeit sind, gibt es in der Verwaltung auch solche Leute. Das ist die Vollkommenheit des Systems! »Glauben Sie«, fragte er und verstreute die Asche, »ich hätte Unrecht? O ja, leider kann man die Feinde heute nicht an der Sprache erkennen, in der sie sich verständigen. Unter den Anarchisten, die in der Hauptstadt Bomben werfen, findet man neben Russen auch Polen. Die sozialistischen Agitatoren aus dem Landesinneren fühlen sich unter manchen Polen wie in ihrem eigenen Element. Und umgekehrt. In den Petersburger Fabriken schnappen wir Verschwörer, die vor kurzem noch hier tätig waren. Das ist das Neue der gegenwärtigen Situation.« Er nickte zustimmend. Der Offizier hatte gewiß die Wahrheit gesagt. Leute wie er geben sich nicht mit Zuschauen zufrieden. Sie wollen die Welt formen. Bei Begegnungen mit ihnen interessierte ihn stets am meisten der Kern ihres Berufsgeheimnisses. »Mittlerweile«, fuhr der Offizier fort, ohne das Schweigen seines Gesprächspartners zu beachten, »kommen wir schon irgendwie zurecht. Die Netze der Verschwörungen sind vorläufig sehr primitiv geknüpft. Im Laufe der Zeit aber« – er spürte die echte Unruhe in der Stimme seines Gegenüber – »werden sich die Methoden vervollkommnen. Immer häufiger fassen wir an der Grenze Terroristen, die in beiden Richtungen wandern. Ihre Stäbe befinden sich nicht nur in Moskau, Petersburg oder Warschau, sondern auch in Wien und Berlin. Das ist die größte Bedrohung.« Er vermutete, daß der andere, der hier in Grenznähe saß, offenbar genau die Kanäle beobachtete, auf denen die revolutionäre Literatur und die geschulten Verschwörer durchgeschleust wurden. Er hatte Lust, ihm zu sagen, ein solcher Verkehr der Ideen über die Verwaltungsbarrieren hinweg sei ewig. Gibt es Isolationsmethoden, die eine Ordnung dieser Art ausschließen? Und darf man sie anwenden? Die Welt entwickelt sich dank einander durchdringender Strömungen ... Die Positionen, die ihnen durch Losentscheid zugewiesen waren, befanden sich am Waldrand. Sie mußten also nicht tiefer hineingehen, und die Treiber kamen nicht an ihnen vorbei. Sie hörten nur in der Ferne ihr Schreien. Dann wieder breitete sich Stille über den Wald. Die Sonne wärmte stark. Er erzählte dem Offizier einen interessanten Fall, den man ihm im Rahmen der Gerichtsaufsicht anvertraut hatte. In einem kleinen Erholungsort nahe Petersburg hatte man eines Tages die Leiche eines Mannes in mittlerem Alter gefunden. Der Paß, den er bei sich trug, war auf den Namen eines englischen Kaufmanns ausgestellt. Indizien verwiesen auf einen vorgetäuschten Selbstmord. Die eingeleitete Untersuchung bestätigte diesen Verdacht voll und ganz. Der angebliche Engländer entpuppte sich als lange gesuchter Revolutionär. Der Verdacht auf Raubmord entfiel. Aus den vorhandenen Informationen, die direkt aus London kamen, ging hervor, daß der Mann sich längere Zeit über auf der Insel aufgehalten und unter den Emigranten dort eine lebhafte Tätigkeit entfaltet hatte. Der Zweck dieser Arbeit konnte allerdings nicht festgestellt werden. Niemand hatte jedenfalls angenommen, er werde sich binnen kurzem in seine Heimat begeben. Er verschwand aus London. Man erwartete, er werde in Paris landen. Aber auch dort fand man ihn nicht. Man fing an zu überlegen, ob er nicht doch in seine Heimat gelangt sei. Alle Versuche, seinen Aufenthaltsort festzustellen, scheiterten. Die politische Polizei der Hauptstadt war jedoch der Ansicht, er sei an Ort und Stelle tätig. Aus Kiew traf eine Meldung ein, die die Richtigkeit dieses Verdachts bestätigte. Die Spur riß ab, ehe man entsprechende Maßnahmen einleitete. »Oh, ich kenne die Leute in Kiew«, sagte der Offizier leichthin. »Die erfahren alles als letzte. Manchmal wissen wir hier mehr von den Vorgängen dort.« – »Bald nach der Identifizierung«, begann er wieder, »und nachdem man durch englische Quellen festgestellt hatte, daß ein Kaufmann mit dem im Paß angegebenen Namen nicht existierte, verhaftete die Petersburger Polizei infolge von Informationen, die man am Ort des Verbrechens hatte einholen können, einen in Homosexuellenkreisen der Hauptstadt bekannten jungen Mann. Und damit«, sagte er, »ist der Fall zu Ende.« – »Ich verstehe nicht«, antwortete der Offizier und schaute ihn an wie einen Verrückten. »Was heißt das?« – »Die Ermittlungen wurden abgeschlossen«, erläuterte er, »obwohl der Festgenommene seine Schuld schnell gestand. Er hatte auf Empfehlung der Polizei gehandelt. Mit entsprechend präpariertem Material versehen, sollte er beweisen, daß der Gast aus London seit längerer Zeit, was übrigens nicht stimmte, eine Doppelrolle spielte und daß man ihm einige aufsehenerregende Denunziationen zuzuschreiben hatte.« – »Der Fall hat Sie interessiert?« Der Offizier wunderte sich. »Was ist daran Neues?« – »Nichts, nichts«, entgegnete er. »Das Urteil wurde vollstreckt. Unser Homosexueller war als Arm der revolutionären Gerechtigkeit aufgetreten. Und kurz danach erhängte er sich in seiner Zelle. Man mußte die Ermittlungen beenden.« – »Er wußte, was er zu tun hatte!« Der Offizier lachte auf. »Heute wäre die Durchführung einer derartigen Operation etwas schwieriger. Der Gegner übernimmt langsam unsere Methoden. Man muß folglich andere, kompliziertere Mittel verwenden. Und was nützt es, daß wir in jeder Verschwörergruppe unsere Leute haben, daß wir, indem wir uns ihrer bedienen, immer eine bestimmte Politik betreiben!« – »Wir benötigen sie als Argument im polizeilichen Kampf«, warf er ein. »Von welcher Ebene an« – der Offizier hob die Schultern – »durchschaut man dieses Spiel? Bin ich, der ich hier an der Grenze sitze und das Überwechseln der Spione und das Knäuel verschwörerischer Intrigen beobachte, imstande vorauszusehen, was sich wirklich gegen uns richtet und was nur von uns vorgetäuschtes Tun ist?« Er brach in Gelächter aus. Der Polizist blickte ihn fortwährend verwundert an. Da haben wir, dachte er, die Ursache der ungewöhnlichen Redseligkeit. Der Kreis, von dem er zuletzt gesprochen hat und der sich fest schließt, macht aus ihm einen unverständigen Dummkopf. Kann so ein Dummkopf über die Staatsinteressen wachen, wenn er dazu noch intelligent genug ist, um zu verstehen, daß seine intensivsten Bemühungen sich plötzlich gegen seine eigene Karriere richten können? »Ich meine«, fügte der Offizier hinzu, »die alles ordnende Idee. Sie ist nicht immer verständlich. Mag sein, die Leute in der Nähe, in der Hauptstadt betrachten die verschiedenen, dem Anschein nach unbedeutenden Tatsachen und sind in der Lage, sich die ordnende Absicht bewußt zu machen. Aber wir? Die Ziele und die Mittel des Handelns ändern sich. Durch so ein Nichtwissen kann man den Staat ruinieren.« – »Ach, Herr Hauptmann«, unterbrach er ihn, »die grundlegende Idee ist immer dieselbe, Veränderungenn unmöglich zu machen. Den vorgefundenen Besitzstand zu hüten. Es wechseln die Methoden, die zur Erreichung dieses Ziels dienen, das ist Tatsache. Aber mehr nicht.« – »Sie sind kein politischer Maximalist«, murmelt der Polizist. Er ahnte, wie dessen politischer Maximalismus aussah. Neue Gefängnisse. Neue Verbannungsorte. Torturen. Femeurteile. Das, was jeden Polizisten deformiert, selbst wenn er verschiedenen Monarchen gedient hat. »Manchmal«, sagte er nach einer Weile, »habe ich Lust, diesen Dienst zum Teufel zu wünschen. So einfach ist das nicht. Doch ich kann auf dem Lande leben. Meine Familie besitzt ein Gut bei Pskow. Gute Erde, große Felder. Wir haben kürzlich«, er nahm den Faden von vorhin wieder auf, »die Untersuchung im Fall einer zahlreichen, in der Schweiz geschulten revolutionären Gruppe abgeschlossen. Ihr Programm enthielt nichts Neues. Freiheitliche Phrasen und revolutionärer Schluckauf. Ich habe einen jungen Mann verhört, der mit ihnen zusammen verhaftet wurde. Er stammte aus einer guten einheimischen Familie, die sich von der Politik fernhält. Ich erwähnte ihm gegenüber die Erfahrung; daß man sehr viel mehr gewöhnliche Lebenserfahrung haben müsse, um den Erfolg des eigenen Handelns zu bedenken. Er faselte vom letzten Aufstand. Anscheinend hatte einer der fanatischen Verehrer dieser Tradition ihm den Kopf verdreht. Er erzählte von der freien Welt freier Menschen. Genau das, was in das Bewußtsein solcher Dummköpfe eingeht und womit allerlei politische Hyänen ihre verdächtigen Geschäfte machen. Die zu erwischen, ist schwer. Es sei denn, man nähme das Risiko des Meuchelmords auf sich. Sie haben sich dermaßen vermehrt, daß es nicht genug Freiwillige gibt, die solche Urteile ausführen könnten. Um ihn völlig zu vernichten und ihm die Augen für die Wirklichkeit zu öffnen, habe ich ihm von der Doppelrolle eines seiner Freunde erzählt. Selbstverständlich ohne Namensnennung. Der Verdacht konnte auf viele fallen, die in die Sache verwickelt waren. Am nächsten Tage, als man ihn ins Gefängnis zurückbrachte, versuchte er, sich vor die Räder eines durchfahrenden Zuges zu werfen. Ich konnte nicht voraussehen, daß er so sensibel war. Was habe ich von seinem Tode?« Er versank in Gedanken. »Er behauptet, er werde es sowieso tun. Er werde sich erhängen oder zum Fenster hinausspringen.«

Eine Woche verging. Er nahm die vom Arzt verordenten Mittel und fühlte sich ganz wohl. Er ordnete das riesiggroße Material, das man hatte zusammentragen können, und arbeitete sogar im Hotel. Manchmal nahm er vor dem Bahnhof eine Droschke und ließ sich aus der Stadt hinausfahren. Dann kam er durch die Allee, in der das Haus des Arztes stand. Einmal glaubte er sogar, ihn durch das offene Fenster in seinem Zimmer arbeiten zu sehen. Es folgte das große Gebäude, das Haus des Großfürsten, in dem die russischen Verwaltungsbeamten wohnten. Die Droschke rollte weiter über das Kopfsteinpflaster der Vorstadt. Sie kamen an langen Mauern vorbei, hinter denen Werkshallen und hohe, ständig rauchende Schornsteine aufragten. Er sah die üblichen einstöckigen Häuser aus roten Ziegeln, in denen die Arbeiter wohnten. Die Droschke erreichte eine große Holzbrücke. Danach begannen Vorstadtgärten und, in ihrem Grün versunken, armselige Holzhäuser. Die Bäume standen in einer Oktoberwolke von Gold und Rot. Die Luft war, sofern der Wind die fetten Rauchzöpfe aus den Fabrikschornsteinen nicht herüberwehte, sauber und durchtränkt vom Geruch der Erde und der Feuer, die in den Gärten brannten. Am hohen Herbsthimmel hingen Wolken und umgaben den großen, sehr oft blutroten Schild der untergehenden Sonne. Er kehrte zurück, wenn das Feuer im Westen erloschen war und die tiefhängenden, alle Herbstfarben reflektierenden Wolken ein undurchdringliches Schwarz annahmen. Die Sterne zeigten sich. Der Kutscher zündete die Laternen an. Sie fuhren durch dieselben, aber von der Dunkelheit veränderten Straßen. Nach getaner Arbeit saßen die Leute vor ihren Häusern. In manchen Fenstern brannten Lampen. Das Licht in den kleinen Läden strahlte hell durch die schmutzigen Scheiben. Nahe der gerade im Bau befindlichen katholischen Kathedrale – hohe Mauern im Dickicht der Gerüste – begannen die reicheren Straßen und Geschäfte. Zahlreiche Fußgänger bewegten sich auf den Gehsteigen, der Wagenverkehr wurde dichter. Die Menschenmenge in der breiten Allee vom Klosterhügel zum Bahnhof strömte in ununterbrochenem Fluß. Über allem hing der Mond in einem seiner wechselnden Viertel. Der Präsident hatte ihn erneut eingeladen, aber nicht besonders dringlich. Ihm war klar, daß er ihn durch seine Anwesenheit, seine unverständlichen Anschauungen und eine zweifellos vorhandene Protektion in Petersburg reizte, mit einem Wort durch das, was ihn von den Einheimischen unterschied und zum Fremden machte. Mit jedem Tag näherte er sich dem Augenblick, in dem Sykstus anfangen mußte, den Hergang des Mordes genau zu erzählen. Er hatte solche Berichte oft gehört, und darunter sehr viel blutigere. So war er abgehärtet, sie beeindruckten ihn nicht. Er machte sich daran, vermutlich wie der Arzt an eine Sektion. Er suchte nach den Ursachen. Zwischen dem Arzt und ihm gab es nur den einen Unterschied, daß auf dem Sektionstisch eine Leiche liegt, manchmal der Körper eines Ermordeten, dessen Mörder die Polizei in seinem Auftrag suchte, er aber hatte einen lebendigen Menschen vor sich. Während des Ermittlungsverfahrens vollzog sich, sobald die genauen Umstände des Verbrechens aufgedeckt wurden, bei den Tätern gewöhnlich eine deutlich sichtbare Persönlichkeitsveränderung. Der Täter betrachtete sein eigenes Verbrechen wie ein fremder Mensch. Augenblicke traten ein, da den Verbrecher die Angst verließ, die ihn gefangen hielt. Er vergaß Strafe und Sühne. Gerade dann vollzog sich die Veränderung. Wenn er die Ermittlung abschloß und den Fall an das Gericht überwies, wußte er, daß das Urteil dieses Gerichts bereits einem anderen Menschen gelten würde. Während der Ermittlung haben sich in seiner Psyche so nachhaltige Veränderungen ereignet, dachte er, ohne eine Wertung zu versuchen, daß die Strafe selbst, daß ihr moralischer Sinn problematisch wird. Manchmal weckte diese Überzeugung auch Hoffnung in ihm. Die Sorge, daß er daran mitwirkte, einem anderen den Strick um den Hals zu legen, wich der Freude, die jene Veränderung erzeugte. Darum veranlaßte er den Häftling zu der langen Wanderung in die Tiefe seines eigenen Bewußtseins. Manchmal war er sein Führer. Fast immer verhinderte er die Rückkehr. Er wartete auf den Augenblick, in dem die Wahrheit über das begangene Verbrechen aufgedeckt wurde. Das war die einzige, wesentliche Strafe. Es gab hin und wieder Menschen mit so stark deformiertem psychischem Leben, daß sie einer derartigen Probe widerstanden. Er hielt sie, obwohl die sachverständigen Ärzte manchmal daran zweifelten, ganz einfach für pathologische Typen und nahm sie als Kranke, die den Sinn des ablaufenden Dramas nie begreifen würden. Wenn jedoch normale Menschen vor ihm standen und er sie nach Abschluß der Untersuchung bat, den Papierbogen zu unterschreiben, empfand er Freude, weil er sah, daß sie sich nie wieder hinter die Grenze zurückziehen würden, die sie durch ihre Tat gezogen hatten. Es war der kurze Augenblick der Zufriedenheit, der es wert ist, daß man ihm viele Monate schwieriger, höchst angespannter Arbeit widmet. Danach trat unweigerlich die Erschöpfung ein. Das weitere Schicksal jener Menschen war ihm gleichgültig. Manchmal erfuhr er von ihnen aus den Zeitungen oder bei Gesprächen im Ministerium, wenn über die interessanteren Prozesse geredet wurde. Er erinnerte sich der Gesichter nicht mehr, sogar die dramatischsten Momente verflüchtigten sich. Auch Freisprüche hatten für ihn keine Bedeutung mehr. Seine Kollegen betrachteten das als Symptom für mangelnde Demut. Ja, aber seine Häftlinge taten nichts gegen seinen Willen. Auf diese Weise hatte er den Ruhm eines rücksichtslosen Menschen erworben. Das war alles. Dahinter verbarg sich auch das Geheimnis seiner Karriere im Ministerium, die für die provinziellen Wächter der öffentlichen Ordnung manchmal schwindelerregend war ... Am Tage vor dem Lokaltermin, den er im Kloster angesetzt hatte, fühlte er sich unwohl. Er ahnte, daß sich die Flut des Schmerzes näherte. Erst waren es kaum spürbare Schwindelanfälle. Er schwitzte und mußte tief atmen. Er bemerkte ein leichtes Zittern seiner Finger und einen saugenden Druck in der Brust. Sofort unterbrach er die Vernehmung des Wächters, der das Sofa mit der Leiche herausgefischt hatte, ließ eine Droschke rufen und fuhr, wieder ohne Voranmeldung, direkt vom Gericht zum Arzt. Diesmal traf er ihn nicht an. Seine Frau, die ihm öffnete, bat ihn, eine Weile zu warten. Sie unterhielten sich in dem großen Hausflur, er sah am anderen Ende das offene Fenster zum Garten und dahinter, in beträchtlicher Entfernung, einen vom Winde nicht bewegten Ebereschenzweig mit blutroten Früchten. Er fragte, wo ihr Mann sei. Sie traten in die Praxis. Er mußte wohl sehr schlecht aussehen, denn sie reichte ihm sogleich ein Glas Wasser. Sie war eine schöne, reife Anmut ausstrahlende Frau. »Er müßte eigentlich zurück sein«, antwortete sie. »Um diese Zeit ist er mit der Arbeit im Krankenhaus fertig.« Er nickte schweigend. Der erste Schlag des Schmerzes war so stark, daß er nur mühsam das Glas hinstellen konnte. Er wußte nicht, wie lange es dauerte, sondern saß mit geschlossenen Augen da. Endlich vernahm er schnelle Schritte im Nebenzimmer und die leisen Worte, die sie zu ihrem Mann sagte. Er öffnete die Augen, als er spürte, daß ihm jemand die Hand auf die Schulter legte. »Wir machen eine Spritze«, hörte er die Stimme des Arztes, »gleich vergeht der Schmerz.« Er biß sich auf die

Lippen. Der Arzt betrachtete ihn aufmerksam und verbarg seine Unruhe nicht. »Wie fühlten Sie sich heute früh?« Er setzte sich ihm gegenüber und faßte nach seinem Puls. »Besser?« Ihn befiel, vermutlich wegen der Spritze immer größere Schwäche. Mühsam hob er die Lider. »Früh?« wiederholte er flüsternd. »Da habe ich nichts gemerkt. Ich hatte gut geschlafen ...« – »Hatten Sie solche Beschwerden«, fragte der Arzt, und seine Worte klangen, als würden sie von einer dicken Wand zurückgeworfen, »auch schon einmal bei Nacht?« Er war mehrmals mit ähnlichen Symptomen erwacht, ehe der stärkste Schmerzandrang erfolgte. Dann hatte er nach dem Medikament gegriffen, das auf seinem Nachttisch lag und das ihm der Arzt verschrieben hatte. Es erlaubte ihm einzuschlafen. »Ich fürchte«, fuhr er fort, »Sie werden zur Beobachtung ins Krankenhaus müssen.« – »Ins Krankenhaus?« er sah den Arzt an. »Das wird nötig sein«, antwortete dieser. »Vielleicht sollten Sie nach Petersburg zurückkehren.« Er schüttelte verneinend den Kopf. Die Krankheit muß vorübergehen. Man darf sich nicht ergeben. Das Krankenhaus wäre das einzige Zugeständnis. Er würde schon irgendwie zurechtkommen. »In Petersburg sind Sie unter dauernder Beobachtung«, sagte der Arzt weiter. »Ohne gründliche Untersuchung können wir die Ursache nicht feststellen.« – »Was glauben Sie denn?« unterbrach er ihn. Der Arzt zuckte mit den Schultern. »Ich weiß es nicht«, sagte er. »Meine Hypothesen wurden durch die Analyseergebnisse nicht bestätigt. Ich bin auf Vermutungen angewiesen.« – »Na und?« drängte er. Der Arzt beugte sich vor. Sein Gesicht war nun ganz nahe, die dunklen Augen schauten ihn an. Auch er war müde. »Sie sind ein ernsthafter Mensch«, begann er. »Wenn der Arzt eine Diagnose stellt, muß er zuvor Gewißheit haben. Ich weiß nicht, was Ihnen fehlt. Deshalb sage ich, Sie müssen ins Krankenhaus ...« – »Schon gut«, stimmte er zu. »Nach meiner Rückkehr. Inzwischen aber, Herr Doktor, geben Sie mir ein Schmerzmittel.« Der Arzt trat an seinen Schreibtisch und schrieb ein Rezept aus. »Operation?« fragte er. Der Arzt blickte herüber. »Möglich«, entgegnete er. »Doch das kann man in diesem Moment nicht entscheiden. In Petersburg wird man Ihnen binnen kurzem sagen, was zu tun ist.« – »Ihnen ist es lieber, wenn das nicht auf Sie zukommt ...« Die Hand mit der Feder verhielt in der Luft. »Nein«, vernahm er. »Ich möchte mich nur nicht irren.« Wenn er mehr Kraft gehabt hätte, wäre er aufgestanden und hätte den Doktor gezwungen, die

Wahrheit zu sagen. Denn irgend etwas verheimlichte er ihm. Er wandte sich wieder dem Schreiben zu, als hätte seine Antwort den Patienten zufriedengestellt. »Ich glaube, Herr Doktor«, flüsterte er, »Sie verstecken sich hinter Ihren Vermutungen.« Er versuchte, sich zu erheben, fiel aber gegen die Lehne. »Ruhen Sie sich lieber aus«, sagte der Arzt. Wieder kam seine Stimme von weit her, obwohl die Wörter sehr deutlich klangen. Für einen kurzen Augenblick sah er sein Abbild in dem großen Standspiegel. Die sich aufrichtende Gestalt. Das graue, schmerzverzogene Gesicht. Er dachte an sich wie an einen gänzlich Fremden. So etwas war ihm noch nie passiert. Aus dem Spiegel schaute ihn ein Gespenst an. »So also sieht das aus«, sagte er. Der Arzt antwortete nicht. Er blätterte in einem Lehrbuch. Er vermochte seiner wachsenden Erschöpfung nicht Herr zu werden. Die Hand des Arztes wandte die Seiten um. Er schien sich vom Schreibtisch zu entfernen. Draußen vor dem Fenster, das ebenfalls zurücktrat, rollten schwere Wagen vorbei. Aus den anderen Zimmern drang Mädchenlachen herüber. Mit der optischen Täuschung des Sichentfernens verband sich gleichzeitig ein Schwinden der Stimmen. Das Lachen kam wie von weither. Er wollte sagen, sein Gehör setze aus. Die Hand mit dem Buch war kaum noch sichtbar. Unter dem Eindruck einer durchdringenden Kühle erwachte er. Er lag auf dem Sofa. »Was ist passiert?« fragte er. Der Arzt beugte sich über ihn. »Ein sehr starkes Mittel«, sagte er. »Geht's Ihnen besser?« – »Ja«, er lächelte. »Habe ich lange geschlafen?« – »Nein«, antwortete jener. »Der Puls ist normal.« Er setzte sich auf und strich sich die Haare glatt. »Man muß eine Droschke bestellen.« – »Sie haben so viel Mühe mit mir, Herr Doktor ...« – »Ich werde sie weiterhin haben«, unterbrach ihn der Arzt, »wenn Sie meinem Rat nicht folgen.« – »Ich verspreche es, Herr Doktor. Die Arbeit dauert nicht mehr lange.« – »Die Ermittlung?« fragte der Arzt. »Ja«, sagte er. »Ich werde mit allem rechtzeitig fertig.« Der Arzt schüttelte den Kopf. »Eine überaus anstrengende Tätigkeit ...«, begann er. »Sie sind sehr geschwächt ...« – »Die noch mehr«, entgegnete er. »Wer?« erkundigte sich der Arzt. »Meine Schutzbefohlenen.« Er stand auf und ging zum Fenster. Die Straße war leer. Die Zweige der Kastanien neigten sich über sie. Die Blätter hatten bereits Gold angesetzt, manche waren ganz rot. »In einem Monat habe ich alles hinter mir.« – »Das ist lange hin«, vernahm er die Worte des anderen. Er drehte sich nicht um, sondern sah zu, wie eine Gruppe Kinder Kastanien sammelte, und überlegte sich, daß man eines herbeirufen und eine Droschke holen lassen könnte. »Sie haben mein Wort, Herr Doktor«, fuhr er fort, »und ich bin der erfahrenste Untersuchungsrichter, der sich während der letzten zehn Jahre in dieser Stadt aufgehalten hat.« Er lachte auf, erschrak aber sogleich vor einer Wiederkehr des Schmerzes und preßte die Lippen zusammen. »Ich glaub's, ich glaub's«, antwortete der Arzt. »Dennoch sollten Sie die Leitung der Angelegenheit jemand anderem übertragen, auch wenn das kein so guter Beamter ist.« – »Nein, nein...« Er schüttelte den Kopf. »Jetzt kommt das Wichtigste«, – er wandte sich ab – »da kann mich wirklich niemand vertreten.« – »Engagiert der Fall Sie dermaßen?« Er zündete sich eine Zigarette an. »Ja, sehr«, bestätigte er. »Ich hoffe, der Teufel geht mir ins Netz, Herr Doktor. Noch spüre ich, wie er sich müht, mir um jeden Preis zu entwischen, aber ich werde ihn fassen.« Er lächelte. »Ich will ihn kennenlernen. Ich weiß nicht, ob ich noch einmal Gelegenheit dazu bekomme.« – »Überschätzen Sie diesen unseligen Mönch nicht?« fragte der Arzt verwundert. »Es heißt, er sei einfach ein beschränkter Mensch. Ist das die richtige Methode?« – »Na, hören Sie, Herr Doktor«, er lehnte sich zurück, »dieser Unselige ist mein Helfer...« Der Arzt zog die Stirn zusammen. Er kam der Frage zuvor. »Gemeinsam verfolgen wir den Teufel. Der ist genau zwischen uns. Er versucht zu entwischen. Wir beide, Sykstus und ich, haben nicht viel Zeit, um ihn endgültig zu fangen. Sykstus mit seinem durch nichts getrübten Glauben und ich mit meinem Mangel an Überzeugung von seiner Macht. Dieser Falle, geben Sie's zu, kann er wohl nicht entgehen. Mir tut der Teufel leid, aber ich freue mich auch auf unsere nahe bevorstehende Begegnung.« Der Arzt schwieg und sah das Rezept durch. Er dachte, er werde sich beeilen müssen, um die Medikamente noch vor Schließung der Apotheke zu besorgen. Auch wollte er endlich in sein Zimmer. Ich werde heute keinen Brief schreiben, dachte er. Zunächst muß ich ausruhen. Morgen gibt es eine Menge Arbeit.

Nach einer wolken- und regenreichen Woche kehrte der Herbst leuchtend zurück. Die Tage waren kurz, aber voll Sonne, die um die Mittagszeit glühte wie im Hochsommer. Das Gold und das Rot, das die Stadt umfing, mischte sich mit der saftigen Farbe eines fast frühlingshaften Grüns. Dazu kam die gesunde Frische der Luft. Der Nebel, der sich im Morgengrauen auf die Stadt legte, schwand sehr schnell. »Was für ein seltsamer Herbst!« beschwerte sich eine soeben eingetroffene Dame im Hotelrestaurant. »Man hätte Sommerkleider mitnehmen sollen.« – Eine Stunde vor dem festgesetzten Termin ließ er eine Droschke kommen und fuhr zum Kloster. Gleich hinter der Eisenbahnbrücke stand linker Hand das einstöckige Spitalgebäude. Seine schmalen, hohen Fenster erinnerten an eine Kapelle. Im Vorüberfahren bemerkte er, daß dort gerade eine Droschke anhielt. Auf dem Bürgersteig hatte sich eine Gruppe neugieriger Zuschauer eingefunden. Ein Mädchen wurde aus der Droschke gehoben. Das lange, graue Kleid streifte den Boden. Unter den Männern, die die Kranke trugen, erkannte er den Doktor. Er erhob sich, um ihn zu grüßen, er zog sogar den Hut, doch der beanspruchte Arzt blickte nicht zu seiner Droschke hinüber. Er ließ sich also wieder in den Sitz fallen und zündete sich eine Zigarette an. Es war noch sehr früh. Nur einige Läden zu beiden Seiten der Allee hatten schon geöffnet. Hinter dem Platz, auf dem die häßliche, grüne orthodoxe Kirche stand, überholten sie eine große Gruppe Gymnasiasten. Sie gingen zu zweit unter Führung ihres hageren, mit einem langen Wintermantel bekleideten Erziehers und redeten sehr laut, ohne dessen Anwesenheit auch nur im geringsten zu beachten. Er vernahm sogar, wie einer beim Anblick einer vorbeikommenden Frau unverschämt pfiff. Am liebsten hätte er die Droschke angehalten und den Jungen gehörig zurechtgewiesen, doch tat er es nicht, sondern beschloß, sich nicht nervös machen zu lassen. Durch den Park gelangten sie in eine schmale Gasse mit Kopfsteinpflaster, die auf gleicher Höhe wie die Parkumzäunung gegenüber der Mauer endete. Nur an den Verkaufsständen, die hier dicht an dicht aufgeschlagen waren, herrschte lebhafter Betrieb. Pilger sah er dagegen nicht. Hatten die Mönche vielleicht angekündigt, heute keinen Pilgerzug ins Kloster zu lassen? Er stieg aus der Droschke. Während er auf das Haupttor zuging, überquerte er einen kleinen gepflasterten Platz. Schwarze Steine bildeten dort als Mosaik das große Ordenswappen, eine hohe Palme und auf ihrem Wipfel ein stattlicher Vogel mit einem Laib Brot im Schnabel. Das Tor war geschlossen. Als man ihn sah, trat der diensttuende Mann im weißen Habit heraus und fragte nach seinen Wünschen. Er stellte sich vor. Der Ordensbruder drehte den Türschlüssel und ließ ihn ein. »Ich weiß nicht, Herr Richter«, stammelte er, »was ich tun soll. Ich warte auf die Droschke der Kurie. Wir hoffen, daß ein Delegierter eintrifft.« – »Sie brauchen mich nicht zu begleiten, Pater«, sagte er lachend. »Ich komme schon selbst hin.« Der Mönch war gern einverstanden. Am Vortage hatte ihn in seinem Arbeitszimmer ein höherer Geistlicher aufgesucht und gefragt, ob der zuständige Bischof, also der Vorgesetzte des hiesigen Klosters, das Recht habe, einen Repräsentanten zu entsenden, der bei dem Lokaltermin im Kloster anwesend sein dürfe. Er unterhielt sich sehr höflich mit ihm. Selbstverständlich stimmte er zu, allerdings mit dem Vorbehalt, daß der Repräsentant sich nicht in die Untersuchung einmische. Als Beobachter sei er zugelassen. Der Geistliche versicherte, nur das habe er bei seiner Bitte gemeint. Sie waren beide die ganze Zeit über äußerst vorsichtig gewesen, nun mußte konsequent verfahren werden. Der Präsident war mit der Entscheidung einverstanden, er nörgelte nur um des Prinzips willen, nicht aus Überzeugung. Vermutlich ärgerte ihn die Tatsache, daß man in dieser Frage nicht direkt zu ihm gekommen war. Mit dem Abgesandten des Bischofs sprach er noch über die komplizierte Prozedur bei den geistlichen Gerichten. Er fragte, ob dieses Gericht auch im Falle Sykstus etwas aussagen werde und wann ein entsprechendes Urteil zu erwarten sei. Wie sich zeigte, war das nicht so einfach. Es hatte Streitigkeiten und Kompetenzprobleme gegeben. Der Orden unterstand irgendeinem Würdenträger in Rom. »Das ist einfach die Struktur der Orden«, erläuterte der Geistliche. »Der Gewalt des Bischofs unterstehen nur diejenigen Geistlichen, die nicht Ordensbrüder sind. Hier muß eine Teilung der Kompetenzen erfolgen.« Zum Abschied betonte er, daß die entsprechenden Behörden sich natürlich seit längerem mit dem Fall beschäftigten und daß die Entscheidung des Strafgerichts für dieses Verfahren keinerlei Bedeutung habe. Er wunderte sich, daß die Frage der Schuld so schnell geklärt worden sei. »Gibt es denn«, fragte der Geistliche erstaunt, »dabei irgendwelche Zweifel, Herr Richter?« – »Nein, nein«, räumte er eilig ein, »wir halten nur Details fest.« Jetzt betrat er den Innenhof, wo links die Wirtschaftsgebäude standen. Dort hatte Sykstus' Mittäter zunächst den gestohlenen Schatz verwahrt. Er blickte nach oben. Eine große, plötzlich aufgescheuchte Krähenschar umkreiste den steinernen Turm, dessen Spitze in die hoch oben segelnden Wolken ragte. Dann schaute er zurück. Zur Rechten befand sich der Eingang zu den Wällen. Das Tor war geschlossen. Dort hatte Sykstus auf die Unbekannte gewartet. Und einige Schritte weiter, an der Wand, wo im Freien die hölzernen Beichtstühle standen, hatte er die Beichte gehört. Etwas gereizt stellte er fest, daß es den ganzen Fall nicht gäbe, der ihn aus dem Landesinneren hergebracht hatte, wenn an jenem Tage – er erinnnerte sich nicht, ob Sykstus bei seinen Aussagen das Wetter von damals erwähnt hatte – diese Pilgerin vor einem anderen Beichtstuhl stehen geblieben und auf einen anderen Beichtiger getroffen wäre; das Schicksal der in dieses Drama verwickelten Menschen hätte sich ganz anders gefügt. Auch brauchte er das teuflische Geschrei der zwischen den Mauern umherfliegenden Vögel nicht mitanzuhören. Die Rolle des Zufalls, der die Menschen lenkt, irritierte ihn. Nichts geht aus nichts hervor, nichts läßt sich logisch ordnen. Ist vielleicht der Zufall, dachte er immer gereizter, nicht minder wichtig als der Charakter? Aber ja doch! hätte er fast laut gesagt, obwohl niemand sich auf dem Hof zeigte. Diese Frau hätte von einem Wagen überfahren werden können, kaum daß sie den Bahnhof verließ, und auf Sykstus, der hinging, um die Beichte abzunehmen, hätte ein Stück Mauer fallen und das Leben eines soliden, wenngleich der Ordensregel nicht allzu gehorsamen Kaplans beenden können. Solche Fragen ergeben sich stets aus intellektueller Erschöpfung, aus Niederlagen der Vernunft. Die Phantasie bemüht sich, die logische Ordnung zu ersetzen . . . Am Eingang zum Vorflur wartete der Prior auf ihn. Er kannte ihn bereits, weil er ihn schon zur Vernehmung hatte holen lassen. Sie begrüßten sich. Er sagte, er sei so früh gekommen, um noch einige Details festzustellen, ehe die anderen einträfen. Er bat ihn, in Sykstus' Zelle geführt zu werden. Der Prior fragte, ob er ihn begleiten solle oder ob es genüge, wenn einer der Patres ihn vertrete. Vermutlich wartete der Prior auf das Eintreffen des Abgesandten der bischöflichen Kurie. Darum sagte er, er benötige ihn dabei nicht. An der Kirchentür vorbei und dann in den ersten Stock führte ihn ein hagerer Greis mit dem asketischen Gesicht der Heiligen auf italienischen Bildern. »Das ist die größte Schändung«, sagte er, »die diesem Heiligtum in seiner Geschichte widerfahren ist, Herr Richter.« Die Mönche, denen sie unterwegs begegneten, beugten bei ihrem Anblick die Köpfe, als brenne auch in ihnen die Flamme der Scham. »Nichts kann diese Schande tilgen«, fuhr der

Alte fort, »nur die Buße.« Er fragte ihn nach seinem Ordensnamen. »Jakub«, antwortete er. Von diesem Menschen hatte er gehört. Eines Tages hatte Sykstus, in Erinnerungen versunken, von einer Gruppe heiligmäßiger Greise erzählt, die sich – so behauptete er – aus hochmütiger, wenn auch anstrengender Überzeugung von dem Rest der Brüder fernhielten und durch ihr nachahmenswertes Beispiel und ihre ungewöhnliche, abschrekkende Strenge auffielen. Einer von diesen Greisen war Pater Jakub. Jetzt öffnete er die Zellentür. Das Fenster ging nach Norden. Wie bereits bei der polizeilichen Ermittlung ganz zu Anfang festgestellt, war die Zelle nach Sykstus' Verschwinden sorgsam in Ordnung gebracht worden. Man hatte alles entfernt. Bestimmt hatte man, obwohl es keine Beweise dafür gab, die vorhandenen Blutspuren abgewaschen. Sykstus behauptete die ganze Zeit über, er habe selbst sorgfältig aufgewischt und dann achtgegeben, daß Leon penibel das Gleiche tat, damit keine Spur mehr übrig blieb. Das wäre ein wesentlicher Beweis, der für das Verbergen der Wahrheit spräche. Weiße Wände. Ein schlichtes eisernes Bett mit frischem Bettzeug. Ein großes Kreuz. Ein Betstuhl. Ein kleiner Tisch und zwei Stühle. Ein Ofen. Ein Bücherbrett. Leer. »Hat dieser Mensch«, fragte er den auf der Schwelle stehenden Mönch, »nie Bücher gelesen?« – »Weiß ich nicht«, entgegnete jener. »Er war ein Satan . . .« – »Entschuldigen Sie, Pater«, er lächelte sanft, »das entspricht bestimmt nicht der Wahrheit.« – »Ich bitte um Vergebung«, sagte er schnell. »Ja, der Satan kann manchmal in einem Menschen leben, doch kann er nie einer werden. Das stimmt. Ich weiß nicht, Herr Richter, ob er etwas gelesen hat und was das für eine Lektüre war. Wir lesen gewöhnlich in der Bibliothek, aber er ist nicht oft da gewesen.« Er trat an die Wand. Hier befand sich ein Fach. Sykstus hatte erzählt, daß alle in diesen Fächern Liköre aufbewahrten. Ob auch die heiligmäßigen Greise das tun? Die einen hielten Likör für eine gute Arznei, die anderen wärmten sich damit, wenn die Öfen noch nicht geheizt wurden und die Herbstkühle einsetzte. Das Fach war leer. »Was mag er«, fragte er, »dort wohl verwahrt haben?« – »Das, was ihn in die Tiefe der Sünde geführt hat«, antwortete der Mönch, ohne zu überlegen. »Aber Sykstus«, unterbrach er ihn, »war kein Trinker.« – »Besser, er wäre einer gewesen.« Der Alte ließ den Kopf sinken; als er ihn wieder hob, standen ihm Tränen in den Augen. »Einmal hat er gesagt, in unserem Orden brauche man Menschen mit radikal verschiedenen Charakteren. Ich wußte nicht, was er meinte.« – »Und was haben Sie, wenn man fragen darf, geantwortet, Pater?« Er setzte sich auf einen Stuhl und blickte den stehenden Ordensmann an. »Daß unser Orden Menschen braucht«, antwortete er, »die das Gebet nicht vernachlässigen.« Daraus folgte, daß er Sykstus gemieden hatte. So war es bestimmt gewesen. »Haben Sie schon damals, Pater«, – er lächelte – »geahnt, was für einen Charakter Sykstus hat?« – »Warum fragen Sie das, Herr Richter?« Der Mönch wunderte sich. »Sie haben ihn, wie ich höre, über die Notwendigkeit des Gebets belehrt.« – »Das war keine Belehrung«, stellte er richtig. »Ich habe zu ihm gesprochen, weil ich wußte, daß ich mehr Erfahrung habe. Ich bin ein alter Mann. Ich habe nicht erwartet, eine solche Schande zu erleben.« Er stand auf und musterte noch einmal die Zelle. »Auch er«, murmelte er, »hat nicht erwartet, daß die Schande sein Teil würde.« – »Wer?« fragte der Mönch erstaunt. »Sykstus«, antwortete er. »Sie können's mir glauben, Pater.« – »Dieser Mensch«, fuhr der Alte fort, »hat zu Ihnen von der Schande gesprochen?« – »Ich versichere Ihnen, Pater, das tut er bei jedem Gespräch mit mir«, sagte er. »Er verhält sich wie ein Sünder voller Schuldgefühle . . .« Er überlegte, ob er die Notwendigkeit des Gebets erwähnen sollte, von der er soeben gehört hatte. Auch wenn das wie eine Belehrung klingen würde. Doch er schwieg. Der Alte tat ihm leid. Er stand da mit gebeugtem Kopf und herabhängenden Armen. »In Ordnung«, sagte er. »Wir können in die Bibliothek gehen.« Das war ein großer Saal mit breiten Fenstern, die auf den in Gold und Grün prangenden Klostergarten hinausblickten. Am meisten verwunderten ihn die an den Wänden stehenden Bücherschränke mit den darin aufgereihten Büchern gleicher Größe. Später stellte sich heraus, daß es sich lediglich um Futterale für die sehr alten lateinischen Bücher handelte. Jedes dieser Futterale trug in eingeprägten goldenen Buchstaben den Buchtitel. Das alles, so erläuterte der Mönch, der nicht von seiner Seite wich, sei das Werk eines schon lange nicht mehr lebenden Ordensbruders, der sein ganzes Leben der Bibliothek gewidmet habe. »Ein schönes Beispiel für Fleiß!« murmelte er. Der Mönch nickte bestätigend. An einem riesengroßen Tisch, an dem sicher die wichtigeren Ordensversammlungen stattfanden, saßen zwei in die Lektüre vertiefte Mönche. Er dachte, in der hier herrschenden, durch nichts getrübten Stille könne man wirklich ein Leben verbringen und auf die Begegnung mit Gott warten, in anderen Dimensionen der Zeit, die hier plötzlich stillstand und im zerstreuten Sonnenlicht versank. Doch ist das leider eine Illusion. Es gibt keine anderen Dimensionen. Es zählt die Zeit, wie die Uhrzeiger sie abmessen. »In meiner Kindheit«, sagte er zu dem neben ihm stehenden Mönch, der ihm gerade ein großes Pergament zeigen wollte, »habe ich oft orthodoxe Klöster besucht. Ich hatte eine sehr fromme Großmutter, Pater. Ich glaube sogar, diese Besuche haben in mir später die Abneigung gegen weitere geweckt. Doch waren diese Klöster ganz anders.« – »Was meinen Sie, Herr Richter?« – »Dort herrschte«, erläuterte er, »ein anderer Geist. Entschuldigen Sie bitte«, – er lächelte den erstaunten Mönch an – »ich kann das nicht besser ausdrücken. Unsere Religion ist dunkler, enthält aber auch mehr Freude.« – »Sind Sie sicher?« fragte der Mönche, während er das Pergament auf dem Tisch entfaltete. »Es kommt mir so vor«, antwortete er. »Hier ist alles auf eine schlichte Zweiteilung reduziert: Reinheit und Schmutz, Erlösung und Sünde.« – »Meinen Sie, eine solche Zweiteilung gebe nicht die Wahrheit von der Welt wieder, in der wir leben?« fragte der Mönch. »Das habe ich nicht gesagt«, fuhr er fort und bedauerte, sich auf ein Gespräch eingelassen zu haben. »Das Leben, meine ich, erträgt eine solche Eindeutigkeit nicht. Wir sind keine Engel, werden aber auch nicht gleich zu Teufeln. In unseren Klöstern war immer die Anwesenheit der einen wie der anderen greifbar ...« Er wollte sagen, in den Räumen hier schwebe ein unfaßbarer Geruch von Weihwasser. Dagegen erinnerte er sich an dunkle, von blassen Lämpchen erleuchtete Zellen, in denen Greise mit kaum erkennbaren Gesichtern und großen, glänzenden Augen saßen. Sie erteilten den Segen, sie flüsterten den herantretenden Gläubigen etwas zu. Oder sie schwiegen einfach. Dort hing dichter Kerzen- und Weihrauchduft. Wenn man wieder in den Hof hinaustrat, atmete man erfreut auf und spürte die Frische der Luft. In solchem Halbdunkel, dachte er, fällt es leichter, seine schmerzende Seele und sein Herz vor einem anderen Menschen zu öffnen. Vor allem fällt es leichter, an die Existenz dessen zu glauben, zu dessen Lob diese ganzen Mauern, Kirchen und Einsiedeleien erbaut sind. Und dann gab es noch etwas, worauf er hier ganz bestimmt nicht gestoßen wäre. Wenn man in den halbdunklen Korridoren an den angelehnten Zellentüren entlangging, konnte man des öfteren ein lautes, ungedämpftes Lachen vernehmen. Es wirkte dort ganz natürlich neben der Andacht. »Ihr habt auch«, sagte er, »eine andere Musik. Sie gibt der Furcht vor Gott Ausdruck. Sie enthält weniger Sehnsucht und mehr Angst.« – »Es heißt«, unterbrach ihn der Mönch, »Sie hätten den Glauben verloren, Herr Richter.« – »Ja«, bestätigte er. »Aber diese Unterschiede erkennen nicht nur die Gläubigen.« Er hatte also schon von ihm gehört. Anscheinend war er jemand, über den man im Kloster oftmals sprach. »Bestimmte Dinge«, sagte der Alte nach einer Weile, »sind schwer zu begreifen. Sie haben, wenn ich das richtig verstanden habe, gesagt, wir fürchteten Gott sehr ...« – »Ja«, stimmte er zu. »Ich habe häufig diesen Eindruck.« Der Mönch lächelte. »Vielleicht sind deshalb« – er strich das Pergament glatt – »unsere Chancen größer, in einer so sehr vom Satan beherrschten Welt auszuhalten.« Wieder der Satan! Was den Geist dieser Menschen am meisten entstellt und ihre Phantasie deformiert, sind keineswegs die Bilder von Heiligen und Engeln. Sondern die von Teufeln, dachte er. Der Prior betrat in Begleitung eines großen, gutaussehenden Mannes in schwarzer Soutane die Bibliothek. Die lesenden Mönche standen auf. Nach einer kaum sichtbaren Kopfbewegung des Priors verließen sie den Saal. Der Abgesandte aus dem Bischofspalais, auf den man mit derselben Ungeduld gewartet hatte wie auf den Rest der Gerichtsabordnung, war der Kanzler der Kurie. Er begrüßte ihn. Er machte einen stolzen und ziemlich selbstsicheren Eindruck. »Wir hegen die Hoffnung, Herr Richter«, verkündete er gleich zu Beginn, »daß Sie hier nicht allzu lange verweilen werden. Uns liegt daran, daß die einmal festgelegte Ordnung möglichst nicht beeinträchtigt wird.« – »Wir werden«, antwortete er herb, »so lange bleiben, wie es nötig ist.« – »Ich verstehe«, murmelte jener, »aber ich weiß auch, daß man hier wie überall übertriebene Genauigkeit vermeiden kann.« – »Das ist nicht der Gegenstand unseres Gesprächs«, entgegnete er. Der Prior stellte fest, daß sich in diese Sätze immer schärfere Töne einschlichen. »Wir rechnen«, sagte er eilig, »mit Ihrer Rücksichtnahme, Herr Richter. Selbstverständlich sind wir zu jeder Unterstützung bereit.« Er blickte auf die Uhr. Die Droschken mußten schon vorgefahren sein. Er fürchtete, vor dem Tor könne sich eine Menge von Gaffern versammelt haben. Der Zeitpunkt des Lokaltermins war allerdings streng geheim gehalten worden, und den Mönchen konnte bestimmt nicht daran gelegen sein, ihn bekannt zu machen. Alle möglichen Sicherheitsvorkehrungen waren getroffen. Mit einer halben Stunde Verspätung fuhren schließlich in der festgelegten Reihenfolge die Droschken vor. Mit Sykstus beschäftigte sich einer der Beamten aus dem Ort. Er hatte die Antworten auf die vorbereiteten Fragen zu notieren. In einer Droschke mit hochgeklapptem Verdeck kam er, von Polizisten in Zivil begleitet, angefahren. In der Zelle, in die man ihn führte, verhielt Sykstus sich ruhig. Er schilderte den Verlauf des erregten Gesprächs mit dem Ermordeten. Seine Darstellung unterschied sich in nichts von der, die er während der Untersuchung gegeben hatte. Er wies auf die Stelle, wo sie miteinander gerungen hatten und wo sein Gegner hingefallen war. Auch dieser Bericht deckte sich genau mit der früher gemachten Beschreibung des Vorgangs. Die im Korridor versammelten Mönche – natürlich nur solche, die dazu aufgefordert worden waren – erkannten ihn im ersten Augenblick nicht wieder. Er ging aufrecht und trug einen grauen, etwas zu großen Anzug. In der herankommenden Gruppe wirkte er mehr wie ein untergeordneter Statist und nicht wie der Hauptakteur der sich abspielenden Szene. Er bemühte sich, den Anwesenden nicht in die Augen zu schauen. Manchmal jedoch – er hatte schwarze, brennende Augen – blieb sein Blick an einem Gesicht hängen, und dieser Mensch wandte den Kopf ab. Unter Ausnützung der anfänglichen Verwirrung trat er auf Sykstus zu. »Sind Sie auch nicht zu erschöpft, um unsere Fragen zu beantworten?« – »Nein, Herr Richter«, sagte er. »Ich muß das hinter mich bringen.« Man brachte eine Puppe, die den Getöten darstellen sollte. Aus der Lage des Körpers nach dem Schlag ging hervor, daß der Mann im Fallen mit dem Kopf gegen das vorstehende Fensterbrett hätte stoßen müssen. Die Obduktion der Leiche hatte aber derartige Verletzungen nicht ergeben. Sykstus war nicht in der Lage, diese Tatsache zu klären. Beim Hinausgehen schaute er sich in der Zelle um, als fiele ihm im letzten Moment noch ein Detail ein. »Noch etwas?« Er berührte seine Schulter. Der andere zuckte zusammen. »Nein, nichts«, antwortete er und schloß dann: »Ich wundere mich, daß ich so viele Jahre in diesem Raum verbracht habe . . .« Er war nicht sicher, ob er die Worte ganz richtig verstanden hatte. Darum bat er um Wiederholung, doch Sykstus verzog das Gesicht und winkte mit der Hand ab. »Ich habe dem nichts hinzuzufügen«, sagte er. »Ist das alles?« Auf dem Weg zu den Wirtschaftsgebäuden, wo er sich an jenem Tage mit seinem Helfer getroffen hatte – seine Zelle befand sich im ersten Stock –, nutzte er das Durcheinander und näherte sich einem Fenster. Der wachhabende Polizist lief sofort hinzu. »Hab keine Angst!« sagte er zu ihm. »Von hier aus kann man nicht fliehen. Abends kann man hier den Sonnenuntergang beobachten.« Die Hilfskräfte, die am Lokaltermin mitwirkten, brachten gerade eine große Kiste von den Ausmaßen des Sofas, in dem die Leiche des Ermordeten versteckt worden war. Sykstus trat zurück. Diese leere Kiste machte auf ihn offenbar den stärksten Eindruck. Er sah mit reglosem, erstarrenden Blick zu, wie sie im Durchgang abgestellt wurde. Zweifel tauchten auf, ob sie durch die Tür paßte, die den Wohntrakt des Klosters mit seinem Wirtschaftsflügel verband. Wenn das entsprechende Teilstück des Geständnisses mit der Wahrheit nicht übereinstimmte, hätte man die geradezu unwahrscheinliche Variante annehmen müssen, die Leiche sei zum Hauptausgang hinausgetragen worden. Sykstus hatte ausgesagt, sie hätten das Sofa abends durch eben diese Tür in den Stall getragen. Dort sollte die am nächsten Morgen herbeigerufene Droschke sie abholen. Alles das geschah am frühen Morgen, und keiner der Mönche – das betonte er entschieden und oft – konnte es sehen. Es war die Zeit der Frühmette, und die Arbeit in den nahen Werkstätten begann erst eine Stunde später. Jetzt sahen sie, mit wie großer Mühe die Kiste durch den Eingang geschoben wurde. Im ersten Moment konnte man sogar glauben, die Operation werde nicht gelingen. Doch das dauerte nur kurz. Er bemerkte danach sichtliche Erleichterung im Gesicht des in seiner Nähe stehenden Priors und sah auch, wie dieser sich zu dem an die Wand gelehnten Geistlichen in der schwarzen Soutane beugte und ihm etwas ins Ohr flüsterte. Es war nicht schwer zu erraten, worüber sie sprachen. Wäre die Kiste im Durchgang stecken geblieben, hätte die Untersuchung andere, für das Kloster sehr viel gefährlichere Wege einschlagen müssen. Dann wäre der Verdacht entstanden, noch andere, bisher unbekannte Leute seien in die Angelegenheit verwickelt. Auf dem Hof bemerkte er die sich dort herumtreibenden Polizeiagenten. Der Präsident war von Anfang an im Kloster gewesen, doch hatten sie nicht miteinander gesprochen. »Sind Sie zufrieden, Iwan Fjodorowitsch?« Er bot ihm eine Zigarette an. »Immerhin war das eine ungewöhnliche Vorstellung. Ich hoffe, Sie haben die Reaktion der Mönche beobachtet. Sie haben uns angeschaut, als wären wir Drachen. Von Sykstus gar nicht zu reden. Kein Wunder, er ist ja einer von ihnen ...« – »Herr Präsident« – er lächelte – »im gleichen Grade könnte er mit uns verwandt sein.« »Na, mein Lieber« – sein Gesicht verzog sich – »zu einer solchen Verwandtschaft bekenne ich mich nicht. Uns trennt, ich bitte, das nicht zu vergessen, mehr als das liturgische Äußere.« Er warf einen Blick auf den hohen, grauen Turm. »Ich möchte damit nicht sagen, meine Meinung vom Glauben unterscheide sich so sehr von der Meinung der hiesigen Brüder. Letzten Endes sind wir alle Christen. Sie aber sind der römische Zweig dieses Stammes. Ich bin heute sehr befriedigt über diese Tatsache.« Er sah zu, wie dem in die Droschke steigenden Sykstus die Handschellen angelegt wurden. »Alles hat geklappt, Iwan Fjodorowitsch«, sagte er. »Folglich können wir uns von den Hausherren verabschieden.« Er lächelte und zeigte dabei seine gelben Zähne. »Ich lade Sie in mein Auto ein.« Es gehörte sich nicht, Ausreden zu suchen. Die Droschken fuhren ab. Sie gingen auf die Gruppe Mönche zu. »Wir hoffen«, vernahm er aus dem Mund des Präsidenten, »die Stille dieses Ortes nicht über Gebühr gestört zu haben.« Die Antwort vernahm er nicht, sah aber, wie die besorgten Gesichter rot wurden. »Als ich das erste Mal hier war«, sagte der Präsident, während sie auf den Ausgang zustrebten, »haben diese unverschämten Mönche mir irgendwelche königlichen Verleihungsurkunden gezeigt. Davon haben sie einen ganzen Schrank voll. Alte Schwarten, die von der historischen Vergangenheit dieses Ortes sprechen.« Um das vor dem Haupttor stehende Auto, eine der wenigen in der Stadt registrierten Maschinen, hatten sich zahlreiche Neugierige geschart. Ein Wachtmeister gab acht, daß sie die Karosserie nicht berührten. In der Nähe war das Stativ eines photographischen Apparats aufgebaut. »Was ist das?« fragte er. Der Präsident hob die Schultern. »Keine Ahnung«, murmelte er. »Sie unterschätzen, scheint's, deren Möglichkeiten ...« Gerade näherte sich ihnen ein junger Mann mit herausforderndem Gesichtsausdruck. Er begrüßte sie. »Herr Richter«, sagte er, »unsere Leser möchten das Ergebnis der Untersuchung wissen, die Sie heute an Ort und Stelle durchgeführt haben.« Die Hand mit dem Bleistift verhielt über dem Notizblock. Der Präsident machte eine heuchlerische Handbewegung. »Neben mir steht der Richter, der diesen Fall bearbeitet«, sagte er. »Iwan Fjodorowitsch, was können wir sagen?« – »Ich habe nichts zu sagen.« Er wandte sich ab und ging auf das Auto zu.

Hinter sich hörte er beruhigende Beteuerungen des Präsidenten. Er sagte, die Ermittlung sei noch nicht abgeschlossen, gab seiner Verwunderung Ausdruck und erkundigte sich, auf welchem Wege der Journalist von den Geschehnissen dieses Tages Kenntnis erhalten habe. Als er, an die Autotür gelehnt, auf das Ende des Gesprächs wartete, photographierte ihn der Reporter. Da fiel ihm wieder ein, daß im Stall, wo ein dichtes Halbdunkel herrschte, Sykstus plötzlich auf ihn zugetreten war, ihn unter einer großen, von der Decke herabhängenden Petroleumlampe angeschaut und gesagt hatte, er sehe schlecht aus. »Sie sorgen sich um meine Gesundheit? Herr Richter« – er lächelte –, »denken Sie auch an Ihre . . .« Er wußte nicht, ob Sykstus spottete. Sogar wenn diese Vermutung sich als richtig erweisen sollte, durfte er nicht erkennen lassen, daß die Frage ihn, wenn auch nur für kurze Zeit, aus dem Gleichgewicht gebracht hatte. »Ich glaube«, vernahm er noch, »Sie verstehen mich richtig. Sie haben mir gegenüber viel Herz bewiesen, Herr Richter . . .« Er konnte seinen Satz nicht beenden, denn man zog ihn zum Ausgang. Der Präsident stand plötzlich neben ihm. »Das können wir ihnen nicht verweigern, Iwan Fjodorowitsch«, flüsterte er, »sie wollen uns photographieren. Wir dürfen sie nicht zu sehr ärgern . . .« Man machte also noch einige Aufnahmen. Er empfand einen würgenden Ekel. Am liebsten hätte er dem dümmlich lächelnden Photographen den Apparat aus der Hand geschlagen. Der Präsident lächelte mit deutlich erkennbarer Zufriedenheit. Er zeigte das Gesicht eines erfreuten Hampelmanns. Aus der Gruppe der versammelten Gaffer drangen laute Flüche herüber. »Oho«, sagte er, »es sieht so aus, als wollten die uns alle Knochen brechen . . .« Er warf sich auf den Sitz und befahl dem Chauffeur, in die Stadt zu fahren.

Während der folgenden Tage bearbeitete er die einleitenden Protokolle, die Aussagen von Sykstus. Auf sie gestützt, hätte er die Anklageschrift bereits vorbereiten können, doch fanden sich in diesen Materialien häufig Lücken. Sie mußten schnell gefüllt werden. Dennoch beschloß er, Sykstus vorläufig nicht mehr zu vernehmen. Das überließ er seinem Mitarbeiter. Er selbst begnügte sich mit dem Lesen des Stenogramms. Sykstus bewies weiterhin ein vorzügliches Gedächtnis. Auch an die geringsten Kleinigkeiten erinnerte er sich sehr genau. Auf diese Weise vervollständigte sich langsam das Bild. Doch je mehr Detailinformationen zu Tage kamen, desto schwieriger wurde es, sich von der Seele des Häftlings ein Bild zu machen. Einmal nur, am Tage nach dem Lokaltermin, warf er einen Blick in den Raum, wo der junge, etwas aufgeregte Beamte seine Fragen stellte. Sykstus freute sich, als er ihn bemerkte. »Irgendwie kommen wir voran«, sagte er. »Ich hoffe, die Untersuchung ist in Kürze abgeschlossen.« – »Sie irren«, entgegnete er. »Wir haben noch viel zu tun. Ich nehme mir jetzt Ihre Helfer vor.« Sykstus ließ den Kopf sinken. Er preßte die Finger zusammen und streckte sie wieder. »Haben Sie mit ihr geredet, Herr Richter?« fragte er. »Nein.« Er ging zur Tür und bat den Beamten hinaus auf den Korridor. Der junge Mann hatte dem Gespräch mit sichtlicher Besorgnis zugehört. »Er benimmt sich unverschämt«, sagte er auf dem Korridor. »Schließlich ist er ein Verbrecher. Anscheinend hat er seine Lage völlig vergessen ...« Solchen Reaktionen begegnete er häufig bei Beamten, die ihren Dienst erst begannen. Sie versuchten, den Verdächtigen in die Rolle des Verurteilten zu drängen, dessen Schuld schon bewiesen ist, und vergaßen, daß gerade sie diese Schuld beweisen sollten und daß es, um den Angeklagten besser zu verstehen, nötig ist, ihn, wenn auch nur für kurze Zeit, aus dem Schuldgefühl herauszulösen. Man redet dann am besten von der Tat, als hätte ein anderer sie begangen. »Sie irren, Herr Kollege«, sagte er. »Keinen Augenblick vergißt er seine Lage.« Er gab einige Informationen weiter, die er dem sich immer arroganter verhaltenden Damian entlockt hatte. Wieder in seinem Arbeitszimmer, dachte er daran, daß Sykstus ungeduldig auf Barbaras Vernehmung wartete. Selbstverständlich konnten ihre Aussagen nicht mehr viel ändern. Barbara hatte sich für die Verheimlichung des Verbrechens zu verantworten. Mehr ließ sich ihr nicht nachweisen. Er beschloß, sich auf nur wenige Vernehmungen zu beschränken. Seit einer Woche beantwortete sie die zahlreichen Fragen, die ihr andere, zu dieser Untersuchung abgeordnete Beamte stellten. Er las das alles und folgerte daraus, daß Barbara über ein fertiges Verteidigungssystem verfügte und dieses bis zum Prozeß auch nicht ändern würde. Ob die von ihr gegebene Version der Ereignisse sich in allen Sykstus betreffenden Einzelheiten mit der Wahrheit deckte, war vorläufig schwer zu sagen. Sie antwortete kurz, in einfachen Sätzen, überlegt. Manchmal schob sie auch Gedächtnislücken vor. Er entschied sich zu verheimlichen, was er in dieser Sache für das Wichtigste hielt. An einem regnerischen Vormittag führte man sie in sein Arbeitszimmer. Er teilte ihr mit, ihn interessiere der Diebstahl in der Schatzkammer. »Ich habe ein paar Fragen«, sagte er und stellte fest, daß sie ihn genau betrachtete. Sie ähnelte einer zarten, bescheiden wirkenden Schülerin. »Sie beziehen sich auf den Diebstahl. Die sonstigen Umstände des Falls sind mir bekannt. Einleitend möchte ich aber feststellen, daß die Antworten, die ich erwarte, sachlich sein müssen und sich ausschließlich auf das beziehen sollen, wovon Sie völlig überzeugt sind.« – »Was sind das für Fragen?« Sie schob eine ihr in die Stirn fallende Haarsträhne zurecht. »Ich bin bereit.« – »Wann haben Sie« – er betrachtete ihre schmalen, auf den Knien liegenden Hände – »von dem Diebstahl erfahren?« – »Er hat das schon am ersten Tag nach seiner Ankunft in Warschau erwähnt«, antwortete sie, ohne zu überlegen. »Er hat gesagt, sie hätten Schwierigkeiten gehabt, das alles in Koffern unterzubringen.« Das war eine wichtige Einzelheit. Er hatte gedacht, unmittelbar nach dem Bericht über den Tod ihres Mannes hätten sie ihre Fluchtmöglichkeiten diskutiert. Sykstus hatte aber auch zu dieser Information Zeit gefunden. »Erreichte Sie die andere Nachricht«, fuhr er fort, »gleich nach ...« Er beendete den Satz nicht und bemerkte, wie ihre Wangen rot wurden. »Ja, Herr Richter«, sagte sie entschieden. »Gleich nachdem ich den Tod meines Mannes erfahren hatte. Wie Sie wissen, hat Sykstus behauptet, mein Mann hätte ihn angegriffen. Wie das vor sich ging, hat er nicht erwähnt.« Sie hatte Sykstus' Bericht bei den anfänglichen Ermittlungen genau wiedergegeben. Sykstus hatte ihre Aussagen nicht berichtigt, aber auch nicht auf entschiedene Weise bestätigt. »Ich stand unter dem starken Eindruck dessen, was geschehen war«, sagte sie, ohne den forschenden Blick von ihrem Gesprächspartner zu wenden. »Die Sache mit der Schatzkammer betraf mich wirklich wenig ...« – »Am gleichen Tage«, unterbrach er sie, »waren Sie beide abends essen. Sykstus ist mit dem Nachmittagszug in Warschau eingetroffen. Morgens hatten Sie ein Telegramm erhalten, das seine Ankunft ankündigte.« – »Ja«, bestätigte sie. »Ich erwartete sie beide und nahm an, daß mein Mann ein endgültiges Gespräch zu dritt führen wollte. Ich war sicher, Sykstus würde eine solche Bedingung stellen, ehe er unseren Vorschlag annahm.« – »Und am gleichen Abend«, fragte er, »sind Sie mit ihm zum Abendessen in ein Restaurant gegangen?« – »Ja«, antwortete sie nach einer

Weile. »Er hat gesagt, er müsse eine wichtige Depesche aufgeben. Auf dem Rückweg vom Postamt gingen wir in das Restaurant.« – »Was war das für eine Depesche?« Wieder richtete sie ihre herabfallenden Haare. »Ich weiß es nicht«, sagte sie. »Ich habe keine Fragen gestellt. Ich erwartete keine Erklärungen. Ich schwieg. Wichtig für mich war nur der Tod meines Mannes. Das waren keine Gespräche, Herr Richter. Ich habe die ganze Zeit zugehört. Geredet hat Sykstus.« – »Auch am Tischchen im Restaurant?« warf er dazwischen. »Was Sie da sagen, steht in krassem Widerspruch zur Wahrheit, die man sich leicht vorstellen kann. Sie waren also damit einverstanden, auf die Post zu gehen, nach allem, was Sie erfahren hatten?« Sie versuchte ihn zu unterbrechen, doch er ließ sie nicht zu Wort kommen. »Anschließend aßen Sie in einem Restaurant ...« – »Ich hatte Angst«, flüsterte sie. »Ich wußte nicht, was ich tun sollte.« – »Sie fürchteten sich vor Sykstus?« fragte er. »Oder vor der Verantwortung, die auf Sie fallen konnte, wenn erst die Wahrheit herauskam?« Sie ließ den Kopf sinken und fing an zu weinen. Er hatte mit einer solchen Reaktion gerechnet und bat sie, sich zu beruhigen. Er ging hinaus auf den Korridor. Dort wurden einige Häftlinge vorbeigeführt. Plötzlich – er sah es sehr genau, denn er stand nur wenige Schritte von ihnen entfernt – stieß ein junger Bursche im offenen Hemd den neben ihm gehenden Polizisten beiseite, lief zum Fenster und schlug in schneller Bewegung die Scheibe ein. Geschrei erhob sich. Er vernahm die schrille Stimme einer aus der Gegenrichtung herbeilaufenden Frau. Der Polizist versuchte, die weggleitende Gestalt festzuhalten. Gleich danach bemerkte er, wie die Leute auf dem Platz zusammenliefen. Der Häftling lebte noch. Die erste Untersuchung durch einen Arzt ergab, daß er sich das Rückgrat gebrochen hatte. Er kehrte in sein Arbeitszimmer zurück und sagte, die Vernehmung sei zu Ende. Er bat, die Verdächtige abzuführen. Der aufgeregte Schreiber, der nach einigen Minuten hereinkam, berichtete, der gescheiterte Selbstmörder sei ein junger politischer Häftling, der auf seinen Prozeß warte. Er erlaubte dem Beamten heimzugehen und machte sich selbst an die herbeigeschafften Akten. Auch las er ein von Ministerium eingetroffenes Schreiben. Darin wurden weitere Erläuterungen angefordert. Diesmal ging es um eine diplomatische Intervention von Seiten des Vatikans. Er sah den Entwurf der Antwort durch. Er bat, nicht auf schnelle Abfassung der Anklageschrift zu dringen.

Wenn nämlich der Verdacht bestand, die langwierige Arbeit der Untersuchungsbehörden sei von bösem Willen diktiert, könnten eventuelle Lücken, die bei dem Prozeß zu Tage kämen, der Sache erheblich schaden. Mehr als die derzeitigen Klagelieder. Er beabsichtige, dieser Antwort einen privaten Brief an den ihm befreundeten Kanzleichef beizufügen, um ihm klar zu machen, daß die Pressionen, denen er sich hier ausgesetzt sah, in der Tat ernsthaft seien. Deshalb wundere ihn die Tatsache einer Intervention auf so hoher Ebene nicht, sei sie noch so vertraulich und auf diplomatischem Wege vorgenommen. Mein lieber Semjon Michailowitsch, schrieb er, der Teufel ist in diesem Fall von Anfang an dabei. Vielleicht schnappe ich ihn in Kürze am Schwanz. Aber es wird mir nicht gelingen, wenn ich mich beeilen muß und nervös werde. Sie können mir glauben, ich hätte diese sich hinschleppenden Ermittlungen längst sehr gern beendet und wäre nach Hause zurückgekehrt. Doch hält mich die Verantwortung fest. Der Prozeß, den wir vorbereiten, muß beweisen, daß wir ein Rechtsstaat sind und daß auch verlockende Umstände uns nicht veranlassen können, gegen die Religion, die örtlichen Sitten und das, was man hier für heilig hält, vorzugehen. Alles weist darauf hin, daß wir uns wirklich dem Ende nähern. – Er griff nach einem neuen Blatt Papier und begann einen Brief an Olga. Vor kurzem hatte er endlich einen dicken Umschlag mit mehreren eng beschriebenen Seiten von ihr erhalten. Sie schrieb weitschweifig, und er begriff sofort, worauf sie abzielte. Im Augenblick dürfe sich nichts ändern. Man dürfe nichts riskieren. Das hatte er schon oft gehört. Ihn wunderte nur, daß der Brief ihn nicht zornig machte. Die letzten Sätze las er geradezu mit einem gewissen Amusement. Olga teilte ihm mit, sie habe Dostojewskijs Frau kennengelernt und halte sie für eine außergewöhnlich originelle Gestalt. Ihre Hartnäckigkeit beim Nichtbemerken der Wahrheit wirke erstaunlich. Während er über seine Antwort nachdachte – er hatte damit einige Tage gezögert –, kam ihm der Gedanke, die von Olga beschriebene Begegnung mit der Frau des Schriftstellers aufzugreifen. Ist das hartnäckige Nichtbemerken des Bösen, dachte er, womöglich, und nicht nur im Falle dieser Frau, eine Abwehr des Bösen, dem man manchmal nichts anderes entgegenstellen kann? Wenn es eine schreckliche Wahrheit gibt, muß man sich nicht gegen sie wehren, wie diese Dame es tut? Dieses Verhalten hat mit moralischer Wahrheit nichts zu tun. Und auch nichts mit einem moralischen Wahn. Beim Nachsinnen über die letzten Gespräche mit Sykstus stellte er sich die Frage, ob die Perversion des moralischen Sinnes nur ein Symptom sei oder eine besondere Krankheit. Eine ständig wiederkehrende Frage, auf die er in den Reaktionen der Verdächtigen, in ihrem ganzen Schicksal eine Antwort suchte. Solche Perversionen, dachte er, gehören zu verschiedenen Krankheiten. Sie können eine funktionale Störung toxischer Natur sein oder von pathologischen Gehirnzuständen abhängen. Die moralische Perversion darf nicht als Geisteskrankheit angesehen werden, wenn nicht andere Anzeichen für eine Psychose sie begleiten. Während seines letzten Gespräches mit dem Präsidenten hatte er steif und fest behauptet, es gäbe keinen moralischen Wahn, in dem der Betreffende bei vollen Geisteskräften wäre. »Iwan Fjodorowitsch« – der andere lächelte –, »lassen Sie diese Theorien.« – »Trotzdem darf man«, fuhr er fort, ohne das ironische Lächeln seines Gesprächspartners zu beachten, »den Verbrecher von Geburt und den moralisch Wahnsinnigen nicht gleichsetzen, weil die Existenz des einen wie des anderen nur Hypothese ist.« – »Lombroso ist sicher derselben Ansicht«, unterbrach ihn der Präsident. »Ihnen sind zu viele Werke dieses Denkers in die Hände gefallen, mein Freund.« – »Dennoch«, sprach er weiter, »täuschen die meisten moralisch Wahnsinnigen den Wahnsinn vor. Die histologische Pathologie stellt auch viele Analogien zwischen diesen beiden Typen fest.« – »Und was folgt daraus?« Der Präsident wurde ernst. Er zeichnete irgendwelche seltsamen Muster auf das vor ihm liegende Blatt Papier. »Daß«, antwortete er, »die Kennzeichen des moralisch Wahnsinnigen ebenso angeboren sind wie die des Verbrechers von Geburt.« Er wollte in seinem Brief an Olga auf das von irgend jemand unterbrochene Gespräch zurückkommen und hätte gern auch andere Zweifel erwähnt, die ihn hier befallen und von denen sie früher miteinander gesprochen hatten. Doch er legte die Feder weg. Gewöhnlich beantwortete er Olgas Briefe sogleich nach deren Eintreffen. Er tat das aus einer inneren Notwendigkeit, die ihm gebot, seine Gedanken mit ihr zu teilen. Außerdem wollte er ihr bei der Lösung der zahlreichen Fragen behilflich sein, die sie ständig bedrängten. Er betrachtete die niedergeschriebenen Sätze und dachte sich, es gebe keine Verständigungsmöglichkeit. Alles, was er früher für ganz selbstverständlich gehalten hatte, war nur die Vorstellung von etwas, das es in Wirklichkeit nicht gab. In einem gewissen Sinne waren das also Dialoge von Schatten. Olgas Briefe trugen zu ihrem gegenseitigen Kennenlernen nicht viel Neues bei. Er zerknüllte das begonnene Blatt und warf es in den Papierkorb. Dann warf er den Mantel über und verließ das Gebäude. Der Wächter schüttete Sand über die Blutspuren auf dem Pflaster. Wieder sind einige Tage vergangen, dachte er.

Morgens wurde es immer kühler. Er ließ den Ofen heizen, denn in seinem Zimmer erstarrten ihm die Finger, wenn er sich an die Arbeit machte. Obwohl er sich beeilte, kam sie gleichsam nicht vom Fleck. Barbara gab verschiedene Versionen der Geschehnisse, die auf Sykstus' Ankunft in Warschau folgten. Sie widersprachen sich nicht strikt, aber immer wieder tauchte ein Detail auf, das ihn an der Glaubwürdigkeit ihrer Geschichten zweifeln ließ. Er hegte den Verdacht – und dieser Verdacht würde sich bestimmt im Verlauf des vorbereiteten Prozesses erhärten –, sie wolle das Gericht um jeden Preis davon überzeugen, daß sie unter dem Einfluß einer starken Erschütterung gehandelt habe. Die Nachricht vom Tode ihres Mannes habe sie angeblich so beeinflußt, daß sie ganz mechanisch reagierte. Die Angst vor Sykstus erwähnte sie nicht mehr. Das hätte zu unwahrscheinlich geklungen. Der Tod ihres Mannes mußte für sie ein Schlag gewesen sein, doch dieser Tod war ein Faktum. Kam Sykstus' Tat heraus, drohte auch ihr ernstliche Gefahr. Es blieb die Möglichkeit zu fliehen, und darauf spielte Sykstus an, der seine ungeduldigen Depeschen nach Krakau sandte. Sie mußten an gemeinsames Verschwinden denken. Das war sicher richtig. Zugegeben, sie hatte kaum eine Wahl. Denn was blieb ihr anderes übrig? Ein Polizeirevier aufzusuchen und dort entsprechende Aussagen zu machen. Er überlegte, ob er ein Gespräch über ihr religiöses Leben beginnen sollte. Er vermutete, es würde ihm dann eher gelingen, sich der Wahrheit zu nähern, als auf dem Weg unablässiger Detailfragen, auf die sie vorbereitet war. Spät abends kehrte er ins Hotel zurück. Er blätterte in den Zeitungen und schlief schnell ein. Die Schmerzen waren gewichen. Nur den Appetit hatte er verloren. Zum Frühstück trank er ein Glas Milch und dachte dann fast den ganzen Tag nicht mehr ans Essen. Erst im Hotel aß er Abendbrot. Das Wetter wurde schlechter. Der Himmel über der Stadt war nicht mehr blau. Oft regnete es auch. Eines Tages händigte der Portier ihm einen Briefumschlag aus. Eine Dame, die er im Hause des Präsidenten kennengelernt hatte, lud ihn zum Abendessen ein. Er erinnerte sich, es war die Dame, die ihre revolutionären Sympathien hervorgekehrt hatte. Eigentlich wollte er nicht hinfahren, änderte jedoch im letzten Moment seine Absicht. Sie wohnte in einer entlegenen Vorstadt, in einem großen einstöckigen Gebäude mit schönem, altem Garten. Als er aus der Droschke stieg, erblickte er einen vor dem Eingang stehenden jungen Mann. Die Dame freute sich, als sie ihn sah. »Wie schön, Herr Richter«, sagte sie, »daß Sie meine Bitte nicht abgelehnt haben. Es sind nur wenige Menschen da. Meine Künstlerfreunde.« Der Mann, den er als ersten erblickt hatte, entpuppte sich als Besuch aus Krakau. Im Salon begrüßte er den Vetter der Gastgeberin, einen Musiklehrer. »Ich habe gesehen, wie sehr Sie sich auf dem Empfang des Präsidenten gelangweilt haben«, sagte sie, als man sich zum Kaffee setzte. »Sie taten mir leid, wirklich ...« Er versuchte zu widersprechen, doch sie legte ihm die Hand auf den Arm. »Lügen Sie nicht, Herr Richter.« Sie lächelte. »Auch ich langweile mich entsetzlich bei solchen Begegnungen. Zum Glück muß ich nicht oft hingehen. Ich bin nur hier, um meine Vermögensangelegenheiten zu beaufsichtigen. Bald kehre ich zurück nach Italien. Hier lebe ich, wenn man das so sagen darf, provisorisch.« – »Nirgendwo, meine Liebe«, warf der junge Mann ein, »lebt man so. Das ist eine Illusion. Außerdem geschehen auch hier, da kannst du sicher sein, unheimliche Dinge.« – »O Gott«, seufzte sie, »ich muß doch wegen meiner Gesundheit fortfahren. Ich weiß nicht, warum ich darauf verzichten sollte.« – »Auch ich weiß es nicht«, murmelte er. »Aber ich versichere dir, in Rom habe ich mich hundertmal mehr gelangweilt.« – »Ist er nicht ein Barbar?« fragte sie und kniff die Augen ironisch lächelnd zu. »Er hat sich wirklich furchtbar gelangweilt. Er hat nur in den Cafés gesessen und stundenlang alte französische Zeitungen gelesen.« Der Vetter der Gastgeberin setzte sich ans Klavier. »Wenn schon von Barbaren die Rede ist«, sagte er und legte die Hände auf die Tasten, »dann hört, womit sich unsere jungen Genies beschäftigen. Ich spiele das Fragment eines größeren Werkes, das ein russischer Jude geschrieben hat.« – »Hör auf«, unterbrach sie ihn mit drohend erhobenem Finger. Er verstand diese Musik nicht, wollte sich aber nicht dazu äußern. Sie ärgerte ihn durch ihre besondere, eingängige Dramatik. »Das ist eine Frage der Technik«, sagte sie, als der Musiklehrer das Klavier verließ, »der Interpretation. Du vergrößerst, was in dieser

Musik nicht zu Ende gesagt ist.« – »Richtig, richtig«, stimmte er zu, »aber diese Musik läßt die Möglichkeit derartiger Deformationen zu. Mehr noch, sie klingt dadurch echter. Das ist nicht nur ein Krankheitssymptom.« – »Was sonst?« unterbrach ihn der junge Mann. »Der Tod selbst, mein Herr«, entgegnete der Musiker. »Die Abtötung des lebendigen Gewebes.« – »Kompletter Nonsens!« entfuhr es ihm. »Sie bringt uns nur durch den Tod einer bestimmten Gattung dem Bild der Zukunft näher. Sie ist ihre Ankündigung...« Er nahm an dem Streit nicht teil. Sie sprachen mit der Gastgeberin über ihre Reisen. In letzter Zeit hatte es da ein paar Schwierigkeiten gegeben. Die häufigen Streiks in den Textilfabriken, an denen sie beteiligt war, hatten den regelmäßigen Geldeingang erschwert. »Wie Sie selbst sehen«, sagte sie, »führe ich durchaus kein luxuriöses Leben. Auch im Ausland lebe ich sehr bescheiden.« – »Hast du dir jemals den Maßstab bewußt gemacht, nach dem du deine Berechnungen anstellst?« fragte der junge Mann. Sein Streit mit dem Lehrer war gerade zu Ende gegangen. »Ja, mein Teurer«, antwortete sie ohne zu lächeln. »Ich kontrolliere auch, ob ich keinen Fehler gemacht habe.« – »Auf welche Weise?« forschte er. »Indem ich deine Bücher lese.« Sie lächelte. Er wurde purpurrot und wollte anscheinend antworten, war aber so verlegen, daß er nicht wußte, wie er das überwinden sollte. Er sah aus wie ein auf frischer Tat ertappter Halbwüchsiger. Und so blieb es während des gesamten Abendessens. Er benahm sich herausfordernd. Die Gastgeberin und ihr Vetter begegneten seinen Ausbrüchen mit einer Nachsicht, die ihn in noch größere Wut versetzte. Im Verhalten der Frau, in ihren Antworten, in dem Blick, mit dem sie ihren jungen Gast betrachtete, verbarg sich mehr als Zuneigung. Er ahnte, daß auch diese Tatsache den Zorn des jungen Mannes anstachelte. Spät abends kehrten sie zurück in die Stadt. Der Vetter war schon früher mit einer Droschke gefahren. Sie wollten ein Stück gehen. Die Nacht versprach, ruhig zu werden, die Sterne hingen tief. »Bitte sagen Sie mir«, begann der junge Mann nach einer Weile, »wer Ihr Häftling wirklich ist. Von Zofia habe ich gehört, daß Sie die Untersuchung des Mordes im Kloster leiten. Ich weiß, fuhr er fort, »so etwas passiert überall. Warum nicht auch im Kloster? Doch das gibt dem ganzen Drama einen grotesken Charakter. Ich bin ein ungläubiger Mensch. Mich ekelt die Atmosphäre jener engen Welt. Ich möchte wissen, ob der Mann, den man wegen dieses Verbrechens anklagt, sich seiner Tat voll bewußt ist.« Sie gingen an der hohen weißen Mauer entlang, hinter der der Friedhof lag. Von einem Aussichtspunkt aus, auf dem Hügel mit den letzten Häusern der Vorstadt, sah man die fernen Fabriklichter und den Schein der Stadt. Vor dem schwarzen Hintergrund flakkerten Flammen. Die Hütte lebte ihr nächtliches Leben. »Vielleicht aber«, fragte er weiter, »war das Verbrechen vor allem ein Ausdruck der Empörung?« – »Wovon reden Sie?« unterbrach er ihn. Er wollte nicht über eine Sache diskutieren, die den anderen aus wenig einleuchtenden Gründen interessierte. Er war müde und wollte lieber schweigend gehen. »Der Empörung«, antwortete jener, »gegen den Gott, den er sich vorgestellt hat... Nun überlegen Sie doch«, fuhr er nach einer Weile fort, »wenn so ein Mensch plötzlich die verzweifelte Leere seines ganzen Lebens sieht...« – »Sie irren sich«, entgegnete er. »Er hat den Glauben nicht verloren. Er bemüht sich sogar, mich zu bekehren.« – »Der Idiot!« stieß er hervor. »Ich arbeite gerade an so einem Porträt.« Sie gingen vorsichtig, der Weg war voller Steine. In den kleinen Häusern, an denen sie vorbeikamen, erloschen die Lichter. »Ich zeige einen Menschen, der bereit ist, ein Verbrechen zu begehen, um Genugtuung für sein vertanes Leben zu erringen. Und er begeht dieses Verbrechen.« – »Warum interessiert Sie diese Geschichte?« fragte er. »Sie ist nicht schlimmer als andere.« Er zündete sich eine Zigarette an. »Sie kann ein interessantes Werk ins Leben rufen.« Sie erreichten den Marktplatz. Auch hier brannte nur in einigen Fenstern noch Licht. Trübgelber Glanz fiel aus einer halb geöffneten Kneipentür. »Kommen Sie mit?« fragte der junge Mann. »Für einen Augenblick.« Drinnen saßen nur ein paar Trinker. »Wir machen zu!« verkündete der Mann, der hinter dem Büfett die Gläser abtrocknete. Der junge Mann bestellte Wodka und fragte, ob er einen mittrinke. Er dankte. Der andere beugte sich plötzlich zu ihm herüber. »Großartig ist das!« flüsterte er. »Dieser Mensch hat nicht nur seinen Rivalen getötet. Ich irre mich nicht! So muß es wirklich gewesen sein. Auch wenn er das verborgen hält. Er hat Gott getötet.« Er stellte das leere Gläschen weg und dachte, wie sinnlos jede Erläuterung wäre. Er wandte sich vom Büfett ab. »Gehen Sie?« fragte der andere. »Ja«, antwortete er. »Ich wünsche viel Vergnügen.« Auf dem Platz atmete er tief durch. In der Ferne sah er am Himmel eine kleine blaue Flamme. Das Licht auf der Spitze des Kirchturms brannte.

Am nächsten Tag um die Mittagszeit, als er erneut Damian verhörte, den er durch Hartnäckigkeit matt zu setzen beschlossen hatte, reichte sein Sekretär ihm einen Zettel. Der Beamte, der Barbaras Aussagen mitschrieb, bat ihn, sofort zu kommen; sie habe einen hysterischen Anfall, er wisse nicht, ob er den Gefängnisarzt rufen solle. Er bat Damian, der ihn inzwischen mit unverhohlenem Haß beobachtete, aufzuschreiben, was er soeben berichtet hatte, und ging hinaus auf den Korridor. Arbeiter befestigten Gitter an den Fenstern. »Iwan Fjodorowitsch«, vernahm er vor der Kanzlei, »was ist los bei Ihnen?« Der Präsident kam ihm mit ausgestreckter Hand entgegen. »Schauen Sie sich mal diese Zeitung an!« Er reichte ihm die Ausgabe. »Man ist mit uns nicht zufrieden.« Zugleich bat er ihm um seinen Besuch kurz vor Dienstschluß. Er schob die Zeitung in die Tasche und betrat den Raum, wo Barbara vernommen wurde. Sie saß dem Tisch gegenüber, hinter dem der blasse, erschreckte Mann stand. »Herr Richter« – sie sprang bei seinem Anblick auf – »das ist ein richtiger Schinder!« – »Beruhigen Sie sich«, unterbrach er sie. »Was ist los?« – »Die Verdächtige verweigert die Aussage«, erläuterte der Beamte. »Ich habe ihr geraten, ihren Entschluß erst noch einmal genau zu durchdenken.« – »Ja«, bestätigte sie. »Dieser Grobian bekommt kein Wort mehr von mir zu hören. Er behandelt mich so entsetzlich ...« Er reichte ihr ein Glas Wasser. Sie trank gierig. Das kleine Gesicht mit den regelmäßigen Zügen rötete sich. Sie wischte ihre Tränen fort. »Seien Sie vernünftig«, sagte er sanft. »Durch Verweigerung der Aussage schaden Sie sich. Wir erwarten von Ihnen nichts als die Fixierung einiger Einzelheiten, die wir entsprechend einordnen müssen.« – »Genug davon, Herr Richter!« unterbrach sie ihn. »Ich habe alles gesagt, was ich weiß.« Sie blickte ihn mit ganz großen schwarzen Augen an, in ihnen lag so viel Glanz, daß die hohe, freie Stirn noch heller wirkte. Es war das Gesicht einer jungen Frau mit allen Kennzeichen der Reife. Die Zartheit der Züge verband sich mit einer gewissen Entschiedenheit, Ratlosigkeit mit der Ankündigung von Kraft. »Sie irren«, sagte er immer noch in sanftem, beruhigendem Ton, »es sind noch viele Unklarheiten übrig geblieben. Sie müssen bedenken, daß wir bei dem Drama nicht anwesend waren. Was euch begreiflich erscheint ...« – »Begreiflich?« unterbrach sie ihn erneut. »Sie meinen, das kann man begreifen? Seit meiner Verhaftung denke ich über die Sache nach, und sie wird mir mit jedem

Tag dunkler.« Er bat den am offenen Fenster stehenden Beamten, ihn bei der Vernehmung Damians zu vertreten. Die Fragen, die er beantworten solle, seien ihm vorgelegt worden. Damian könne sich nicht erinnern, wann er die Depesche an Sykstus mit der Nachricht über das Eintreffen der Polizei im Kloster und den Beginn der Ermittlungen abgesandt habe. Aus den Notizen des Telegraphenbeamten gehe hervor, daß die Depesche am Mittag des gleichen Tages aufgegeben wurde, an dem der Besuch der Polizei stattfand. Damian behaupte aus unbekannten Gründen, er habe sie erst am nächsten Morgen aufgegeben. Die Möglichkeit eines Irrtums bei der postalischen Aufzeichnung, die selbstverständlich der Anklageschrift beigegeben würde, sei ausgeschlossen. Was also bezwecke Damian? Nachdem der Beamte gegangen war, schob er sich einen Stuhl heran. Er sagte, sie möge dem jungen Mann, der sie verhört habe, verzeihen, falls sie durch sein Verhalten gekränkt worden sei. »Wir geben uns Mühe«, – er unterstrich das Wort – »die Häftlinge gut zu behandeln, aber wir sind Menschen, bitte verstehen Sie das. Wir arbeiten unter ständiger Anspannung.« – »Ich bin eine Frau, Herr Richter«, warf sie ein. »Was immer man mir vorwerfen kann, eine Verbrecherin bin ich nicht. Trotz allem habe ich eine bessere Behandlung verdient.« Er überlegte, ob er erwähnen solle, daß junge Untersuchungsbeamte häufig den Fehler machen, alle Verdächtigen gleich zu behandeln. Sie haben ihre eigenen Vorstellungen von der psychischen Innenwelt dieser Menschen oder vergessen bei der Erforschung der Tatsachen noch häufiger, daß es eine solche Innenwelt gibt und daß man sie kennenlernen muß. »Ich werde mit ihm reden«, versprach er lächelnd. »Aber erwarten Sie um Gottes willen keine Entschuldigung.« Sie beruhigte sich. »Ich habe viel von der Polizei gehört«, sagte sie. »Ich ahne, was das für Informationen waren.« – »Sie haben recht. In unserer Familie gibt es noch Menschen, die als Unschuldige von euch zur Verbannung verurteilt worden sind.« – »Sie meinen sicher politische Gefangene«, wandte er ein. »Der Charakter Ihres Falles ist doch ein ganz anderer. Wir sind keine politische Polizei.« Er erinnerte sich an kürzlich mit Olga geführte Gespräche über den politischen Druck. Während dieser Gespräche war ihr Gesicht genau so von mühsam unterdrücktem Zorn gerötet wie das der ihm gegenüber sitzenden Frau mit den riesengroßen schwarzen Augen. Er hielt die Existenz eines solchen Apparates für eine Notwendigkeit, gegen die man sich auflehnen könne, doch sei diese Auflehnung nutzlos. Dieser Dienst sei unentbehrlich. Er hatte, wenn auch zum Glück auf Entfernung, die Geheimnisse der politischen Polizei kennengelernt, die Kette vertuschter Verbrechen, die Abgründe verschiedener Provokationen, den unterdrückten Schrei der Gequälten, die Reihe nie aufgeklärter Unfälle. Und die Straflosigkeit. Er sagte Olga, die Existenz eines solchen Dienstes sei unabhängig von der konstitutionellen Ordnung. Und vom Charakter des Herrschenden. Und vom Geist der Gesetze, die man ins Leben ruft. »Genau das ist«, behauptete sie mit wachsender Irritation, »die polizeiliche Sicht der Welt. Es kommt die Zeit, da werden die Mächtigen für diese Rechnungen zahlen müssen.« – »Du irrst«, setzte er ihr geduldig auseinander. »Wenn es so weit kommt, werden diejenigen zahlen, denen man eine Schuld nachweisen kann. Die anderen bleiben im Verborgenen. Jede Palastrevolution läßt sie in ihrem dunklen Schatten. Sie sind nötig. Ihre Existenz ist unentbehrlich. Sie sind die Garanten der Kontinuität.« – »Wessen?« fragte sie. »Des Staates. Er stützt sich auf das Funktionieren dieser Maschinerie. Selbstverständlich gibt es Zeiten, in denen diese Kraft scheinbar nicht zu bemerken ist. So muß es sein. Ich kann mir vorstellen, daß man einst den Opfern Denkmäler errichten wird. Auf den ringsum aufgestellten Bänken werden ihre Henker sitzen.« – »Das ist gemeiner Zynismus.« – »Nein«, sagte er. »Außerdem sind die Anarchisten, die Bomben unter die Räder der Hofkutschen werfen, für die Polizei notwendig.« Sie lachte auf. Bei einigen Kriminalfällen, mit denen er beschäftigt war, hatte er den Schatten der großen Provokation gestreift. Der Tod eines hohen Würdenträgers – warum dann nicht auch der des Herrschenden? – kann gleichfalls das Ziel einer derartigen polizeilichen Aktivität sein ... Er fuhr auf. Barbara hatte ihren Blick nicht von ihm gewandt. »Wo waren Sie mit Ihren Gedanken?« fragte sie. »Ja«, antwortete er, »ich habe an die Gewalt gedacht.« Sie zuckte mit den Schultern. »Sie sind müde.« Er erhob sich. »Sie sollten sich in Ihrer Zelle ausruhen.« – »Sie spotten!« stellte sie mit gerunzelten Brauen fest. »In einer Zelle, in der ich mit zwei liederlichen Weibern sitze!« – »Möchten Sie eine andere Zelle?« fragte er. »Ja«, sagte sie, »wenn das in Ihrer Macht steht, Herr Richter.« – »Ich werde mich bemühen.« Er trat ans Fenster. Der Platz lag leer in der Sonne. Sie spiegelte sich mit grellem Glanz in den Fenstern der Häuser gegenüber. »Haben Sie ihn geliebt?« Er stand dem Fenster zugewandt und konnte ihr Gesicht nicht sehen. Sie schwieg. »Muß ich antworten?« vernahm er nach einer Weile ihre Stimme. »Bitte«, sagte er. »Ja«, antwortete sie, »doch das dauerte nicht lange.« – »Sind Sie dieses Gefühles sicher?« erkundigte er sich. »Bis ich begriffen hatte, daß er ein schwacher Mensch ist und nicht genug Kraft hat, um sich gegen sein Schicksal aufzulehnen ...« – sie überlegte –, »habe ich ihn geliebt. Niemanden habe ich so sehr geliebt.« Er drehte sich um. Sie hatte den Kopf auf die Brust sinken lassen und betrachtete ihre Hände. »Es gibt anscheinend Gebote« – sie schloß die Augen –, »die stärker sind als solche Gefühle.« – »Was für Gebote?« fragte er. Sie hob den Kopf. »Die göttlichen. Hat Ihnen Sykstus das nicht gesagt?« – »Er meint, Sie hätten beschlossen, ihn zu vernichten.« Er ging zum Tisch und begann, die Papiere zu ordnen. »Vernichten?« wiederholte sie. »Da hätte ich ihn erst hassen müssen. Nein, Herr Richter.« Vermutlich sagte sie nicht die Wahrheit. Doch warum wollte sie das nicht zugeben? Die letzten Briefe, die sie vor der Abreise ihres Mannes aus Warschau geschrieben hatte – und die Reise selbst hatte sie ausgedacht, das hatte sie nie bestritten –, waren von ungeheucheltem Haß durchtränkt gewesen. Sie hatte sie in dem Wissen geschrieben, daß Sykstus sich aus seiner Schlinge nicht lösen würde. Mit dem Bewußtsein zu verlieren. Er konnte sie jetzt an diese Briefe erinnern, doch sie war zu müde. Noch einmal versprach er ihr eine andere Zelle und diktierte im Zusammenhang damit einen Brief an den Gefängnisdirektor. »Danke«, sagte sie nach dem Eintritt des Wärters, der sie abführen sollte. »Sagen Sie ihm, daß ich keinen Haß empfinde ...« – »Was dann?« Er drehte den Schlüssel zur Schublade um. »Mitleid, Herr Richter.« Sie legte die Hand auf die Türklinke, blickte sich aber um, als wäre sie neugierig, welchen Eindruck dieses Bekenntnis machte. »Sonst nichts.«

Auf dem Rückweg ins Hotel kam er an einer Konditorei vorbei. Es war früher Nachmittag. Die Tischchen auf der Terrasse waren noch nicht fortgeräumt. Ein Paar schmiegte sich vor dem Hintergrund des roten wilden Weins aneinander. Er blieb stehen, kehrte um und trat ein. In der Saalecke spielte ein blinder Pianist. Nur wenige Tische waren besetzt. Er nahm an dem großen Fenster Platz und sah die Zeitung durch. Auf der letzten Seite entdeckte er ein Photo. Er lehnte an der Autotür. Das Photo war undeutlich, er wirkte darauf wie ein schwarzes Gespenst. Daneben die Nachricht über den in Sykstus' Anwesenheit im Kloster durchgeführten Lokaltermin. Unter Berufung auf maßgebliche Quellen behauptete der Verfasser der Notiz, bei der Ermittlung seien neue Komplikationen aufgetreten. Sie dauere lange und habe bisher noch keine Ergebnisse in Gestalt einer Anklageschrift gezeitigt. Dem Anschein nach, schrieb der Verfasser, war das Beweismaterial komplett. Das Verbrechen ist bekannt, desgleichen diejenigen, die es begangen haben. Wenn es also Zweifel gibt, so betreffen sie, wie man annehmen darf, nicht so sehr die Beweisführung als vielmehr die Intentionen, von denen sich die Angeklagten leiten ließen. Den Menschen, die mit diesem düsteren Verbrechen zu tun haben, fällt es schwer, sich diese Intentionen vorzustellen. Ganz offensichtlich sind aber die Amtspersonen, die man zur Bearbeitung des Falles berufen hat, anderer Meinung. Man muß dem Wunsch Ausdruck verleihen, daß der Fall endlich beendet wird. Saumseligkeit erzeugt unnötige Verdächtigungen und Ängste. Die Notiz war so abgefaßt, damit sie durch das Netz der Zensur kommen konnte. Sie sollte die öffentliche Meinung widerspiegeln. Zwischen den in ihrer Aussage lakonischen Zeilen verbarg sich eine Drohung. Er dachte sich, der Präsident habe einen weiteren Beweis dafür gefunden, wie vorzüglich er das Terrain kenne. Den Druck dieser Notiz werde er sich mit der unhöflichen Abfertigung erklären, die dem Journalisten im Kloster zuteil geworden war. Und er hatte doch gewarnt, ihn nicht zu reizen. Die Journalisten stünden ohnehin an der Grenze der Hysterie. Der Präsident würde nicht begreifen, daß ein solches Gespräch, wenn es zu stande gekommen wäre, an den Plänen jenes Journalisten und derer, die ihn geschickt hatten, nichts geändert hätte. Es beunruhigt sie, daß der Fall Sykstus weitere Kreise ziehen könnte. Das passiert, dachte er, bei Leuten, die kein ruhiges Gewissen haben. Er legte die Zeitung weg und griff nach seinem Kaffee. »Morgen fahre ich nach Krakau«, vernahm er und hob den Kopf. Vor ihm stand der junge Mann, den er vor wenigen Tagen bei dem Abendessen kennengelernt hatte und mit dem zusammen er später in die Stadt zurückgegangen war. Er setzte sich zu ihm und bestellte einen Kognak. »Ich ersticke. Hier kann ich nicht leben.« – »Und in Krakau?« warf er ein. »Ach«, der junge Mann verzog sein Gesicht, »dort ist Europa. Wenn ich hier in Herby«, fuhr er fort, »nach der Paßkontrolle in den anderen Zug steige, ist mir immer wie einem Menschen, der die Grenze zweier ganz verschiedener Welten überschreitet. Das hier ist nicht Europa ...« – »Was Sie nicht sagen!« Er hörte nicht auf zu lächeln, spürte aber schon den aufkommenden Zorn. »Diese schreckliche Grauheit«, redete der junge Mann weiter, »hier kann man nicht Künstler sein.« – »Ich könnte Ihnen dennoch einige Namen nennen, werter Herr ...«, warf er ein. »Na und?« Der junge Mann hob die Schultern. »Erstens sind es Europäer. Menschen, die geistig nach Europa hineinwachsen.« Er wollte fragen, wie sich das abspiele, schwieg aber still. »Zweitens sind es immer Priester. Die Kunst hat längst aufgehört, Priestertum zu sein. Bei euch ist sie es immer noch. Lächerlich.« Er trank sein Gläschen aus und setzte eine mitleidlose Miene auf. »In Europa wächst der Strauch der Dekadenz.« Jetzt schaute er ernst vor sich hin. »Wir sind seine, wenngleich ein wenig verfaulten Blüten.« Er lächelte. »Bei euch ist nur Sand.« Er antwortete nicht, sondern überlegte, ob dieser Narr an die Erlösung der Welt denke. »Durch Rauch und Brand ...«, sagte er nach einer Weile. »Das ist der einzige Weg zur Erlösung. Einen anderen gibt es nicht.« Also doch. Er schwieg. Mit keinem Wort erwähnte er seine Zweifel. »Ich könnte«, der Bursche beugte sich über sein leeres Gläschen nach vorn, »noch manches sagen ...« – »Dann reden Sie«, forderte er ihn auf. »Wozu?« schloß er. »Wozu in den Wind reden. Man muß auch an den Paß denken, nicht wahr?« Er tat so, als verstünde er nicht, was der letzte Satz bedeuten sollte. »Wir haben über Sykstus gesprochen«, begann er nach einer Weile, »Sie verstehen ihn nicht ...« Er rief den Kellner, wies auf die Gläschen und hob zwei Finger. »Die Zukunft gehört, ob Sie das wollen oder nicht, Leuten wie ihm.« Er lachte auf. Der junge Mann warf ihm einen drohenden Blick zu. »Da gibt es nichts zu lachen, mein Herr«, murmelte er. »Sein Verbrechen«, er schloß halb die Lider, »erwächst aus der Empörung. Eine solche Empörung macht frei, unabhängig von dem Preis, den man danach bezahlen muß. Dieses Begehren empfinden wir alle. Die Künstler ganz besonders. Manchmal verhalten wir uns, als zöge man uns die Haut ab. Alle Nerven liegen bloß. Haben Sie nicht bemerkt, welche Bewegung sein Fall in der kleinen Welt hier hervorruft?« Er schaute sich im Saal um. »Alle beben gleichsam vor Empörung, aber es ist die pure Angst.« – »Ich versichere Ihnen«, unterbrach er ihn endlich, »er ist ein gewöhnlicher Verbrecher. Nichts von alledem, was

Ihnen gerade einfällt, geht ihm durch den Kopf. Er verdient seine Strafe, aber auch Mitleid. . .« Barbaras Worte vom Ende der letzten Vernehmung fielen ihm ein. Der junge Mann schüttelte ungläubig den Kopf. »Man tötet nicht aus reiner Eifersucht«, beharrte er. »Erst wenn es noch andere Gründe gibt, kann das große Welt-Theater entstehen. Endlich eines ohne falsches Feuer und sentimentale Wolken. Nur ob sich Schauspieler finden, die in einem solchen Stück spielen könnten? Ich bezweifle es. Sie haben sich daran gewöhnt, trübe und gereimte Aphorismen herzuplappern, von denen sogar die Vorhänge in den Krakauer Theatern zerreißen.« Er griff nach dem bereitgestellten Gläschen. »Rauch und Brand, mein Herr.« Er lächelte. »Sykstus könnte der Sprecher aller unserer Empörer sein. Wenn er Phantasie hätte. Er hat sich nicht gegen den Prior empört, sondern gegen Gott und dessen Gesetze.« – »Und der Diebstahl in der Schatzkammer?« wandte er ein. »Na und?« sagte der junge Mann verwundert. »Sollte das alles in den Klosterschränken verfaulen? Wenn wir endlich aus der Erstarrung erwachen« – er neigte sich über den Tisch – »und Kraft genug finden, um im Namen einer ähnlichen Empörung Verbrecher zu werden, gelangen wir an die Schwelle der neuen Epoche. Das wird eine herrliche Welt.« Er war schon mächtig betrunken und faselte weiter. Dann, als er die Rechnung bezahlt hatte, faßte er ihn fest bei der Hand. »Woher kannst du so gut unsere Sprache?« Er blickte etwas bewußter. »Du gefällst mir nicht . . .« Er zog seine Hand zurück und ging wortlos in die Garderobe. »Du gefällst mir nicht«, sagte er hinter ihm her. Der andere warf einen Blick zurück. Der blinde Pianist hatte die Hände auf den Tasten liegen. Es war still. Er wandte ihnen sein in einem Lächeln erstarrtes Gesicht zu.

Mittag. Er griff nach der Uhr, öffnete den Deckel und legte sie auf den Tisch. Er sah die eingravierte Inschrift und dachte an Olga. Sie hatte ihm diese Uhr einst bei einer Begegnung in Moskau geschenkt und lächelnd gesagt: So werde ich immer bei dir sein. Wenn ich nicht irre, ist das eine gute Marke. Du wirst sie nicht zum Uhrmacher bringen müssen. – »Wie lange wollen Sie mich noch quälen?« Er hob den Kopf. Die Gefangene sprach mit erhobener Stimme. Ihre blassen Wangen hatten sich gerötet, die großen schwarzen Augen glänzten noch stärker als sonst. »Das hängt von Ihnen ab.« Er warf wieder einen Blick auf die Uhr. Die

Vernehmung dauerte schon eine ganze Zeit; er hoffte, dabei die Gedanken dieser Frau besser kennenzulernen. Sie ist hartnäckig, das stimmt, dachte er, sie versucht, unklare Antworten zu geben. Sie fürchtet, auch wenn diese Angst sinnlos ist, eine schlichte Antwort könne ihr die Flucht vor der Falle unmöglich machen, die man ihr hier bestimmt stellen will. Sie schlug Haken, sie entschuldigte sich mit Vergeßlichkeit, sie hatte plötzlich Zornesausbrüche. Sie schwieg oder erzählte zur Abwechslung eine Menge völlig unwichtiger Einzelheiten. Sie behauptete, bevor sie Sykstus kennenlernte, habe ihr ein deutliches Lebensziel vorgeschwebt. Sie wollte eine Familie gründen und in Ruhe leben wie viele andere Frauen, mit denen das Schicksal sie in Berührung gebracht hatte. Sie sehnte sich nach innerer Ruhe und dachte nie darüber nach, ob man diese Ruhe auf fremde Kosten erreichen dürfe. Ebensowenig hatte sie auf Geld geachtet. »Kann aber die Liebe, Herr Richter«, fragte sie unerwartet, »denn an eine andere Beziehung habe ich nie gedacht, die innere Ruhe garantieren? Sie ist doch wohl deren Gegenteil.« Am nächsten Tage lachte sie und erläuterte, sie hätte das Leben nicht ernst genommen und ihre Erfahrungen vor der Begegnung mit Sykstus hätten ihren Charakter nicht formen können. In dieser Zeit war sie nur zum Nachgeben imstande. Sie glaubte zu schwach zu sein, um sich dem Gefühl, das sie erfaßte, zu widersetzen. Und sie hielt dieses Gefühl nicht für etwas Böses. Doch sie fügte gleich hinzu, Sykstus müsse das Bewußtsein, Böses zu tun, gehabt haben. Sie berief sich auf seine Briefe. »Er hat mich mit seinen Zweifeln nicht entwaffnet«, sagte sie. »Im Unterschied zu ihm glaubte ich nicht an die Existenz des Teufels.« Er fragte, ob diese Antwort bedeuten solle, sie hätte den Glauben verloren. »Nein, nein, Herr Richter!« korrigierte sie. »Nur daß das alles kein Zufall sein kann. Den Glauben habe ich nicht verloren. Ich habe nur aufgehört, an bestimmte offenbarte Wahrheiten zu glauben. Ich habe sie als Ausdruck menschlicher Erfahrung verstanden. Gott kann nicht der Schöpfer des Satans gewesen sein, doch der Mensch – ja! Sykstus redete ständig vom Teufel. Er verging vor Angst, als spürte er dessen Atemzüge auf seiner Haut. Er sprang bei Nacht auf und weckte mich mit dem Ruf, ich sei der Teufel. Er war völlig naß, wischte sich den Schweiß von der Stirn und suchte seine Zigaretten. Irrst du dich auch nicht? verspottete ich ihn. Du bist ein Narr. Du bist deiner echten Berufung nicht gefolgt. Du hättest im Zirkus auftreten können, hier in Warschau oder drüben in Krakau, vielleicht sogar in Wien. Er legte sich wieder hin, machte die Lampe nicht aus und flüsterte, er liege neben dem Teufel. Dann fing er an zu lachen . . .« – »Ihr Glaube hatte also«, unterbrach er sie, »die einengenden Regeln abgestreift?« – »Das stimmt nicht«, antwortete sie und wurde ernst. »Ich war immer der Ansicht, daß man nicht bewußt Unrecht tun darf. Das legt bestimmte Regeln auf, Herr Richter.« – »Gewiß, gewiß!« stimmte er zu und beobachtete, wie sie ihr schwarzes, kurz geschnittenes Haar über der Stirn zurechtstrich und dann ihre kleine Hand, die sich aus dem weiten Ärmel schob, aufs Knie legte. »Sykstus glaubte, ich hätte mich von der Kirche abgewandt. Ich habe ihm klar gemacht, daß ich mich dabei aber nicht von Gott abgewandt hätte. Dann rief er, ich lästere und hätte den Verstand verloren. Ich sagte ihm, wenn wahr sei, was er sage, dann hätten wir beide den Verstand verloren. Ich wollte nicht in einer Lüge leben. Darauf kam ich in unseren Gesprächen immer wieder zurück. Nachdem er das Kloster verlassen hatte, konnten wir doch ohne Trauung miteinander leben. Also, antwortete Sykstus, nehme ich auch diese Last auf mein Gewissen. Du bist der Teufel. Ich habe nicht die Kraft, dich fortzustoßen. Das weißt du, und das ist deine Überlegenheit. Er sagte, seine Liebe sei dem Wahnsinn ebenso nahe wie dem Haß. Ich glaubte, nur eine solche Liebe sei echt, und liebte ihn umso mehr.« Ihre Stimmungen wechselten schnell. Denn bei der nächsten Vernehmung setzte sie ihm auseinander, sie habe alles von Anfang an durchdacht und die Wahrheit über ihr Vergehen sei anders, als sie bisher ausgesagt habe. »Ich habe Sykstus nicht geliebt, Herr Richter«, sagte sie leise, fast flüsternd, so daß er ihre Worte nur mühsam verstand. »Ich bin ihm erlegen. Ich wußte, was wir taten, war hoffnungslos. Ich rechnete nicht damit, daß es lange dauern würde. Darum beschloß ich, diese Zeit als eine Art Prüfung zu nehmen, als Annäherung an eine Welt, die ich bisher nicht hatte kennenlernen können.« – »Was heißt das?« wandte er ein und unterdrückte seinen wachsenden Ärger nicht. »Ich wollte ruhig leben«, erklärte sie. »Geld haben, mich nicht vor jedem heraufziehenden Tag fürchten. Ich wußte, einmal würde ich Sykstus verlassen. Aber ich wollte das erst tun, wenn ich einen mir mehr entsprechenden Mann kennengelernt hätte. Es ist nicht gerade bequem, die Geliebte eines Ordensmannes zu sein. Sykstus' Launen ertrug ich geduldig, weil ich meinte, er sei einfach ein

Narr, der seine Annehmlichkeiten in Phrasen von Buße, Sünde und Satan einzuwickeln gewohnt ist. Ich sagte ihm, er selbst sei der Teufel und habe meine Seele erobert. Er wurde zornig. Da scherzte ich, er sei Luzifers schlimmster Diener. Er fragte, ob ich ihn liebe. Ich antwortete, ich hätte noch nie einen Mann so geliebt wie ihn und diese Liebe sei eine Stufe zur wahren geistigen Vollkommenheit. Er verlangte, ich solle seine Bitten nicht mit Spott abweisen. Er meinte irrigerweise, hinter solchen Scherzen seien andere Gefühle verborgen. Er wollte sie bewahren.« – »Wer war dann«, fragte er, ohne ihre früheren Aussagen zu vergessen, »letzten Endes Sykstus für Sie?« – »Ein Schuft«, entgegnete sie ohne zu überlegen. Er lächelte. »Die Lage der Geliebten eines Mannes, der das Ordenskleid trägt, ist nicht bequem«, sagte er und schaute sie dabei an. »Das kann ich mir leicht vorstellen. Doch fühlten Sie sich als Geliebte eines Schuftes wohler?« Sie hob den Kopf. Er wußte, sie hatte diesen Mann geliebt, und die Worte, die sie jetzt vorbrachte, sollten ihre Verteidigung gegen dieses Gefühl sein. Sie schwieg. »Nun?« drängte er. »Ich habe keine Kraft mehr«, antwortete sie. »Ich bin sehr müde, Herr Richter.« Er warf einen Blick auf die Uhr und verfolgte eine Zeitlang die Zeiger. Dann stand er auf, trat ans Fenster und überlegte, ob er die beiden nicht doch gegenüberstellen sollte. Dann würde das Spiel, dessen Zeuge er war, bestimmt andere Dimensionen annehmen. Trotzdem spürte er, daß es eine zu große Gemeinheit wäre. Zur Sache selbst würde eine Konfrontation keine neuen Fakten beisteuern. Hingegen wäre sie eine Form echter moralischer Tortur. Er trat nicht gern in der Rolle des Zuschauers auf, der unnötiges Leiden betrachtet. Jetzt öffnete er das Fenster. Mitten über den Platz schritt ein Trauerzug. Der Geistliche, der Leichenwagen, die kleine Gruppe der Trauernden. Sie sangen. »Was ist das?« vernahm er Barbaras Stimme. »Eine Beerdigung«, antwortete er und wandte sich vom Fenster ab. »Das singt man auf dem Weg zum Friedhof.« Sie ließ den Kopf sinken. »Du bist schon dort, wohin wir gehen ... Du mußt nun ausruhn nach dem Lauf ...« Sie blickte auf, und er erinnerte sich plötzlich an das wundertätige Bild in der dämmrigen Kapelle, das er nur ein einziges Mal gesehen hatte. Viel Schwarz und Silber. Ein dunkles byzantinisches Gesicht. Ein Bild, das die vergangene Zeit in der fernen Welt seiner eigenen Kindheit wachrief. »Du mußt nun ausruhn nach dem Lauf ...« Die Worte klangen deutlich von draußen herein. Er sagte, sie könne ins Gefängnis zurückkehren. Sie erhob sich und band ihr Kopftuch fest. Als er sich wieder dem Fenster näherte, war der Platz leer. Er spürte einen heftigen Schmerz und wartete auf den nächsten, noch stärkeren Stoß. Zum Glück war er allein. Er ging zum Tisch zurück, setzte sich und legte den Kopf auf die ungeordneten Papiere.

Gegen Abend nahm er einen Brief von seinem Bruder aus Moskau entgegen. Der Mann am Empfang, der seinen Namen kannte, fragte, wo er so gut polnisch gelernt habe. »Sie sprechen wie ein Einheimischer, Herr Richter.« – »Meine Großmutter war Polin«, entgegnete er. In seiner Kindheit hatten beide Großmütter ihn hartnäckig umworben. Von der einen, die übrigens früh gestorben war, hatte er diese Sprache gelernt. Daran lag es. »Außerdem habe ich ein gutes Gedächtnis für fremde Sprachen.« Das stimmte. Diese Fähigkeit hatte ihm des öfteren erlaubt zu bemerken, was er ohne Überwindung der Sprachbarriere nicht verstanden hätte – im Zug, im Gerichtsgebäude, im Restaurant. Den Eindruck einer Verwandtschaft hatte er allerdings nie gehabt, im Gegenteil, das Gefühl der Eigenständigkeit wuchs in ihm. Er wußte, das würde immer so bleiben, falls er unter diesen Menschen leben müßte. Vielleicht würde er nach längerer Zeit näher bezeichnen können warum. Es wunderte ihn, daß dieses Bewußtsein von einer gewissen Feindseligkeit durchdrungen war; bisher hatte er das nie empfunden. Den Brief öffnete er nicht. Er konnte sich denken, was er enthielt – knappe Nachrichten über die Gesundheit von Bekannten und Beschreibungen der Advokaten-Tätigkeit seines Bruders. Nachdem er das Jackett ausgezogen hatte, legte er sich auf das Bett. Er verschränkte die Hände unter dem Kopf und beobachtete den über die Zimmerdecke gleitenden Lichtstreifen; ein Strahl der untergehenden Sonne, die sich gegen Abend am bevölkten Himmel zeigte, drang durch die Scheiben. Mitten in der Nacht erwachte er. Ein scharfer Schmerz hatte ihn geweckt. Er atmete mühsam, bei jeder Bewegung verengte sich der lähmende Gürtel um den Bauch. Dennoch schleppte er sich hinunter, weckte den Portier und befahl ihm, den Arzt zu holen, dessen Adresse er ihm nannte. Als der Doktor endlich kam – er hatte die Minuten nicht gezählt, sondern lag auf dem Bett mit geschlossenen Augen, hinter denen in rasendem Tempo Fetzen grelle, miteinander verflochtene, formlose, aber die Augen verletzende Farbfetzen vorbeijagten –, hatte der Schmerz bereits wie üblich nachgelassen, obwohl er noch nie so intensiv gewesen war. »Sie sind meinem Rat nicht gefolgt«, sagte der Arzt. »Ich empfahl Ihnen, die Arbeit zu unterbrechen, und bat Sie, sich eingehend untersuchen zu lassen.« – »Herr Doktor«, flüsterte er, »es ging mir ausgezeichnet. Ich wollte niemanden behelligen.« Der Arzt beugte sich mit der Spritze in der Hand über ihn. «Jetzt ist Ihnen wohl klar« – er sah seinen Mund sehr nahe – »daß damit nicht zu spaßen ist.« – »Etwas Ernstliches?« fragte er und hörte, wie die abgenommene Nadel der Spritze zu Boden fiel. »Ja«, lautete die Antwort. »Wie kann ich Sie nur davon überzeugen?« – »Heißt das ...«, begann er nach einer Weile, doch der Arzt ließ ihn den Satz nicht beenden. »Das heißt, mein Herr«, sagte er, »nur soviel, wie Sie gehört haben.« Er trat ans Fenster und öffnete es noch weiter. »Und wie ging es Ihnen am Abend?« – »Vorzüglich.« Er versuchte, sich im Bett hinzusetzen, spürte aber eine allumfassende Schwäche. Anscheinend begann die Spritze zu wirken. »Ich war sehr müde. Ich habe mich für einen Augenblick angezogen hingelegt, um auszuruhen, und bin fast auf der Stelle eingeschlafen.« Er erinnerte sich des Sonnenstrahls, der sich an die Decke verirrt hatte, und der blutroten Wolke im Fenster. Dann vernahm er wie aus weiter Entfernung das gedämpfte Schlagen der Bahnhofsuhr. Schritte. Er stellte sich vor, er ginge auf Olga zu, sie beide befänden sich an den entgegengesetzten Enden eines langen, mit roten Läufern ausgelegten Korridors. Die Entfernung, die sie trennte, schrumpfte nicht, im Gegenteil, sie wuchs, obwohl sie beide immer schneller gingen. Er sah Olgas ausgestreckte Arme, und fürchtete, sie würde fallen, ohne daß er ihr helfen könnte. Er versank immer tiefer in einen mit pulsierenden Farben gefüllten Abgrund – in Sekundenbruchteilen wußte er, daß dies alles unter dem Einfluß der Spritze vor sich ging –, er streifte die weichen Blätter großer Pflanzen, die ihn einsaugen wollten, und roch ihren betäubenden Duft. Er öffnete die Augen, atmete aber immer mühseliger. Jemand legte ihm seine kalten, kräftigen Hände auf die Stirn und drückte ihm auf die Lider, langsam verloschen die Farben unter diesem Druck. Der Raum rund um ihn fing an, sich mit Weiß zu füllen. Nur hoch über ihm segelten in der Stille riesige tote Monde. Aus diesem eigentümlichen Halbschlaf erwachte er in der Überzeugung, es schneie. Es war so still, daß er den Atem des Arztes hörte, der in einem an das Bett geschobenen Sessel saß.

»Was war das?« fragte er, als er das bekannte Gesicht des Arztes erblickte und ihm zulächelte. »Sie haben geschlafen«, antwortete jener. »Ich mußte Ihnen eine starke Spritze geben. Dann habe ich gewartet, bis Sie erwachten.« – »Dämmert es schon?« Er schaute zum Fenster hinüber. An dem sichtbaren Himmelsfragment zeigten sich graue Streifen. »Ich hatte merkwürdige Träume, Herr Doktor.« Er bewegte die Finger seiner erstarrten Linken. »Jetzt weiß ich, wie Drogen wirken. Das war gar nicht angenehm.« – »Ist der Schmerz vergangen?« fragte der Arzt. »Ja«, antwortete er. »Ich fühle nur eine große Müdigkeit.« Der Arzt zog sich an. »Mittags schaue ich bei Ihnen vorbei. Einstweilen müssen Sie liegen. Bitte schlafen Sie weiter.« Er streckte ihm die Hand hin. »Es tut mir leid«, sagte er, »daß ich Sie mitten in der Nacht geweckt habe.« – »Ich kann noch einige Stunden schlafen.« Und mit dem Blick zu den Medikamenten auf dem Nachttisch: »Das da ist für alle Fälle ...« Er schlief nicht mehr ein. Während er wieder im Halbschlaf lag, ohne daß sein Bewußtsein ausgeschaltet war, vernahm er den Morgenverkehr auf der Straße, das Hin und Her im Hotelkorridor, irgendwelche Stimmen hinter der Zimmerwand. Er dachte an den nahenden Schmerz. Inzwischen wußte er, daß das Vorgefallene keine vorübergehende Krankheit war. Er näherte sich einer Wahrheit, die ihn ganz ausfüllte. Unvollendete Angelegenheiten, unvollendete Gedanken. Die plötzlich auftretende krampfhafte Sehnsucht nach dem früheren Leben. Gesichter von Menschen, die er lange nicht gesehen hatte und die nur noch in seiner erstarrten Erinnerung lebten. Dort war er am stärksten verankert. In den fernen Bereichen der Erinnerung, wo seine Jugend lebte und die ebenfalls vergangene Jugend jener Menschen. Mittags – wieder floß die Zeit in einem seltsamen Flußbett, aus dem Halbschlaf mit Gedanken an die Vergangenheit und an ferne Stimmungen verfiel er in den normalen Rhythmus der Uhr, die ihre Stunden abmaß – schaute der Arzt herein. »Ich bin etwas beunruhigt«, sagte er. »Doch können wir weiter nichts tun. Sie sind zu sehr geschwächt.« – »Wird das lange dauern?« fragte er. »Ich weiß es nicht«, erwiderte der Arzt. »Hoffen wir, daß Sie bald aufstehen können. Dann überlegen wir, was weiter wird.« – »Ich habe gelesen, Herr Doktor«, – er erinnerte sich an ein Fragment aus dessen Buch – »was Sie über die Theologie geschrieben haben.« Der Arzt trank Kaffee. »In der Frage der Zweckmäßigkeit«, sagte er und stellte die Tasse ab, »muß man die faktische Seite streng von der theoretischen trennen.« – »Und was ergibt sich daraus?« unterbrach er ihn. »Die faktische Seite beruht auf der Feststellung, daß wir in der Biologie ein bestimmtes System von Erscheinungen beobachten«, antwortete der Arzt, »was mit dem allgemeinen Terminus der Anpassung bezeichnet wird. Die Anpassung unterscheidet sich deutlich von den physikalischen und chemischen Reaktionen, denn hier begegnen sich Ursache und Wirkung, sei es im Zusammenklang, sei es im Gegensatz. Sie ist also die eigentliche Reaktion«, erläuterte er weiter, »sie sichert das Dasein des Systems gegen die Wirkungen äußerer Reize und bildet in dieser Hinsicht eine recht deutliche Analogie zu den zweckmäßigen, bewußten menschlichen Handlungen. Eine derartige zweckmäßige Reaktion kann ausschließlich vom ursächlichen Gesichtspunkt aus betrachtet werden.« – »Was hat das für eine methodologische Bedeutung, Herr Doktor?« Er versuchte, sich die Worte genau zu merken. »Letzten Endes stellt sich uns die Zweckmäßigkeit«, entgegnete der Arzt, »als rein methodologisches Problem dar. Als Einführung in die Erforschung und Erhellung der biologischen Erscheinungen vom zweckmäßigen Gesichtspunkt aus. Man kann« – er lächelte – »auf diesem Standpunkt verharren, ohne sich in theoretische Untersuchungen über die Genese des zweckmäßigen Systems der biologischen Erscheinungen einzulassen. Wichtiger indessen ist die Frage, wie wir, wenn wir uns mit der theoretischen Seite des Problems der Zweckmäßigkeit beschäftigen, die Entstehung der Anpassungserscheinungen erklären sollen. Warum, kurz gesagt, solche Erscheinungen in der belebten Natur auftreten, während es sie in der toten nicht gibt.« Der an die Lehne des neben seinem Bett stehenden Sessels gelehnte Kopf des Arztes prägte sich ihm ein. Ein Gesicht mit gleichmäßigen Zügen, sorgsam gekämmtem Backenbart und dichtem ergrauendem Schnurrbart. Er erinnerte sich später, wie der Arzt die Hand gehoben und mit schneller Bewegung die Haare über der Stirn glattgestrichen hatte. Als er die Augen wieder öffnete, war der Sessel leer. In der Luft schwebte nur der scharfe Geruch der Medikamente. Er war sich nicht sicher, ob er die Sätze über die Zweckmäßigkeit biologischer Systeme in dem Buch des Arztes gelesen oder ob dieser sie selbst vor kurzem ausgesprochen hatte. Er bildete sich ein, sie hätten auch über den Pogrom in Kischinew gesprochen und über die in Rußland ständig glimmende Glut der Auflehnung. Wie sich herausstellte, hatte er als angehender Arzt mehrere Jahre im Landesinneren verbracht. »Schon damals«, erzählte er, »hatte ich den Eindruck, Herr Richter, als nähme die Untergrundbewegung im Staate zu und als zielten wir – auch wer sich nicht die Mühe machte, die ablaufenden Vorgänge zu analysieren – auf den Sturz des Zarentums und die Errichtung eines konstitutionellen Systems hin. Ob wir beizeiten erwachen und die richtige Mündung für diese Strömungen finden? Wir hier«, fuhr er fort, »huldigen gemeinsamen Bestrebungen mit den russischen Liberalen. Seit Jahren eingeschlafene Hoffnungen leben auf. Wir haben einen starken Bundesgenossen im japanischen Krieg, in den militärischen Niederlagen zu Lande und zur See. Das fiebrige Beben der Revolution« – er sah ihn an, ohne zu lächeln – »hat unser Leben bis zum Grunde aufgewühlt.« – »Sie nehmen die Ergebnisse der Wahl zur ersten Duma zu ernst«, unterbrach er ihn. »Der allzu frühe Triumph freiheitlicher Parolen, Herr Doktor...« – »Ja, ja«, vernahm er dessen hitzige Worte, »kennen Sie vielleicht das Ende des Polizeimeisters Nerlich?« – »Nein«, er schüttelte den Kopf, »der Name sagt mir nichts.« – »Ich befand mich eines Tages auf dem Heimweg vom Eisenbahner-Ambulatorium«, begann der Arzt. »Es liegt unweit vom Bahnhof. Damals steigerten sich die umstürzlerischen Aktionen von Tag zu Tag. Arbeitslosigkeit, Anarchie, politische Attentate, Versammlungen ohne Ende. Plötzlich hörte ich einen Schrei und sah einen Menschen weglaufen und einen anderen auf dem Bürgersteig liegen. Dieser andere war jener Polizeimeister Nerlich. Er lag in einer Blutlache mit einer tiefen Wunde in der Brust. Daneben ein blutiger Dolch. Ich habe ihm erste ärztliche Hilfe geleistet. Übrigens erfolglos, die Schneide hatte das Herz erreicht, wie sich bei der Sektion später herausstellte. Ich habe lange über die Unverschämtheit derartiger Taten und ihre moralische Bewertung nachgedacht.« – »Herr Doktor«, sagte er und hob die Lider, »unser theoretischer Liberalismus stimmt in der Praxis einer Rückkehr zum alten Regime zu. Nach der Niederlage gegen Japan und nach der Revolution, zu der es zwei Jahre nach den Zwischenfällen von Kischinew, denen aus dem Jahre 1903, schließlich kommen mußte, entstand eine ganz besondere staatliche Mißgeburt, l'état constitutionel avec l'empereur autocrate...« Das Lächeln, das gewöhnlich im Gesicht der Menschen auftauchte, wenn er diese Bezeichnung erwähnte, zeigte sich nicht. Der Doktor schwieg. »Um Gottes willen!« sagte er nach einer Weile. »Wie also sieht die Zukunft aus. Wir leben hier in unablässiger Bedrohung. Am meisten fürchte ich, Herr Richter«, erläuterte er, »die aus Deutschland. Ich beobachte genau, was dort vor sich geht. Bitte glauben Sie mir, wir empfinden hier diese Gefahr stärker. Uns wird die Kraft ihres Schlages am heftigsten treffen. Kann der Panslawismus eine Medizin gegen solche Ängste sein?« Er seufzte. Und was, dachte er, verbirgt dieses Stichwort hinter seiner märchenhaften Fassade? Das Verlangen nach Oberherrschaft... Er öffnete die Lider. Im Sessel saß strahlend der Präsident. »Nanu, Iwan Fjodorowitsch«, sagte er zur Begrüßung, »was sind mir das für Scherze? Wir haben keine Zeit, krank zu sein, mein Freund. Sie sind drei Tage lang nicht erschienen. Die Arbeit geht nur mühsam voran.« Er schaute sich um. »Sie hätten sich eine bessere Wohnung mieten sollen. Hier herrscht ja ein entsetzlicher Lärm. Der Bahnhof, die Straße...« – «Ich mag Hotels« – er lächelte – »Glauben Sie mir.« – »Darüber werden wir nachdenken, wenn Sie wieder aufgestanden sind«, murmelte er streng. »Zum Teufel, ich bin doch für Sie verantwortlich.« – »Gibt es etwas Neues im Verfahren?« fragte er. Der Präsident wurde lebhaft. »O ja, eine Sensation!« sagte er. »Damian wollte sich erhängen. Er wurde im letzten Moment gerettet. Stellen Sie sich vor, dieses selbstsichere und tiefreligiöse Mönchlein! Angeblich – so jedenfalls hat er dem Arzt gesagt, denn er liegt jetzt im Gefängnisspital – hat er das Gefängnis satt. Die versprochene Entlassung kommt nicht. Natürlich ahnen Sie, daß die Nachricht schon bis in die Stadt gedrungen ist. Ich bekam unangekündigten Besuch eines Geistlichen, den der entsetzte Bischof schickte. Er erkundigte sich nach den Bedingungen, unter denen die Gefangenen leben. Ich habe ihm äußerst höflich auseinandergesetzt, daß die Verzweiflungstat nicht im Zusammenhang steht mit der Gefängnisordnung, die im Falle dieser Herren ohnehin sehr milde ist. Es liegt einfach an der moralischen Schwierigkeit ihrer Lage. – Das will mir nicht in den Kopf, antwortete er mir. Sie würden es nicht wagen, Hand an sich zu legen. – Großer Gott, als ob wir ihnen befohlen hätten, sich mit Bettlaken zu erhängen. Aber wir wollen nicht darüber reden, Iwan Fjodorowitsch, ehe Sie nicht von diesem Schmerzenslager aufgestanden sind. Werden Sie gut versorgt?« – »Ja«, antwortete er. »Vorzüglich, Spiridion Apollonowitsch.« – »Dann ist es gut.« Die Finger des Präsidenten berührten seine Hand. »Sehr gut. Und machen Sie sich vorläufig keine Sorgen wegen der Arbeit im Gericht. Werden Sie wieder gesund. Dann schließen wir schnell den Fall Sykstus und Konsorten ab. Sie achten darauf, daß wir keine Fehler gemacht haben. Wir übergeben die Akten dem Staatsanwalt, und Sie fahren in unsere glückliche, Gott wohlgefällige Hauptstadt.« Er versprach, ihn bald wieder zu besuchen. Sie verabschiedeten sich. Beim Fortgehen übermittelte ihm der Präsident Grüße von Bekannten, die sich nach seinem Befinden erkundigt hätten. Er überlegte, ob er einen Brief an Olga schreiben solle. Irgend jemandem wollte er von dem erzählen, was ihm in den letzten Tagen widerfahren war. Vom Auftreten neuer Fragen und Zweifel, von den Gesprächen, die er in Wirklichkeit mit Menschen geführt hatte. In dieser Zeit waren erschienen: der Hotelbesitzer, der Sekretär aus dem Gericht – er hatte ihn verpflichtet, ganz genau über die Affäre Damian und über Barbaras Aussagen zu berichten, die angeblich Sykstus stark belasteten – ein zweiter Arzt, ein Russe, Direktor des Ortskrankenhauses. Und schließlich Besucher, die es nur in seinen Fieberphantasien gab. In dieser Verwicklung verbarg sich die Wahrheit. Langsam enthüllte sich eine Welt, die zur echten Wirklichkeit werden sollte. Ein Grenzbereich, den er voller Angst- und Erniedrigungsgefühl betrat. Aber auch mit einem gewissen Glauben. Der Krankenhausdirektor, den der Präsident geschickt hatte, pries seinen gelehrten Kollegen sehr. »Sehen Sie, Iwan Fjodorowitsch«, sagte er ohne Anzüglichkeit, »ich weiß nicht, ob die Probleme der Philosophie der Medizin, die er uns bei besonderen Versammlungen der Wissenschaftlichen Gesellschaft auseinandersetzt, tatsächlich eine so große praktische Bedeutung haben, aber ich schätze allein schon seine Tiefgründigkeit sehr. Vergessen Sie nicht, Herr Richter, daß wir in einer geistigen Wüste leben. So ein Mensch ist ein hell strahlender Stern am Firmament der Durchschnittlichkeit. Auch ist er kaum belastet mit Nationalitätskomplexen wie viele seiner Landsleute, was Sie gewiß selbst bemerkt haben. Und das ist wichtig. Solche Leute müssen wir unterstützen. In einer Situation, in der die Entnationalisierung – scheuen wir uns nicht vor dem Wort – uns so schwer fällt, wird jeder Forscher, der der patriotischen Hysterie nicht zum Opfer fällt, zum Verbündeten. Ich kenne auch seine gesellschaftlichen Ansichten. Er ist ein Intellektueller mit gemäßigten Überzeugungen, der Hirngespinste ablehnt. Er ist mit den Sozialisten nicht befreundet. Und die haben sich hier in letzter Zeit sehr vermehrt, sie huschen durch unsere Fabriken. Und außerdem ist er noch ein zutiefst religiöser Mensch . . .«

Zeitweilig vergaß er den Fall Sykstus. Erst als es ihm besser ging – er lag nicht mehr den ganzen Tag im Bett, sondern bewegte sich im Zimmer und verbrachte mehrere Stunden täglich mit der Durchsicht von Papieren –, bat er den Beamten, der ihn vertrat, alles zu berichten, was sich während seiner Abwesenheit zugetragen hatte. Schon aus dessen ersten Worten ging hervor, daß der Präsident, der inzwischen die Untersuchung beaufsichtigte, energisch auf die Beschleunigung der Abschlußarbeiten drängte. Doch das Seltsamste war, was er über Barbaras Aussagen erfuhr. »Ich habe sie mehrfach verhört«, sagte der Beamte lebhaft. »Sie ist jetzt ganz ruhig, die früheren Anfälle von Hysterie sind vorbei. Wie sie behauptet, hat Sykstus die Schatzkammer oft erwähnt. Nicht Leon, sondern Sykstus war ihrer Ansicht nach der Erfinder des Einbruchs. Aus ihrem Bericht ging hervor, daß Sykstus sie als angebliche Pilgerin von jenseits der Grenze mit einer größeren Besuchergruppe auch in die Räume geführt hatte, wo sich die Klosterschätze befanden. In einem bestimmten Augenblick zog er sie beiseite und forderte sie auf, sich genau anzusehen, was dort zusammengetragen sei. Das alles, soll er gesagt haben, kann unser sein. Sie dachte zuerst, er sei verrückt geworden. Doch ergab sich bald eine Gelegenheit, auf dieses Gespräch zurückzukommen. Sykstus fuhr am nächsten Morgen für einige Tage nach Warschau. Er holte sie im Hotel ab – sie hatte dort übernachtet – und stieg mit ihr in den Zug. Unterwegs – sie waren ganz allein – kam er wieder auf die Schatzkammer zu sprechen. Er fragte sie, welchen Eindruck das Gesehene auf sie gemacht habe. Sie entgegnete, am meisten habe sie das Gehörte überrascht. Meine Liebe, soll er gesagt haben, miß der Heiligkeit toter Gegenstände nicht allzu viel Bedeutung bei. Müßte dieser Reichtum, der dort wie aus Ironie den Menschen gezeigt wird, nicht besseren Zwecken dienen? – Was für Zwecken? hatte sie gefragt. – Das wirst du zu gegebener Zeit erfahren. Er lachte, als sie ihn beschwor, sich nicht mit derartigen Geheimnissen zu beschäftigen, und meinte zur Begründung, er müsse vorsichtig sein. Das sei auch in ihrem Interesse. Dieses Wort habe er bei jenem Gespräch benutzt. Es gibt, habe er hinzugefügt, viele Möglichkeiten, dich für immer an mich zu binden. Sie antwortete, es gebe nur eine Methode. Mehr erwarte sie nicht. Sie wolle ganz einfach, daß er das Habit ablege. Er könne gleichzeitig das Kloster verlassen – ihr habe die Magie, der er erlegen sei, nie viel bedeutet – und sich um eine Befreiung von den Gelübden bemühen. Nie hatte sie aufgehört, an die Existenz Gottes zu glauben. Aber dieser Gott war ihrer Ansicht nach nicht der Schöpfer unmenschlicher Gesetze. Sie meinte, im Falle Sykstus' und nach dem, was zwischen ihnen bereits vorgegangen sei, dürfe man von einer solchen unmenschlichen Wirkung des Gesetzes reden. Darum habe sie beschlossen, die Wahrheit offen darzulegen. Die Wahrheit aber betreffe ihrer Ansicht nach das Gewissen. Sykstus habe von Anfang an nicht vorgehabt, den Klostergelübden treu zu bleiben, und seit langem auf den geeigneten Augenblick gewartet, den Schatz an sich zu bringen. Er habe nur den richtigen Helfer gesucht und seine sichere Flucht vorbereitet. Vielleicht sei das um der Liebe willen geschehen, wenngleich sie glaube, es sei vor allem Eigenliebe gewesen. Aber die Briefe? Sie verstehe, daß sich aus seinen Briefen ein anderes Bild von ihm ergebe. Doch das Briefeschreiben sei für ihn zu einer Art Spiel geworden. Er habe sich ganz anders verhalten, wenn sie im Gespräch über ihre Zukunft nachdachten. Sie habe das bislang verheimlicht, um ihm die Schande zu ersparen. Doch sei sie zu dem Schluß gekommen, daß sie falsch gehandelt hätte und daß es jetzt ihre Pflicht sei, bei der Aufdeckung der Wahrheit mitzuhelfen. An die Strafe, die sie beide erwartet, denke sie nicht. Sie wolle, daß er ihre Rolle in diesem Drama richtig auffasse. Vielleicht erwache dann in ihm das seit längerer Zeit tote Gewissen.« Der Beamte berichtete, sie habe das alles mit starker innerer Überzeugung gesagt. Eine solche Beichte könne im ersten Moment erschrecken. Wenn sie aber nicht aus dem Gefühl der Kränkung erwachse? Vielleicht suche sie wirklich die Wahrheit? ... Er sah die von ihr unterschriebenen Kanzleibögen mit ihren festgehaltenen Antworten durch. Sie deckten sich mit dem Bericht, den er vernommen hatte. »Glauben Sie das alles?« fragte er. Der Beamte drückte seine Zigarette aus. »Ja, ja, Herr Richter«, antwortete er. »Diese Aussagen mindern keineswegs ihre Verantwortung. Und vielleicht vergrößern sie sogar ihre Schuld.« – »Sie haben recht«, stimmte er zu. »Das Gericht wird ihr zur Last legen, daß sie von einer verbrecherischen Absicht frühzeitig gewußt hat. Auf diese Weise wird sie zu Sykstus' Mittäterin, außer bei dem Mord. Und selbst für dieses letzte Verbrechen trägt sie die moralische Verantwortung.« – »Sie behauptet«, warf der Beamte ein, »ihren Mann ehrlich geliebt zu haben. Und sein Tod habe sie tief getroffen.« – »Nein, nein«, unterbrach er, »sie lügt ...« Der Beamte betrachtete ihn verwundert. »Sie belastet Sykstus«, fuhr er fort, »und nimmt in Kauf, daß ihre eigene Verantwortung dabei größer wird. Sie rächt sich.« – »Aber weshalb, um Gottes willen?« Er breitete die Hände aus, seine Geste sollte höchste Verwunderung ausdrücken. »Sie liebt diesen Menschen. Das ist das Geheimnis, das zu enthüllen sie sich fürchtet.«

Nach einer Woche schickte der Präsident ihm sein Automobil. Er fuhr zum vereinbarten Arztbesuch. Er benutzte das Auto nicht gern, sondern hätte eine Droschke vorgezogen, doch gehörte es sich nicht, abzulehnen. Es war eine hohe Auszeichnung. Ein Auto erzeugte immer noch Panik auf der Fahrbahn. Es schleuderte in den Kurven. Der Arzt führte ihn auf die Terrasse. Einer der letzten warmen Herbsttage ging zur Neige. Der Himmel hatte sein unbeflecktes Blau bewahrt. Nur im Westen sättigte es sich mit Rot. Der Garten erinnerte an einen welkenden Blumenstrauß. Die Blätter hatten ihre Farbe gewechselt, waren aber noch nicht abgefallen. »In zehn Tagen, Herr Doktor«, sagte er, »in zehn Tagen bin ich daheim. Meine Arbeit geht zu Ende, obwohl ich mir dieses Ende anders vorgestellt habe. Ich habe Ihnen gegenüber den Teufel erwähnt, der Sykstus besessen hat und den ich beim Schwanz fassen wollte ...« Der Arzt lächelte und fragte, ob er Tee trinken wolle. Er bat darum. »Ich habe mich auf diese Begegnung sehr intensiv vorbereitet«, fuhr er fort, »weil ich unbedingt die Ursachen herausfinden, weil ich verstehen wollte, warum Sykstus in der Lage war, ein so schreckliches Verbrechen zu begehen.« – »Nun und«, fragte der Arzt, »haben Sie die Ursachen gefunden?« – »Leider nein«, antwortete er. »Ich muß irgendwelche Fehler gemacht haben.« – »Vielleicht ist er einfach ein gewöhnlicher Verbrecher?« warf der Arzt ein. »Nein, Herr Doktor.« Wieder erblickte er den mit blutroten Schweißtropfen übersäten Vogelbeerbaum, er blühte vor dem rosa Himmel, und über ihm kreisten Vogelschwärme. »Es gibt keine gewöhnlichen Verbrecher. Gewöhnliche Motive, die gibt es. Aber im Fall Sykstus kann man schwerlich von solchen sprechen. Andere habe ich nicht finden können. Ich hatte mir eingebildet, es müsse ernsthaftere Ursachen geben.« – »Sind denn die, auf die er sich beruft, nicht ernsthaft?« Er wandte sich um. »Sie sind es«, sagte er. »Aber er spricht nicht über alle.« Der Arzt verzog das Gesicht. Wie viele Leute, die ihm hier begegneten, hatte er offenbar eine feste Meinung über den Fall Sykstus. Er sah keinerlei Notwendigkeit, nach Ursachen zu forschen, die diese Meinung erschüttern könnten. »Ich möchte gern wissen«, fügte er noch hinzu, »wieviel Wahrheit in dem steckt, was er erzählt, zum Beispiel über die Buße.« – »Warum interessiert Sie das so sehr?« Der Arzt reichte ihm den Zucker. »Vielleicht dürfen wir nicht alle Geheimnisse kennen lernen?« Er blickte zu ihm hinüber. Einen ähnlichen Satz hatte er selbst kürzlich an Olga geschrieben. Sein Kopf sank herab. »Ich fürchte, das ist Desertion ...« – »O Gott«, seufzte der Arzt, »es fehlt Ihnen an Demut, Herr Richter.« Als er den Kopf hob und ihn wieder anschaute, dachte er, der Satan könne auch ein solches Gesicht haben. Ihm schien, als blickte ihn der Satan mit zusammengekniffenen Augen an. »O ja, Herr Richter«, sprach er weiter und wandte den Blick nicht ab. »Sie usurpieren das Recht, über die Intentionen zu entscheiden. Statt dessen sollten die Folgen Sie interessieren. Denn diese sollten die Grundlage Ihrer Beurteilungen sein.« – »Suchen Sie, Herr Doktor, nicht auch nach den Ursachen der Krankheiten?« wandte er ein. Der Arzt zuckte die Schultern. »Nur die, die ich erkennen kann. Nie werde ich den Impuls feststellen, der ihre Entwicklung verursacht. Ich habe es mit einer Folge zu tun. Der Impuls selbst bleibt Geheimnis. Nie denke ich darüber nach, wenn ich die Symptome sehe, wo die erste Ursache liegt. Ihre Folgen erkenne ich überall. Ich gehe gegen sie vor. Ich bemühe mich, sie so genau wie möglich kennen zu lernen. Um Gottes willen, kann ich denn prophezeien, warum von zwei in meinem Wartezimmer sitzenden Patienten der eine ernstlich krank und der andere völlig gesund ist? Das bleibt außerhalb der Reichweite meiner Erkenntnis. Ich usurpiere dieses Recht nicht, sondern bleibe lieber ratlos. Diese grundsätzliche Entscheidung vollzieht sich ohne mein Zutun. Jenseits meines Verstandes.« Sie schwiegen. Nach einer Weile erkundigte sich der Doktor, ob ihm kühl sei. Doch er fror nicht. Er schaute in den immer röter werdenden Himmel. Die Worte des Arztes hatten ihn empört, erst der Anblick der sich verdichtenden Dämmerung begann ihn zu beruhigen. »Nie habe ich mich alt gefühlt, Herr Doktor«, sagte er. »Aber was ich da gehört habe, macht älter ...« – »Das war doch kein Eingeständnis absoluter Ratlosigkeit«, entgegnete der Arzt. »Ich weiß, es gibt irgendwelche Ursachen, aber sie entziehen sich häufig der Kontrolle meines Geistes. Was erwarten Sie also, Herr Richter? Diese Ursachen existieren außerhalb der Moral. Und ehe der blinde Zufall ins Leben eingreift« – er lächelte –, »glaube ich lieber an die letzten Endes nicht erkennbare Zweckmäßigkeit der Ursachen.« Auch in diesem Lächeln lag etwas Teuflisches. »Worauf also zielen Sie ab, Herr Doktor?« warf er ein. »Ich will niemandem die Antwort abnehmen.« Er hatte zu lächeln aufgehört. »Ich sage es noch einmal, aus dem, was Sie gehört haben, ergibt sich keine absolute Ratlosigkeit. Indem ich die Naturgesetze untersuche, komme ich Schritt für Schritt der Erkenntnis der Wahrheit über mich selbst näher. Vielleicht ist gerade dies das Wichtigste.« Er lachte auf. Der Arzt blickte ihn streng an. Er mochte ihn nicht fragen, was das schon für eine Wahrheit sein könne. Ohnehin hatte er ihm viel gesagt. Schließlich war er diesem Menschen, in dessen Blick sich das Urteil verbarg, Dank schuldig. Sykstus mußte etwas Ähnliches im Blick seines Vetters gesehen haben, als sie sich an den demütigenden Handel machten. Er stand auf, dankte für die Behandlung, nahm das vorbereitete Rezept und legte einen Umschlag mit Geld auf den Tisch. Er versprach, gleich nach seiner Rückkehr aus Petersburg zu schreiben. Sehr bald, höchstwahrscheinlich aus dem Krankenhaus. »Ich wünsche Ihnen schnelle Gesundung«, sagte der Arzt. »Danke, Herr Doktor.« In seinem Abschiedsblick bemerkte er dasselbe unwiderrufliche Urteil. Er mußte wegschauen. Wieder sah er durch die Tür, die sich zur Terrasse öffnete, den in der Dämmerung versinkenden Garten. Die Frau des Arztes stellte eine Lampe auf den Tisch und räumte die Teller ab. Sie richtete sich auf – das Lampenlicht hüllte sie ein – und sah ihn an. Sie wartete, bis sich die Haustür schloß. Der Chauffeur öffnete die Autotür. Er sollte ihn zum Abschiedsessen beim Präsidenten bringen. Während er im Auto saß, machte er sich den Unsinn des Besuches klar. »Passen Sie bitte gut auf!« knurrte er den Chauffeur an. Der Bursche in der Ledermütze wandte sich vom Steuer ab und zeigte breit lächelnd seine Zähne. »Herr Richter«, sagte er, »ich bin der beste Chauffeur der ganzen Stadt.« – »Na, dann gib dir Mühe, diesen Ruf nicht zu verlieren.« Die Scheinwerfer leuchteten auf, vor sich hatten sie nun zwei Bäche grellen Lichts, die Droschken, über die Fahrbahn laufende

Fußgänger und Baumstämme streiften. Immer noch dachte er an den Besuch beim Arzt. Falls er im Verlauf der nächsten Tage keinen weiteren Anfall bekam – und der Doktor hatte versichert, das dürfe eigentlich nicht geschehen, hatte ihm aber gleichzeitig ein, wie er sagte, wirkungsvolles Schmerzmittel gegeben –, würden sie sich nie wiedersehen. Zum ersten Mal ertappte er sich bei einer Abneigung gegen diesen Menschen. Ihn reizte die trübe Metaphysik, deren Anhänger der Arzt war. Er erinnerte sich an das, was jener über die Unerkennbarkeit der Welt gesagt hatte. Anscheinend verkörpert sich der Satan wirklich in Menschen, die der Glanz eines offenbarten Glaubens blendet. Er schloß die Augen, um die vor dem Auto vorbeihuschenden Schatten nicht zu sehen. Er glaubte an die Erkennbarkeit jeglicher Intentionen. Wenn er an Olga schreiben wollte, man dürfe bestimmte Tatsachen, gegen die man nichts Wirksames tun könne, nicht zur Kenntnis nehmen, so resultierte diese Überzeugung keineswegs aus moralischer Schwäche. Im Gegenteil. Er rechnete mit dem sich daraus ergebenden Vorteil. Die Zukunft, dachte er weiter, wird den Menschen gehören, die die moralischen Gesetze durch die Wirkung ihres Handelns bestimmen. Das werden aufgeklärte Menschen sein, die sich unter der Last ererbter Beschränkungen nicht beugen. Der Gedanke, welch große Gefahr eine solche Haltung in sich bergen könne, fiel ihm ein. Das Auto hielt vor einem langen grauen Gebäude. Er rührte sich nicht. »Wir sind da, Herr Richter«, sagte der Chauffeur. »Soll ich warten?« Er öffnete die Augen und erhob sich. »Ach nein. Ich glaube, ich bin ein wenig eingeschlafen. Einen Moment!« Er griff in die Tasche und holte sein Portemonnaie heraus. »Warte nicht auf mich.« Er gab ihm Geld, doch der Bursche zog sogleich die Hand zurück. »Ich kann das nicht annehmen«, sagte er. »Der Chef würde sich ärgern.« – »Nimm schon«, sagte er, »er braucht es ja nicht zu erfahren.« Dann ging er zum ersten Stock hinauf. Er lehnte sich an die Wand und überlegte, ob er nicht auf die Straße zurückkehren sollte, drückte aber doch die Klingel. Die Tür öffnete sich. Auf der Schwelle stand die Frau des Präsidenten. Er spürte scharfen, aufreizenden Parfümgeruch. »Wie ich mich freue!« Sie klopfte ihm auf die Schulter. »Mein Mann hat mir von Ihrer Krankheit erzählt. Ich hoffe, alles ist nun in bester Ordnung.« Sie führte ihn in den Salon. »Sie hatten zu wenig Zeit für uns, Herr Richter«, stellte einleitend ein bekannter Industrieller fest. »Die Anwesenheit eines Menschen wie Sie ist doch für uns ein gesellschaftliches Ereignis.« Der Präsident bat ihn in einen Sessel. »Iwan Fjodorowitsch ist ein wahres Muster an Fleiß«, sagte er. »Er denkt nur an Sykstus, an dessen Geliebte und die Komplizen dieses Mönchleins . . .« Zum Glück wurde das Gespräch schnell auf eine Angelegenheit gelenkt, die sie alle völlig beanspruchte. Es war die Nachricht, daß belgische Industrielle ein großes Paket Aktien einer der einheimischen Textilfabriken aufgekauft hatten. »Die waren noch nie hier«, verkündete ein erregter Herr mit Bart. »In Kürze erscheinen womöglich Japaner. Warum seid ihr so verwundert? Sie würden uns am liebsten die Kehle zudrücken. Das ist das zeitgenössische Modell eines Krieges. Es braucht weder Karabiner noch große militärische Operationen, der wirtschaftliche Druck genügt, und wir erwachen mit gebrochenem Rückgrat.« – »Vielleicht sollte man«, unterbrach ihn eine würdevoll aussehende Dame mit schönem Collier, »sein Kapital im Ausland anlegen? Sagt jemand diesen belgischen Kapitalisten gleich mangelnden Patriotismus nach?« Das Gespräch kreiste weiter um dieses Thema. Später kam der Präsident noch einmal auf den Fall Sykstus zurück. »Eigentlich«, sagte er, »haben wir die Sache hinter uns, Iwan Fjodorowitsch. Man muß auch dem Staatsanwalt noch etwas zu tun übrig lassen.« – »Und wenn«, unterbrach er ihn, »doch nicht alles aufgedeckt ist?« – »Was denn noch?« Der Präsident lächelte nachsichtig. »Nur Leon mit seinem Schatz fehlt. Der zweifelte nicht daran, daß es Gott nicht gibt. Bestimmt fällt er uns nie in die Hände. Man hat ihn zuletzt in Hamburg gesehen. Vorläufig haben wir keine so guten Beziehungen zur südamerikanischen Polizei, um anzunehmen, es würde uns gelingen, ihn dort aufzuspüren.« – »Ich denke«, sagte er, »an die, die frei herumlaufen.« – »Wer ist denn das?« wunderte er sich. »Wer im Kloster kann noch von dem Verbrechen gewußt haben?«

Frühmorgens begab er sich ins Gericht. Er ging zu Fuß. Der Himmel war grau. Hier und da hing noch dichter Morgennebel. Im Korridor mischte er sich unter die Menschenmenge. Rundum vernahm er erregte Stimmen. Auf dem Platz standen zahlreiche Bauernwagen. Sie waren gekommen, um ihre dörflichen Streitigkeiten zu bereinigen. Es roch nach Schweiß, Leder und billigem Tabak. In seinem Arbeitszimmer breitete er die Papiere aus. Bis zu diesem Zeitpunkt hatte er nie darüber nachgedacht, was für ein

Mensch der Ermordete eigentlich gewesen war. Seine Person tauchte zwar in den Aussagen auf, immer aber blieb dieser Mann ohne deutliche Charakterzüge. Er war achtundzwanzig Jahre alt geworden. Nach Absolvierung des Gymnasiums hatte er angefangen zu arbeiten. Er stammte aus einer armen Familie, war also verpflichtet, seinen Geschwistern zu helfen. Arbeit fand er bei der Bahn. Er wurde in der Buchhaltung angestellt. Aus den dort eingeholten Zeugnissen ging hervor, daß er sich nicht durch Fleiß ausgezeichnet hatte. Seine Vorgesetzten behaupteten, er habe liberale Ansichten kundgetan, doch fand man keine Beweise dafür, daß er sich mit einer illegalen radikalen Organisation eingelassen hätte. Wie man wußte, gab es bei der Bahn ein gut organisiertes Verschwörernetz. Er führte kein aufwendiges Leben. Häufig war er krank. Diese Zeugnisse stimmten mit dem Rapport des zuständigen Polizeireviers überein. Man hatte nicht feststellen können, ob er, bevor er Barbara kennen lernte, schon ein festes Verhältnis gehabt hatte. Seine Nachbarn erzählten jedoch, hin und wieder hätten ihn bestimmte Frauen besucht. Das war ein wichtiges Detail. Sykstus behauptete in seinen Erklärungen, sein Vetter habe ein lockeres Leben geführt, das sei eine wahre Plage für seine Angehörigen gewesen. Außerdem sei er ein verschlossener und mißtrauischer Mensch ohne Freunde gewesen. Der Polizeirapport machte nicht den Eindruck, als hätte sich die Warschauer Polizei besondere Mühe gegeben. Wahrscheinlich hätte man sehr viel mehr Einzelheiten feststellen können. Nach Sykstus' Zeugnis hatte er die Existenz Gottes längst vergessen. Barbara dagegen erzählte, ihr Mann sei ein gläubiger Mensch gewesen. Allerdings habe er nicht gern darüber gesprochen. »Ich habe größeres Vertrauen«, hatte er ihr einmal gesagt, »zu Menschen, die in der Einsamkeit mit Gott verkehren. Die Kleider der Geistlichen, das öffentliche Ritual – das alles erfüllt mich mit Abscheu.« Bei diesen Worten muß er an Sykstus gedacht haben. Er kannte ja bestimmt dessen zweite, der religiösen Ekstase so fremde Natur. Endlich wurde der Häftling hereingeführt. Sie waren einander viele Tage lang nicht begegnet. Sykstus sah besser aus. Sein Gesicht schien nicht mehr so erdfarben, seine Bewegungen wirkten ruhiger. »Ich habe viel an Sie gedacht, Herr Richter«, sagte er und setzte sich dem Tisch gegenüber. Er schickte den Wärter fort. »Ich hörte, Sie waren krank. Wir haben uns noch dies und jenes zu sagen.« – »Der Ansicht bin ich auch.« Er spürte seinen ebenso forschenden wie mitfühlenden Blick. »Die Krankheit ist vorüber. Wir können zur Sache kommen.« – »Ich habe fast alles gesagt«, antwortete Sykstus. »Ich bin gar nicht sicher, daß es sich um das vollständige Bild handelt. Hinter den Tatsachen, nach denen ihr fragt, verbirgt sich ein dichtes Geflecht von Ursachen. Ich mache sie mir oft erst in der Zelle bewußt. Doch es lohnt wohl nicht, davon zu reden. Eine solche Geschichte hätte weder Anfang noch Ende. Ich habe das alles satt. Sicher wundert Sie dieses Wort auf meinen Lippen. Aber auch ein Verbrecher kann sein Verbrechen satt haben. Auf diese Weise wehrt sich die Psyche des Menschen. Es ist unmöglich, selbst die schrecklichste, einmal begangene Tat bis ins Unendliche wieder und wieder zu erleben.« – »Es fällt mir schwer, darüber zu urteilen«, unterbrach er ihn. »Das ist Ihre Sache. Doch widerspricht diese Ansicht dem, was Sie von der Buße erzählt haben.« – »Nein«, entgegnete Sykstus. »O Gott, ich habe genug von dem Gerede über die Tatsachen. Wirklich wichtig sind nur die Motive, Herr Richter.« Er bat ihn, von der letzten Begegnung mit seinem Vetter zu erzählen. »Nachdem ich den Brief bekommen hatte, in dem Barbara von ihrer kategorischen Entscheidung schrieb, unsere Beziehung abzubrechen, und daß sie ihren Mann liebe, beschloß ich, mit ihm persönlich zu sprechen. Ich adressierte meine Antwort an ihn und erwartete gar nicht, daß er so schnell reagieren würde. Zwei Tage später bekam ich das Telegramm mit der Nachricht über sein Eintreffen. Ich beschloß, ihn von der Bahn abzuholen. Weil ich ahnte, daß unser Gespräch einen stürmischen Verlauf nehmen könnte, trat ich, ehe ich wegging, in die Werkstatt und nahm von dort die Axt mit. Niemand hat das gesehen. Heute überlege ich, ob ich auf dem Wege zur Werkstatt gedacht habe, er würde mir drohen. Oder vielleicht gar versuchen, mich umzubringen? Wollte ich also sicher gehen? Oder sollte die Axt nur als Schreckmittel dienen? Ich weiß, das klingt naiv. Doch ich wiederhole, ich habe nicht daran gedacht, ihn zu töten. Ich empfand nicht einmal Haß ihm gegenüber. Nur packte mich der Zorn, wenn ich mich an den Ton seiner letzten Briefe erinnerte. Zurück in der Zelle, zog ich mir Zivilzeug an. Das Kloster verließ ich eine Stunde vor Eintreffen des Zuges. Am Ausgang sagte ich, ich hätte einen Termin beim Zahnarzt. Das stimmte sogar mit der Wahrheit überein. In letzter Zeit hatte ich Zahnschmerzen und mußte zum Arzt gehen. An diesem Tag war ich zu ihm bestellt. Für alle Fälle fügte ich hinzu, er erwarte den Besuch eines Vetters aus Warschau. Es war ein schöner, sonniger Tag. Ich nahm keine Droschke, sondern beschloß, zu Fuß zu gehen. Am Bahnhof war ich ziemlich früh. Der Stationsvorsteher sagte, der Zug aus Warschau habe Verspätung. Ich ging zum Büffet und trank einen Kaffee. Ich mag Bahnhöfe gern, die Zeit wird mir dort nie lang. Meine Stimmung war ganz gut. Ich rechnete damit, daß es mir gelingen würde, die Sache irgendwie zu lösen. Auch überlegte ich, ob es nicht vielleicht um Geld gehe. Darum, daß ich ihnen eine größere Summe schicken solle. Auch diese Gedanken hielt ich für möglich. Mehr noch, Barbara hatte mir gestanden, daß sie seit einiger Zeit mit ihrem Mann schlafe. Ich hegte den Verdacht, daß sie log, um mich zum Verlassen des Klosters zu zwingen, daß sie sich jeder Möglichkeit bediente, um dieses Ziel zu erreichen. In der Tiefe meines Herzens glaubte ich ihr nicht. Später, als immer erregtere Briefe eintrafen, die ihre neuen Erlebnisse beschrieben, begriff ich, daß es geschehen war. Ich wußte, diese Tatsachen sind unumkehrbar. Sie würde mich verlassen müssen. Nur hatte ich Angst vor diesem Gedanken, Herr Richter. Nach einiger Zeit fand ich mich damit ab, daß sie seine Frau geworden war, ich hielt das für den einzigen Ausweg und glaubte, so sei es am besten. Das löschte unsere Verbindung endgültig aus. Ich log mir vor, ihr neues Gefühl sei nicht so stark, ich würde ihre Zuneigung nicht verlieren. Mit einem Wort, ich wollte ihr Liebhaber sein. Den Bahnsteig betrat ich kurz nach Eintreffen des Zuges. Ich sah, wie er aus einem Waggon erster Klasse stieg. Diese Art zu reisen hatte er anscheinend von Barbara übernommen. Das ärgerte mich, aber ich beschloß, nicht mit Vorwürfen zu beginnen. Ich begrüßte ihn. Einen Augenblick lang, ehe er den Koffer in die andere Hand nahm, dachte ich schon, er zögere, mich zu begrüßen. Wir wollen ja wohl auf dem Bahnsteig keine Vorstellung geben, sagte ich. – Du hast recht, antwortete er sofort. Diesmal wird unser Gespräch dich absolut nicht ans Theater erinnern. Ich hoffe, du bist darauf vorbereitet. – Ja, erwiderte ich und führte ihn zum Halteplatz der Droschken. Wir stiegen ein. Ich ließ uns ins Kloster fahren. Ich bin darauf vorbereitet, wiederholte ich. Und ich zähle darauf, daß du mich gut verstehst. – Dessen bin ich nicht so sicher, antwortete er. Es ist mir auch gleichgültig. Ich legte ihm die Hand auf das Knie und drückte zu. Beruhige dich, Hähnchen, sagte ich, wir haben noch etwas Zeit. – Deine Büßer grüßen dich, brachte er mit spöttischem Lachen hervor. Tatsächlich lächelte eine vorübergehende Frau mir zu. Ich grüßte zurück. Ich fahre mit dem Nachmittagszug heim, heiliger Mann, sagte er. Zwinge mich nicht, zu wiederholen, was wir uns bereits in Briefen geschrieben haben. Wir stiegen aus. Hier sind viele Leute, sagte er an der Pforte. Du wirst keine freie Zeit haben. Dein Beichtstuhl steht leer. – Mach dir darum keine Sorge, widersprach ich. Die kommen auch ohne mich zurecht. In der Zelle fragte ich ihn, ob er etwas trinken wolle. Was? fragte er. Kaffee, Tee, bot ich an. Ich könnte das aus der Küche holen. – Nein danke. Er setzte sich ans Fenster und blickte zu mir auf. Also los! sagte ich, blieb vor ihm stehen und legte ihm die Hände auf die Schultern. Ich bemerkte, wie hager und schmal er war. Zunächst hast du mich mit Drohungen geärgert . . . – Ich weiß, murmelte er. Und rechne damit, daß ich sie auch ausführen kann. Wir werden das gemeinsam tun, Barbara und ich. – Von ihr, warf ich ein, reden wir später, mein Teurer. Du solltest mir aber nicht drohen. Ich habe nichts ohne deine Zustimmung getan. Du hast mich kennen gelernt. Du hast erfahren, daß ich ein sündiger Mensch bin. Ich habe es dir selbst gesagt, ich trage diese Last, und manchmal ist mein Leben gespenstisch. – Du lügst! rief er. Ich ließ mich nicht provozieren, sondern preßte meine Hände nur stärker auf seine Schultern. Unterbrich mich nicht, bat ich. Ich habe versucht, zu dir von der Sünde zu sprechen. Ich habe dir auseinandergesetzt, daß der Mensch sich nicht immer auf die eigene Kraft und den eigenen Willen verlassen kann. Die Wahl wird oft durch die Natur bedingt. Durch dunkle Kräfte, die unser Handeln lenken. Du hast gesagt, dagegen gebe es ein Mittel. Ein elendes Mittel, Bürschlein. Erinnere dich, wie du mich auf die Stawki-Straße geführt hast. Du hast dort Frauen aufgesucht, die auf nichts anders als auf ein paar Groschen warteten. – Du Schuft, fiel er mir ins Wort, du hast nie versucht, mir das auszutreiben! – Nein, bestätigte ich. Du hast dich benommen wie ein hilfloser Bengel. So war dein Gefühlsleben. – Ich jedenfalls habe nie Reinheit gelobt. Er schüttelte meine Hände ab. Ich habe es aus Dummheit getan. Aus Mangel an Erfahrung. Du aber, heiliger Vater, kannst dich über solchen Mangel nicht beklagen. Du warst ein erfahrener Mann. Erinnere dich doch, wie oft du nach der Rückkehr aus jenen schmutzigen Höhlen, wo du – das sind deine eigenen Worte – dein von Sünden schwarz gewordenes Blut gereinigt hattest, Besuche bei ähnlichen Frauen erwähnt hast.

In Krakau, in Wien. So war dein Gefühlsleben! – Ja, sagte ich. Ich habe nie vor dir verborgen gehalten, wie ich bin. Ich habe keine falsche Rolle gespielt. – Aber im Leben, du Schuft, unterbrach er mich erneut, hast du sie gespielt. – Du hast recht. Ich spürte, wie meine Muskeln langsam steif und meine Arme immer schwerer wurden. Aber dir gegenüber war ich immer ehrlich. Auch habe ich nie behauptet, ein solches Leben könne eine Freudenquelle sein. Im Gegenteil, ich habe viel vom Leiden gesprochen. Obwohl du das bedauerlicherweise nicht begreifen konntest. Ich habe erwähnt, was ich jedesmal nach der Rückkehr ins Kloster durchmachen mußte. Welche schrecklichen Gewissensbisse mich dann umtrieben. – Du warst ein ganz gewöhnlicher Heuchler! Du hast versucht zu rechtfertigen, was keinerlei Rechtfertigung verdient. – Ganz gewiß, bestätigte ich. Aber dir gegenüber habe ich mich nicht wie ein Heuchler verhalten. Er schwieg. Ich begann, von Barbara zu erzählen. Ich sagte, ich hätte, nachdem ich sie kennen gelernt, ein anderes Leben begonnen. Meine Vergehen waren von nun an anderer Art. Ich empfand mich nicht mehr als so sündiger Mensch. Das war keine Schwäche, sondern der gewöhnliche Kampf gegen die Natur, den ich verlieren mußte. Ich liebte diese Frau. Ich kam nicht mehr nach Warschau und suchte dort keine zweifelhaften Begegnungen. – Du Feigling, unterbrach er mich. Wenn du die Wahrheit sagtest, würden wir jetzt nicht im Kloster miteinander reden. Du würdest deine Gebete nicht herunterleiern und die Menschen nicht betrügen, die zu dir kommen und dich um Vergebung bitten. – Das ist nicht wahr, sagte ich. Mein Handeln resultiert nicht aus Feigheit. – Woraus denn sonst? lachte er auf. Aus Angst, sagte ich. Ich bin ein schlechter Priester, aber ich wurde von Dem auserwählt, der unsere Gedanken sieht und unsere künftigen Taten kennt. – Spar dir diese Worte für deine Sonntagspredigt, knurrte er. Ich verachte dich. Nie habe ich soviel Verachtung für einen anderen Menschen empfunden! – Als ich dir sagte – ich ließ ihn nicht ausreden –, ich wolle Barbara behalten und die Verbindung mit dir wäre für sie die Errichtung eines entsprechenden Anscheins, hast du zugestimmt. – Ich wußte nicht, sagte er und erhob sich, was deine wahre Absicht war. – Was meinst du? fragte ich. – Du wolltest ganz einfach ihr Geliebter sein. Du hättest gezahlt und unser Haus unterhalten. Aber du hast nicht bedacht, daß ich mich in diese Frau verlieben könnte. – Nein – ich schüttelte den Kopf – ich dachte, du würdest ebenso hilflos sein wie bisher. Und du würdest sie nicht anrühren ... Das hätte ich nicht sagen sollen. Ich empfand wachsenden Ärger. Er war der einzige Mensch, dem ich vertraut hatte und der die volle Wahrheit über mich wußte. Ich erwartete mehr als bloße Verdammung. Er stand mir gegenüber, in seinen Augen sammelten sich Tränen, und er wiederholte seine Flüche. Du Vieh, sagte er, genau so hast du gedacht, du Vieh! Er stand nahe vor mir. Warum habe ich das nicht gewußt, als du uns zur Trauung führtest! Ich habe dir diese Frau weggenommen. Das hat mich am meisten gefreut, weil sie dein ausschließliches Eigentum hatte sein sollen. Ich lachte über deine Dummheit, während ich neben ihr lag und ihren Atem spürte. Ich war nicht mehr schwach. Du konntest nicht mehr denken, was du für einen dummen Vetter hast, der deine elenden Taten kaschiert ... Ich stieß ihn zurück. Er lehnte sich an die Wand. Rühr mich nicht an! schrie er. Ja, ich habe zugewartet, um mitanzusehen, wie sehr du am Ende gedemütigt wirst. Er breitete die Arme aus. Ich bin glücklich. Jetzt will ich von dir nichts als ein einziges Versprechen. – Welches, fragte ich flüsternd. Was für ein Versprechen? Ich sah den Griff der Axt unter dem Bett hervorragen. Daß wir dich nie mehr zu sehen bekommen! Er lachte auf. Das ist alles. Andernfalls, wenn du versuchen solltest, uns zu finden, wird die ganze Welt – hörst du? – die ganze Welt von deinem elenden Leben erfahren. Das läßt sie dir ausrichten. Sie wird so handeln, auch um den Preis ihrer eigenen Schande. – Das werdet ihr nicht tun, flüsterte ich. Da kam er auf mich zu, klein und schmal, wie er war. Er hob sich auf die Zehenspitzen, als wollte er mich schlagen. Und das ist der Lohn – er schlug mir ins Gesicht – und eine Anzahlung auf die Zukunft – er schlug ein zweites Mal. Mein Kopf streifte die Wand. Ich schloß die Lider. Als ich sie öffnete, stand er hoch aufgerichtet vor mir und lachte mit zusammengekniffenen Augen. Da beugte ich mich plötzlich vor, ergriff die am Boden liegende Axt, sah noch den Schrecken in seinen Augen und schlug ihn, ehe er sich schützen konnte, auf den Kopf. Er fiel zu Boden. Ich sah, wie das Blut ihm über die Lippen rann. Er wollte noch etwas sagen und streckte mir die Arme entgegen. Da schlug ich aus voller Kraft wieder zu. Ich sah sehr viel Blut. Die Axt fiel mir aus der Hand. Ich kniete nieder. Er atmete noch. Ich beugte mich über ihn und erteilte ihm, vergessend, daß Gott meine Bitte nicht annehmen würde, die Vergebung in articulo mortis. Dann betete ich für die

Sterbenden und empfand immer stärker den unerbittlichen Ablauf der Zeit . . .« Während seines Berichts bis hin zu den letzten Worten war Sykstus beherrscht. In den Aussagen anderer Personen über den Ermordeten hatte es immer geheißen, er sei ein kräftiger Mann gewesen. Warum also erfolgte in Sykstus Bericht eine so diametrale Umpolung? »Sind Sie sicher«, fragte er, »daß er ein physisch schwacher Mann war?« Sykstus wunderte sich. »Ja, Herr Richter«, antwortete er. »Erheblich schwächer als ich.« – »Wart ihr Freunde?« Er schüttelte den Kopf. »Das war keine Freundschaft«, erläuterte er. »Ich mochte ihn, das ist alles.« – »Und er?« warf er ein. »Wie würden Sie sein Verhältnis zu Ihnen bezeichnen?« Er versank in Gedanken. »Er hatte Respekt vor mir. Ich war sehr viel älter.« Er wollte nicht auf die von Sykstus schon beschriebene Szene nach dem Tode seines Opfers zurückkommen. Trotz des vielleicht günstigen Augenblicks wußte er nicht, ob er den Diebstahl in der Schatzkammer und das, was Barbara kürzlich über die Vorbereitungen für diesen Einbruch gesagt hatte, jetzt erwähnen sollte. Der Häftling tat ihm leid. Außerdem war auch er erschöpft. »Gehen Sie zurück«, sagte er. »Ich werde nur noch wenige Fragen an Sie zu richten haben.« Sykstus stand auf und folgte dem Wärter. An der Tür hielt er inne. »Wenn Sie einmal beten sollten, Herr Richter«, sagte er, »dann vergessen Sie bitte nicht die Fürbitte für mich.« Auch er erhob sich. »Ich kann diese Bitte nicht erfüllen«, antwortete er leise. »Bitten Sie andere darum.« Die Tür schloß sich. Er setzte sich wieder in den Sessel und warf einen Blick in den Sektionsbericht. Die Ärzte schlossen die Möglichkeit nicht aus, daß schon der erste Schlag auf den Kopf den Tod herbeigeführt hatte.

Das Auto des Präsidenten brachte ihn jetzt täglich zum Gericht. Eines Abends verließ er das Gebäude nach der Dienstzeit. Neben dem Chauffeur saß ein junges Mädchen. Der Bursche sagte, es sei seine Verlobte. »Das Wetter ist gar nicht übel.« Er lachte und ließ den Motor an. »Wie wär's mit einer kurzen Spazierfahrt, Herr Richter?« – »Gern«, antwortete er, »wenn der Motor nicht wieder kaputt geht.« – »Dafür bürge ich, das kann nicht passieren!« rief der Bursche. Der Wagen rollte an. »Und überfahren Sie bitte weder Hunde noch Hühner«, fügte er hinzu. Das Mädchen blickte sich um. »Das macht er immer, ein überfahrenes Huhn schmeckt ihm besser . . .« – »Sie lügt, Herr Richter!« Er ließ sie nicht ausreden. »Was kann man tun, wenn die Leute die Fahrbahn zum Hühnerhof machen? Wir sind mal mit dem Chef im Morgengrauen auf die Jagd gefahren«, setzte er nach einer Weile fort. »Da springt, von den Scheinwerfern geblendet, ein Reh aus dem Wald auf die Chaussee. Im letzten Augenblick konnte ich noch anhalten.« – »Das arme Reh«, seufzte das Mädchen. »Du bist dumm«, knurrte er. »Wenn wir draufgefahren wären, hätten wir uns alle Knochen gebrochen.« Sie erreichten eine lange, mit einstöckigen alten Häusern bebaute Straße, die aus der Stadt hinausführte. Es war Markttag, heimkehrende Bauernfuhren verstopften den Weg. Immer wieder betätigte der Chauffeur die Hupe. Die Pferde flohen ängstlich zur Seite, die Leute drohten herüber. »Sehr angenehm!« murmelte er. Sie näherten sich einer Fabrik. Ein großes schwarzes Auto kam aus der Einfahrt. »Keine schlechte Maschine«, sagte der Bursche. »Wessen Auto ist das?« fragte er. »Es gehört dem Direktor des Steinbruchs.« Sie fuhren ziemlich lange und zogen eine Staubwolke hinter sich her. Schließlich endete die Bebauung, der Weg wurde freier. Zu beiden Seiten dehnten sich herbstliche Felder. Die Kartoffelernte war noch im Gange. Feuer brannten. Vor einer Schenke hielten sie an. Sie traten ein. Das Mädchen hatte sich zunächst geweigert, es wollte im Auto bleiben. Erst auf die Bitte des Burschen entschloß sie sich auszusteigen. Die Gaststube war leer. Hinter dem Büfett hockte ein alter Mann mit Scheitelkäppchen. Er ließ etwas zu essen auftragen. »Herr Richter«, sagte der Bursche. »ich darf nur ein Gläschen Wodka trinken.« – »Mehr bekommst du ohnehin nicht«, lachte er. »Ich will meinen Kopf heil behalten.« Das Mädchen schaute bewundernd zu ihrem Verehrer auf. Sie schloß die Augen halb und lehnte sich an ihn. Die besten Bissen legte sie auf seinen Teller. Das Huhn, das er bestellt hatte, war sehnig. Das ganze Essen schmeckte nicht. Die beiden jungen Leute wurden schnell fertig. Er ließ Tee bringen und ging für kurze Zeit hinaus. Im Westen hing die Sonne schon über dem schwarzen Waldstreifen. Er machte einige Schritte und befand sich auf dem Feldweg. In wenigen Tagen werde ich hier abreisen, dachte er, und niemand wird mich verabschieden. Ich lasse hier nichts zurück. Kann man eine so flache, so monotone Landschaft lieb gewinnen? Eine hoffnungslose Ebene. Fremde Menschen. Das Gefühl der Angst. Doch das, was kommen würde, erfüllte ihn mit größerer Angst. Nichts läßt sich verschieben, man denkt besser nicht daran. Das letzte Gespräch mit Sykstus tauchte aus der Erinnerung empor. Welche Version des Dramas soll man als die richtige akzeptieren? Die Aussagen seiner Geliebten kann man nicht verwerfen, aber es gibt auch in dem, was er gesagt hat, Widersprüche, die sich nicht mit Gedächtnislücken erklären lassen. Die wichtigste Frage, meinte er, ist die, ob Sykstus seine Flucht, also auch den Diebstahl im Kloster, schon vorher geplant hatte. Sollte das die Wahrheit sein, läßt sich der Mord nicht als momentane Bewußtseinstrübung interpretieren. Ein Handeln im Affekt kommt dann nicht in Frage. Es ergäbe sich ein anderes Bild von Sykstus. Ob das dann das wahre wäre? Er kehrte um. Seine Füße versanken in ausgefahrenen Wagengleisen. Von der Stadt her schob sich eine tief hängende, schwere Wolke heran. Als er die Schenke erreichte, fielen die ersten Regentropfen. Er blieb auf der Schwelle stehen und sah zu, wie die ausgetrocknete Erde sie aufsog. Dann stiegen sie ins Auto und fuhren durch die Sturzbäche des dichten Regens. Das erinnerte weniger an Herbstwetter als an ein heftiges Frühjahrsgewitter. Am nächsten Morgen ließ er Barbara zum Verhör holen. Er wartete, bis sie gebracht wurde. Wortlos wies er auf einen Stuhl. Er breitete die Papiere aus. Der Schreiber am Fenster, den er gebeten hatte, alle ihre Antworten genau zu notieren, döste in seinem Lehnsessel. Graue Haarsträhnen fielen ihm in die Stirn. Der Tag war neblig. Er machte Licht und las die Dokumente, die vor ihm auf den Tisch lagen. Ein Satz war unterstrichen. Es war der Bogen mit ihren Aussagen, die sein Vertreter festgehalten hatte. »Ihren Mann«, erläuterte er, »hat jemand ermordet, der von seinem tiefen Gefühl für Sie überzeugt ist.« – »Es wäre besser«, entgegnete sie, »wenn er Sykstus getötet hätte!« – »So sehr hassen Sie ihn?« – »Was ist daran verwunderlich?« Er blickte auf. Das Lampenlicht unterstrich ihre Blässe, die Augen leuchteten noch stärker in ihrem schwarzen Glanz. »Wir haben vor kurzem Ihre Mutter verhört . . .« begann er. Sie bewegte sich. »Meine Mutter ist eine alte Frau«, sagte sie, »wir sehen uns selten.« – »Immerhin ist sie Ihre Mutter«, wandte er ein. Sie war Kassiererin bei der Bahn gewesen. Jetzt lebte sie von einer bescheidenen Rente. Ihr Sohn, der in einer deutschen Grube arbeitete, schickte ihr manchmal Geld. Sie behauptete, ihre Tochter nie so recht verstanden zu haben. Sie sei ein schwieriges Kind gewesen. Hartnäckig, wie sie sei, habe sie gewöhnlich erreicht, was sie sich vorgenommen . . . Ihre Gefühle habe sie nicht gezeigt, ja sogar vor den Nächsten verborgen gehalten. Oft habe sie der Jähzorn gepackt, und sie habe sich geradezu hysterisch benommen. Doch das sei schnell vergangen. Dann sei sie wieder wortkarg gewesen. Sie waren übereingekommen, daß sie Lehrerin würde. Die Mutter war der Ansicht, sie solle einen Beruf ergreifen, der ihr die Selbständigkeit sicherte. Nach Abschluß der Ausbildung unterrichtete sie in den unteren Klassen einer Vorstadtschule. Das dauerte nicht lange. Die Frage, warum ihre Tochter die Arbeit aufgegeben hätte, konnte – oder vielmehr wollte – sie nicht beantworten. Die zweite Meldung war lakonischer. Er las, der Grund für die Entlassung seien Verdächtigungen wegen ihrer Lebensweise gewesen. In der Gegend wurde erzählt, die junge Lehrerin habe ein Verhältnis mit einem verheirateten Mann. Das schloß natürlich die Möglichkeit aus, in der Schule zu unterrichten. Sie wurde also ersucht, um ihre Entlassung zu bitten. »Warum haben Sie Ihre Arbeit aufgegeben?« fragte er sie. »Hat meine Mutter das erwähnt?« Er antwortete nicht. »Damals sind, glaube ich, ihre mütterlichen Gefühle erloschen. Ich muß diese Frage nicht beantworten. Sie betrifft nicht den Fall, in den ich verwickelt bin.« – »Sie können schweigen«, unterbrach er sie, »doch sollten Sie nicht meinen, ich fragte nach unwichtigen Einzelheiten.« – »Wenn Sie danach fragen, Herr Richter«, sagte sie, »wird man mich das auch während des Prozesses fragen.« Er schwieg. »Und wenn ich weiter zu schweigen versuche, holt ihr Zeugen herbei. Nicht alle werden einsilbig sein, nicht wahr? Ich möchte wissen, wozu diese Frage dient.« – »Der Wahrheit«, sagte er. »Wir wollen einfach möglichst viel wissen.« – »Warum?« drängte sie. Er beobachtete, wie ihre Selbstsicherheit schwand. »Um von meiner Unsittlichkeit zu schwatzen? Schämen Sie sich nicht?« Der Schreiber, der sich fleißig über sein Pult beugte, lachte laut auf. Sie beachtete das nicht. »Am liebsten möchten Sie fragen, mit welchem Recht ich von Scham rede.« Er sah zu, wie die Röte in ihr blasses Gesicht stieg. »Meine Schuld ist wohl sehr schwer festzustellen. Denn worum geht es eigentlich? Daß ich den Mord nicht der Polizei gemeldet habe ...« – »Es war Ihr Mann«, warf er ein. »Das vergesse ich nicht.« Sie hob die Hand und schob das über der Stirn kurz geschnittene schwarze Haar zurecht. Da erblickte er ihre Hand mit den großen Silberringen und erinnerte sich, daß Sykstus diese Ringe einmal erwähnt hatte. »Sie werden zugeben«, sagte er, »das ist wesentlich mehr als das Zurückhalten einer Nachricht über einen Fremden.« – »Es stimmt ...« Sie wollte weiterreden, doch er unterbrach sie. »Oder war dieser Mensch«, fragte er, »für Sie bis zum Schluß nur nötig als Argument für Ihre Auseinandersetzung mit Sykstus?« – »Um was« – sie legte die Hand auf den Tisch – »sollte das Spiel denn gehen? Um seine Seele?« Sie bemühte sich gar nicht, ihre wachsende Nervosität zu verbergen. »Sie müssen so ein Ziel gehabt haben«, fuhr er fort. »Andernfalls hätten Sie es bestimmt nicht gewagt, eine falsche Verbindung einzugehen. Denn wie kann man Ihre Ehe anders nennen nach dem, was Sie vorher mit Sykstus festgelegt hatten? Es war kein Spiel um seine oder um Ihre Seele. Doch der Einsatz in diesem Spiel war das Schicksal eines anderen Menschen.« – »Ich habe mich in ihn verliebt«, sagte sie entschieden. »Als Sie endlich begriffen, daß Sykstus im Kloster bleiben würde«, sprach er weiter, ohne auf ihre Einwände zu achten, »wußten Sie, daß keine Macht der Welt ihn dort fortholen konnte. Kurz, Sie fanden sich mit der Niederlage ab. Zu welchem Zweck aber schrieben Sie ihm weiter Briefe? Warum schickten Sie Ihren Mann zu ihm?« – »Das war nicht meine Idee!« rief sie. Die ganze Zeit über zuckten ihre Finger auf dem grünen Tuch des Tisches kein einziges Mal, obwohl ihr Zorn nicht vergangen war. »Ich war gegen die Reise. Ich habe ihn gebeten, nicht zu fahren. Ich glaube nicht an Vorahnungen, aber ich war sicher, das würde nicht gut enden. Noch als ich ihn zur Bahn brachte, habe ich ihn gebeten, nicht in eine Falle zu laufen.« – »Was denn für eine Falle?« warf er ein. »Ich wußte nicht, was Sykstus im Schilde führte, doch hatte ich nicht vergessen, wie durchtrieben er ist. Mein Mann erwähnte oft den großen Einfluß, den Sykstus seit langem auf ihn hatte. Auf dem Bahnsteig bat ich ihn, noch an demselben Nachmittag mit dem Zug zurückzukehren. Abends lief ich zur Bahn. Er kam nicht. Ich spürte, meine Ahnungen wurden Wirklichkeit. Ich ging auf dem Bahnsteig hin und her, auf dem wir vor einigen Stunden miteinander gesprochen hatten. Er hatte gesagt, ich solle mir keine Sorgen machen. Das sei ihr letztes Gespräch. Er habe keine Lust, sich mit Sykstus in irgendwelche Abmachungen einzulassen. Er wolle nur den Schluß der Bekanntschaft. Das sei alles. Ich hasse diesen Menschen, hat er gesagt, genauso wie ich ihn früher geliebt habe. Hauptsache, er läßt dich in Ruhe.« – »Sie sind heimgegangen«, sagte er, »und was haben Sie dann beschlossen?« – »Ich dachte«, antwortete sie, »er würde am nächsten Mittag zurückkehren. Aber vorher schon bekam ich die Depesche von Sykstus. Er schrieb, sie kämen beide, ich solle ruhig sein. Ich war sicher, daß das Telegramm eine Lüge enthielt. Doch ich fürchtete mich, über diese Lüge nachzudenken.« – »Wann ist Sykstus dann in Warschau eingetroffen?« unterbrach er sie. »Ich fand ihn bei mir zu Hause vor. Morgens war ich in die Stadt gegangen. Ich wußte nicht, was ich tun sollte, wenn ich sie beide erblickte. Darum beschloß ich auszugehen. Seine Rückkehr zusammen mit Sykstus hätte alles beendet, was zwischen uns in dieser, wie Sie sagen, falschen Verbindung vorgegangen war. Sykstus saß auf dem Bett, das Gesicht in den Händen verborgen. Als er mich bemerkte, stand er auf, trat auf mich zu, umarmte mich. Ich war völlig versteinert, ich wartete auf seine Worte. Er sagte, er sei ein Mörder. Ich weiß genau, so hat er es gesagt. Nicht der Tod des anderen war ihm wichtig, sondern die Tatsache, daß er durch ihn zum Mörder geworden war. Ich fiel aufs Bett. Ich konnte kein einziges Wort herausbringen. Ich spürte, wie ich in einen Abgrund ohne Boden stürzte. Später erblickte ich seine Augen über mir. Durchdringend, kalt, mir seinen Willen aufzwingend. Ich wehrte mich nicht. Nie habe ich mich so kraftlos gefühlt wie damals, als er flüsterte, dieses Verbrechen habe uns für immer verbunden, ich hätte meinen Anteil daran. Dieser Bursche, erklärte er mir, hat nicht beizeiten begriffen, daß er dich nicht lieben durfte. Ich weiß nicht, ob ich gesagt habe, daß ich mich in ihn verliebt und mich nicht gegen dieses Gefühl zur Wehr gesetzt hätte. Ich weiß nur, daß er auch meine Mitschuld erwähnte. Er vergab mir. Das sei durch die Entfernung so gekommen. Ich gab auf seine Worte nicht acht, obwohl sie mir gut im Gedächtnis geblieben sind; ich hatte nur das Bild meines Mannes vor Augen. Weinen konnte ich auch nicht. Ich spürte seine Hände, aber diese Berührung rief keine Reaktionen hervor. Ich hatte nicht die Kraft aufzustehen, sondern lag mit offenen, trockenen Augen da, und rundum stürzte die Welt ein.« Er stellte sich vor, was nach der Szene mit dieser niederdrückenden Annäherung geschehen war. Barbara hatte ihr langes grünes Kleid angezogen – ein vom Unheil getroffener Mensch tut das doch nicht – und hatte sich entschlossen, die entstandene Leere durch Handeln zu füllen. Sie gingen also auf die Post. Danach in das Restaurant, denn Sykstus hatte, wie sie erwähnte, seit zwei Tagen nichts gegessen. Bald darauf gingen sie wieder in das Zimmer, in dem noch die Sachen des

Toten herumlagen, und sprachen von Flucht. Leon war bereits mit dem gesamten Schatz in Krakau oder auf dem Wege dorthin – das ließ sich leider nicht feststellen. Sykstus hatte ausgesagt, sie habe ihn zu einem bestimmten Zeitpunkt gefragt, wie er habe zulassen können, daß Leon alles mitnahm, was sie sich angeeignet hatten. Er antwortete, er habe keinen Grund, Verrat zu fürchten. Das sei ein beschränkter, hilfloser Mann, den man leiten müsse. Er werde warten, bis sie beide einträfen. Er sei beinahe ein Analphabet. Im Kloster hieß er: Bruder Leon vom Besen. Er habe Angst vor der Welt. Und ausgerechnet dieser beschränkte, hilflose Mann sollte sich bald als listig erweisen. Während Sykstus noch seine Depeschen an die Adresse sandte, wo er ihn erwarten sollte, war Leon wahrscheinlich auf dem Wege nach Hamburg. Vielleicht hatte er sogar schon die Schiffskarte gekauft und vom alten Kontinent Abschied genommen. In einem Krakauer Gasthof hatte er seinen Habit zurückgelassen; die österreichische Polizei fügte es dem Bericht über ihre Nachforschungen bei. Es fand sich kein Mensch, mit dem er in Krakau gesprochen hätte. »Er wird ein guter Diener«, sagte Sykstus. Lange Monate nach dieser gelungenen Flucht lachte Sykstus während eines Verhörs, bei dem er ihn nach Leon fragte, laut auf. »Herr Richter«, er kniff amüsiert die Augen zu, »ich kann ihn mir in der Rolle eines reichen Gentleman nicht vorstellen. Er ist ein listiger Simpel, ein gewöhnlicher Schlaumeier. Früher oder später fällt er in die Hände der Polizei, oder die Leute richten ihn zugrunde, wenn er sein Diebesgut loszuwerden versucht.« Was also, dachte er weiter und musterte ihre weißen reglosen Hände, ist die Wahrheit? Was hat sie für beide empfunden? Wen hat sie wirklich geliebt? Vielleicht stellt sie sich jetzt derartige Fragen nicht, weil sie die Antwort fürchtet. Sie schlägt Haken, sie lügt, sie vermengt wirkliche Geschehnisse mit erdachten. Sie verteidigt sich, dachte er und betrachtete ihr müdes, angespanntes Gesicht. Hat sie etwa keinen von beiden geliebt? Doch war er nicht sicher, ob man sie mit einer so großen Schuld belasten durfte. Es kam ihm unwahrscheinlich vor, obwohl vieles dafür sprach. Liebt sie vielleicht Sykstus immer noch? »Ich habe Ihre erste Frage nicht beantwortet«, sagte sie. »Meine Stelle habe ich wegen eines Mannes aufgegeben. Es war ein verheirateter Mann, der wollte, daß ich seine Geliebte würde. Aber es ist nichts zwischen uns geschehen. Genügt Ihnen diese Antwort? Haben Sie dadurch ein genaueres Bild meiner Unsittlichkeit?« Sie lächelte nicht. Ihre Hände lagen schon längst nicht mehr auf dem Tisch, doch gewahrte er auf dem grünen Tuch den Abdruck ihrer Finger. Er löschte die Lampe. Sie schloß die Augen halb. Er schwieg. Hatte er die Nüchternheit seines eigenen Herzens auf sie übertragen wollen, war das sein größter Fehler gewesen? »Ich will nicht untersuchen«, ließ er sich erst nach einiger Zeit vernehmen, »was an Ihren Worten falsch ist. Ich habe keine Lust, Ihr Gewissen zu erforschen. Meinen Sie denn, wir verfügten nicht über eine gerecht Strafe?« – »Wem wollen Sie die Arbeit abnehmen?« fragte sie zornig. »Diese Frage werden andere beantworten.« – »Ihre Antwort würde mich interessieren«, drang er in sie. »Warum?« fragte sie verwundert. »Sie interessieren doch nur die Fakten. Mit der Strafe wird sich das Gericht beschäftigen.« – »Ich weiß, ich weiß.« Sein Gesicht verzog sich. »Die Strafe, die Sie erhalten – ich kenne mich ein bißchen aus in den geltenden Rechtsnormen –, wird Ihrer Schuld nicht entsprechen. Das ist eine Unvollkommenheit des Gesetzes, die Sie eines Tages verstehen werden ...« – »Wann«, fragte sie. – »Das kann ich nicht vorhersehen« – er machte sich daran, die Mappen mit den Dokumenten zuzuschnüren –, »aber es kommt der Tag.«

Jetzt, da der Herbst schon deutlich zur Neige ging und die sonnigen Tage vorüber waren, wurde es immer kälter. Morgens und abends fiel meistens feiner Regen. In den kurzen Augenblicken der Erholung, wenn er aus dem Gerichtsgebäude trat, um das wartende Auto fortzuschicken, oder sein Hotelzimmer verließ, um durch die nunmehr leere Allee zum Park zu spazieren und dabei durch die herabgefallenen Blätter zu schlurfen, sah er die Welt intensiver und nahm mit größerer Schärfe wahr, was rundum geschah. Die durchnäßten, gebeugten Menschen, die unter aufgespannten Regenschirmen heimeilten, die trüben, langsam über die Fahrbahnmitte gleitenden Lichter der Fahrzeuge, die dunklen, nur von kleinen Lampen erhellten Toreinfahrten und die glänzenden Pfützen, die man umgehen mußte, um keine nassen Füße zu bekommen. Das Klappern der Pferdhufe auf dem Pflaster. Das Flüstern. Die Blicke, die ihn im Laternenlicht erreichten. Der glitzernde Nebel über den Dächern. Der Geruch von Feuchtigkeit, der die Luft durchsetzte, und der Rauch, der den Kaminen entquoll. Vor dem hell erleuchteten Schaufenster einer Konditorei blieb er stehen und betrachtete, selbst vermutlich unsichtbar, denn der Regen floß die Scheiben herunter, die verwischten Silhouetten der Menschen an den Tischchen. Sie gestikulierten oder beugten die Köpfe vor und berührten sich mit den Stirnen. Als jemand die Tür öffnete, drang Musik heraus. Das ist Theater, dachte er, lebendig, voller Geheimnisse. Vor allem aber erstaunlich fremd. Das Drama, das sich dort abspielte, betraf ihn nicht, ein Grund für die Fremdheit und zugleich für die Ruhe. Eine provinzielle Welt in vorwinterlicher Umnebelung. Nach den farbigen Fragmenten – er erinnerte sich an den noch kürzlich gesehenen Stadtpark, die prächtigen Bäume in Gold und rotdurchwirktem Grün, die zarten Zweige mit den Früchten der Eberesche im Garten des Arztes, den Feuerschein des großen Brandes, der um die Zeit des Sonnenuntergangs den Himmel bis zur Horizontlinie umspannte – kamen nun die grauen Motive, der stets bewölkte Himmel, die langen Regenstunden und die schnellen Sonnenuntergänge. In dem sich wandelnden Rhythmus der Natur dauerte das für seine Augen verborgene Drama fort, in das die Geschicke dieser heimeilenden, zum Bahnhof laufenden, auf den Kutschböcken einschlafenden, in den Konditoreien flirtenden Menschen verflochten waren. In ihren verschreckten oder – im Gegenteil sehr selbstsicheren Blicken. Was verbindet mich mit ihnen? dachte er, während er vor den Schaufenstern stand oder in eine Toreinfahrt trat, wenn der Regen heftiger wurde. Was für Fäden verbinden mein Leben mit ihrem Leben? Er machte sich die Besonderheit seiner eigenen Situation bewußt; das erlaubte ihm, alles aus der Ferne zu betrachten. Und daß er sich mit ihnen in ihrer Sprache verständigte? Was war das schon für eine Verständigung, wenn doch alle Gedanken, die ihre Seelen erfüllten, alle Wunschträume und Sehnsüchte ihm völlig fremd blieben. Sie vergrößerte nur die Distanz, sie wandte sich gegen ihn. Er dachte an Sykstus, der durch dieselben Straßen gewandert war. An seinen Wunsch, die Treue um jeden Preis zu bewahren. Er spürte beinahe die erdrückende Gegenwart Gottes, dem Sykstus zu dienen wünschte. Dieser nicht existierende Gott war überall. Er konnte ihn geradezu sehen in den wechselnden Lichtspiegelungen, in irgendeiner quer über die Fahrbahn laufenden Gestalt, in den dicken, glänzenden Ästen und den blattlosen Zweigen. Sykstus hatte ihn aus der Umgebung hervorgeholt, ihm die realen Dimensionen genommen und ihm ewige Züge verliehen. Vielleicht war er deshalb unglücklich. Er hatte sich eingebildet, bis zum Ziel durchzudringen. Nie hätte Sykstus seinem Gott den Abschied geben können. Er hatte in seiner Zelle am Fenster gestanden, hoch über den Bäumen des Klostergartens, er hatte die aufleuchtenden Lichter in der Ebene gesehen und vor Angst leicht gebebt – er stellte sich das sehr genau vor –, gebeugt unter der Last der Sünden, die nicht nur aus seinen scheuen Gedanken, sondern auch aus seinen schmutzigen Taten bestanden. In diesem pulsierenden Glanz, in den fernen, vom Laternenlicht schwach erhellten Straßen, in den Häusern, wo man bei Dämmerung die Lichter anzündete, in den hellen Flammen über den Hochöfen, die man nachts ebenfalls von den Klosterfenstern aus sehen konnte, bemerkte er die alles umfassende Gegenwart Gottes. In ihr lebte noch die Erinnerung an abgenommene Beichten. Sykstus sagte, es habe ihn zum Beichtstuhl gedrängt, er habe oft große Freude erlebt, wenn er einem reuigen Sünder habe helfen können ... Eines Tages – das langweilige Regenwetter hielt an – machte er sich auf zum Kloster. Er sah, daß das Tor offenstand, und betrat die Wälle. Überall Leere. Keine Pilger mehr. Er begegnete einem älteren Mann, trat auf ihn zu und bat um Feuer. »Widerliches Wetter«, sagte er. »Wir werden das bald zumauern.« Er wies auf die Klosterfenster. »Was?« – »Das Fenster«, antwortete der Mann, »dort ist« – wieder die Handbewegung – »Sykstus' Zelle. « – »Zumauern?« Er wunderte sich. »Das haben die Mönche entschieden«, sagte er. »Alles in der Zelle bleibt, wie es war, aber Tür und Fenster werden zugemauert. Wenn diese Polizeihunde erst aufhören, sich da herumzutreiben ... So muß es sein«, er überlegte eine Weile, »sonst kann man den Teufel nicht vertreiben. Man trennt ihn mit Ziegeln ab von der Welt.« Er lächelte. »Sie haben schon verschiedene Methoden probiert. Die Ziegel sind die beste ...« Er hob den Regenschirm und bat ihn, näher zu treten. »Ich arbeite bei ihnen«, meinte der Mann. »Ich habe meinen Beruf, und hier findet sich immer etwas zu tun für einen Maurer. Besonders heilig sind die nicht. Aber der da trug wirklich den Teufel in sich. Er sah aus wie ein junger Herr. Leon war besser. Der hat oft mit mir geredet. Nicht über Sykstus natürlich. Über die Heiligen. Über wunderbare Geschehnisse. Das war ein menschlicher Bruder. Er hat gestottert und geklagt, daß er immer so viel Arbeit bekommt und daß die Priester ein besseres Leben haben, was nicht alle verdient hätten. Er kannte ihre Geheimnisse. Nie hat er erwähnt, daß sie hinter Frauen her sind.

Aber er hat mehrfach gesagt, besonders heilig sind sie nicht. Gern hat er alte Bücher gelesen, von denen gibt's viele im Kloster. Über das Leben der Heiligen und ihre Wundertaten. Er hat gesagt, ich soll das glauben, eines Tages geschieht ein so großes Wunder, daß die Gendarmen von den Mauern fliehen und unser Land frei wird. Man darf nur nicht mit gefalteten Händen warten. Er wollte nicht sagen, was er damit meinte. Ich fürchte, den Leon haben sie umgebracht. Ich glaube nie und nimmer, daß er den Schatz gestohlen hat. Sykstus hätte ihm das nicht alles überlassen. Bestimmt hat er ihn selbst versteckt.« Er verstummte. Der Regen fiel in schweren Tropfen. Man hörte die Zweige rascheln. »Was bekommt er für eine Strafe?« fragte er. »Ich weiß nicht«, antwortete er. »Das sind auch Satanshelfer.« Der Mann lächelte. »Jetzt werden sie das Kloster beschimpfen und Sykstus retten. Wenn der herauskäme, würde ich ihn wegen dieses Verbrechens selbst . . .« Er beendete den Satz nicht. »Schreckliche Gedanken schießen dem Menschen durch den Kopf, nicht wahr?« Er nickte zustimmend. »Gehen wir!« Er bewegte sich und warf die Zigarette fort. »Es hat keinen Sinn, hier herumzustehen. Der Regen hört ja doch nicht auf.« Sie wandten sich zum Ausgang. »Vor kurzem sind einige neue Mönche eingetroffen«, sagte er im Gehen. »Die machen scharf Ordnung. Der Teufel kommt nicht mehr zurück hierher. Man muß nur«, spottete er, »die Zelle zumauern.« Er hob die Hand und zog die Mütze.

Er hatte lange gezögert, eine Gegenüberstellung anzuordnen. Die Karten würden ja doch nicht aufgedeckt werden. Doch der Präsident drängte. »Iwan Fjodorowitsch«, redete er ihm zu, »solche Chancen darf man nicht vertun. Sie vergessen, daß die beiden erschöpft sind. Ihre Widerstandskraft schwindet mit jedem Tag. Ich war gegen eine Konfrontation, als man mir so etwas zu Beginn vorschlug. Damals fürchtete ich, es könnte zwischen den Häftlingen zu einer Art von Verständigung kommen, während ich auf ihre vollständige Isolierung größten Wert legte. Sie sollten die Aussagen des anderen nicht kennen. Nun ja«, er wischte mit der Hand den Zigarrenrauch beiseite, »das ist letzten Endes kein Kunststück. Schließlich kenne ich die Untersuchungspraktiker, die eine umgekehrte Ordnung herstellen oder sich für mehrfache Gegenüberstellungen entscheiden. Aber ich bin nicht dafür. Das beeinträchtigt nur die Ermittlungen und verdunkelt das allgemeine Bild des Falles. Jetzt rede ich Ihnen jedoch zu. Sykstus muß diese Frau sehen. Obwohl sich vielleicht die Begegnung für sie als noch wichtiger erweist.« Er versprach, darüber nachzudenken. Irgendwo spürte er Illoyalität. Merkwürdig, wenn man voraussetzte, daß sie ihn so oft betrogen. Doch hatten sie ein Recht dazu, weil sie seine Überlegenheit kannten. Sie ahnten nicht, daß er jenseits der Fakten, die zu rekonstruieren nicht besonders schwer war, zu dem vordringen wollte, was in ihren Seelen vorging. »Ich warne Sie, Iwan Fjodorowitsch«, der Präsident erhob sich, »viel Zeit haben Sie nicht mehr. Wenn meine Vermutungen stimmen, wird man auf gewisse Teile des Protokolls noch einmal zurückkommen müssen. Die ganze Ermittlung läßt sich nicht länger hinziehen. Ich habe in diesem Fall eindeutige Instruktionen aus dem Ministerium.« Auf der Schwelle blieb er stehen. »Und noch eines.« Er trat an den Bücherschrank. »Es ist nun einmal so, daß ich mich um Ihre laufende Lektüre kümmere, Iwan Fjodorowitsch. Sie können französisch. Ich habe aus Petersburg eine Zeitung bekommen. Sie finden dort die Zusammenfassung unserer Gespräche mit dem Franzosen, der neulich hier war. Beachten Sie bitte nicht den Abriß der Klostergeschichte und die ausführlichen Berichte über die wunderbaren Geschehnisse. Das Blättchen ist freisinnig. Die letzten Geschichten klingen amüsant. Weniger amüsant ist bestimmt die Beschreibung unserer Begegnungen.« Er las es erst im Hotel. Dem Mord im Kloster wurde nicht mehr Raum gewidmet als der Mißhandlung der armen Mönche durch die Behörden. Ziel dieser Aktivität, so behauptete der Verfasser kategorisch, sei die Kompromittierung der geistigen Werte jener gequälten Nation, die ihr leidendes Antlitz Europa zuwende. Der Klang dieser Klage reiche nicht überall hin. Doch wer dem Opfer einmal in die Augen sehe, wer das Leben der Menschen dort von nahem betrachte, werde nie den Ausdruck der Qual vergessen, die ihnen zuteil geworden sei. Die gefesselten Hände. Die großen verschneiten Ebenen, in denen die Besten ihr Leben aushauchen. Die Knuten und die Verletzung der Freiheitsrechte. Und so bis zum Schluß. Alles in höchsten Tönen. Ein gut geschultes Ohr, dachte er, wird den falschen Klang leicht heraushören. Wie sollte man auch Sykstus' Verbrechen mit dem Bild eines gequälten Opfers verbinden? Alle Einzelheiten des Verbrechens waren natürlich im Stil einer Sensationsnovelle genau beschrieben. Die Nacht. Die Gebete der nichtsahnenden Mönche. Der Einbruch in die Schatzkammer. Die Liebesabenteuer. Die Geheimgänge. Die Axt. Der Besuch des frommen Ehegatten der wortbrüchigen Barbara. Das Blut. Die in dem Sofa versteckte Leiche. Und gleich danach beschrieb der Franzose seine Gespräche. Er erwähnte, man habe für die Untersuchung Leute aus dem Landesinneren herbeigeholt, damit kein Einheimischer durch Zufall in deren Verlauf eingeweiht werden könne. Man bemühe sich, das zufällige Verbrechen – die Geschichte kenne bereits derartige Fälle, hieß es – auch zur Kompromittierung jener Werte zu nutzen, die hier als ein unberührbares Heiligtum angesehen würden. Das werde jedoch weder den grausamen Gendarmen gelingen noch den durchtriebenen Richtern, die man für die schmutzige Arbeit herangeschafft habe . . .

Abends bat man ihn zur Rezeption. Der Präsident war am Telefon und fragte, ob er nicht zu einem kurzen Besuch herüberkommen möge. Er antwortete, er sei müde und wolle keine Ungelegenheiten bereiten. »Wieso Ungelegenheiten?« Die Stimme drang nur schwach an sein Ohr. »Haben Sie sich zu der Gegenüberstellung entschlossen?« – »Ich denke darüber nach, Herr Präsident«. Der andere verstand die Antwort nicht. «Zum Teufel mit diesen Telefonen!« rief er. »Hören Sie mich!« – »Ja«, sagte er sehr laut in die Muschel. Die im Korridor stehenden Leute musterten ihn neugierig. »Wir sprechen morgen darüber.« Er hängte den Hörer auf die Gabel, kehrte in sein Zimmer zurück und zündete die Lampe an. Sein Blick fiel auf die Zeitung, die er eben noch gelesen hatte, und dann auf den Tisch. In der Vase, die leer dagestanden hatte, seit er hier eingezogen war, bemerkte er drei rosa Blumen. Irgend jemand mußte sie mittags gebracht haben. Er klingelte nach dem Stubenmädchen und fragte, woher die Blumen kämen. Sie wußte es nicht, ihr Dienst hatte erst vor einer Stunde begonnen. Er bat sie, sich in der Rezeption zu erkundigen. Ohne eine Auskunft kehrte sie zurück, versprach aber, am nächsten Tag das Mädchen zu fragen, das vormittags Dienst gehabt hatte. Als sie fort war, trat er an den Tisch. Die Blumen öffneten sich eben erst. Aus langen, graugrünen Stengeln mit schmalen, zusammengerollten Blättern und einem feinen Kelch schoben sich blasse Blütenblätter mit ausgefransten Rändern. In der Mitte waren ihr Rosa stärker. Er beugte sich vor und roch einen schwachen, bitteren Duft. Dann trat er ans Fenster. Wieder hatte es angefangen zu regnen. Vor dem Bahnhof glänzten im Licht der hier aufgereihten Laternen riesige Pfützen. Droschken fuhren vor. Im Durchgang begegneten sich Gruppen von Menschen. Die sichtbare Eile der Leute und der Fahrzeuge erschien ihm absurd. Der Verkehr blieb immer gleich, sooft er ans Fenster trat, er hatte in der vergehenden Zeit keine Bedeutung. Diese Unabänderlichkeit ärgerte ihn, diese Hartnäckigkeit durch Wiederholung stets derselben Geschehnisse, diese hundert Bedeutungen, die zu keiner Wahrheit führten. Ein Lauf – wohin? Er drehte sich um und erinnerte sich an die nicht weit zurückliegende Begegnung mit dem hausbackenen Krakauer Philosophen, der stets eine Antwort, eine von sehr vielen möglichen, auf der Zunge hatte. »Ein Ameisenhaufen«, sagte er laut und wunderte sich, als er seine Stimme vernahm. Wieder blieb er am Tisch und betrachtete die reglosen, in ihrer vollkommenen Form eingeschlossenen Blumen ... Morgens verließ er das Hotel. Der erste, sehr frühe Schnee rieselte und taute sofort auf den Bürgersteigen. Nur auf den blattlosen Zweigen hielt er sich länger. Er beeilte sich, zum Gericht zu kommen. Lange hatte er sich der Gegenüberstellung widersetzt, doch wußte er keine Argumente mehr vorzubringen außer seiner Vermutung, sie werde die überzeugenden Ergebnisse, die der fortwährend drängende Präsident erwartete, nicht liefern und die bereits aufgedeckten Umstände würden durch keine wesentlichen Tatsachen ergänzt werden. Rechnet er vielleicht damit, daß bei einem solchen Versuch die vorausgesetzte Schuldkonzeption zusammenbricht? Denn die Tatsachen bleiben doch dieselben. Erwartet er etwa, sie hätten alle in wechselseitigem Einverständnis gehandelt und die Verhörenden in die Irre geführt? Warum sollten sie im Verlauf der Gegenüberstellung ihre Taktik ändern? Übrig blieb die gewöhnliche Routine. Im Korridor des ersten Stocks, der wie immer zu dieser Zeit überfüllt war, begegnete er dem Polizeioffizier, den er vor einem Monat bei der Jagd kennengelernt hatte. Sie begrüßten sich. »Wie ich gehört habe«, sagte jener, »kehren Sie demnächst in die Hauptstadt zurück.« – »Ja«, antwortete er. »Ich habe meinen Fall abgeschlossen.« – »Sind Sie zufrieden?« – »Nein.« Dabei hob er die Schultern. »Ich fühle mich nie zufrieden, Herr Hauptmann.« – »Dem Vernehmen nach«, bemerkte jener, »sind Sie ein außerordentlich genauer Beamter. Sie haben die Leute hier exakte Detailarbeit gelehrt.« – »Sie übertreiben«, unterbrach er ihn. »Das war kein schwieriger Fall. Alle Tatsachen standen bereits vor meinem Eintreffen fest.« – »Die Tatsachen meine ich nicht«, entgegnete der andere. »Bei dieser Geschichte bedeuten sie weniger als der Hintergrund. Ich kann dem Haß nicht widerstehen, wenn ich die sich überall herumtreibenden Heuchler in den weißen, schwarzen oder braunen Kutten sehe ...« Er beschloß, das Thema zu wechseln. »Und wie steht's bei Ihnen, Herr Hauptmann?« – »Ach, nichts Neues«, antwortete er. »Dieselben Sorgen wie immer. Ich habe Ihnen doch von dem jungen Mann erzählt, der in die Verschwörung hineingezogen worden ist. Von dem sympathischen Dummkopf. Seine Familie hat sich bei mir für ihn verwandt. Ich wußte, daß sein Kopf völlig leer ist.« – »Ja, ich erinnere mich«, sagte er, »war das nicht derjenige, dem Sie die Augen geöffnet haben?« – »Nun«, der Offizier hörte das nicht gern, »nur in einem gewissen Sinn, Herr Richter.« – »Und?« Er wartete auf die Antwort. »Er hat seine Absicht ausgeführt. Er ist aus dem Fenster gesprungen.« Er reichte ihm die Hand. In Uniform wirkte er jung. Kraft strahlte von ihm aus. »Was soll man vom Leben sagen«, schloß er, »wenn man mit solchen Tatsachen zu tun hat?« Im Sekretariat bemerkte er deutlich eine gewisse Erregung. Er bat um seine Mappe und erfuhr, Damian sei entlassen worden und werde sich auf freiem Fuß verantworten. Der Präsident hatte außerdem die Nachricht erhalten, ein Richtergremium aus der Hauptstadt werde berufen. Bis vor kurzem hatte er noch geglaubt, selbst diesen Prozeß leiten zu dürfen. Er hatte ihn nicht berichtigt, obwohl er von Anfang wußte, wie sehr dies reine Wunschträume waren. Kaum zu erwarten, daß er nach einer solchen Nachricht an diesem Tag gut gelaunt sein würde. Die Gegenüberstellung war für elf Uhr anberaumt. Er bekam den Tee in sein Arbeitszimmer gebracht. Es fiel kein Schnee mehr, seine Spuren auf Fahrbahn und Bürgersteigen waren vergangen. »Wir kriegen einen strengen Winter, Herr Richter«, sagte der Sekretär, der ihm die noch fehlenden Akten brachte. »Nach schönem Herbst scharfer Frost. Ich kann solch Wetter schlecht vertragen«, klagte er. »Ich hab's mit dem Herzen.« Er empfahl ihm seinen Arzt. Der Beamte verzog das Gesicht. »Das soll ein sehr kluger Mann sein«, murmelte er, »es heißt aber, er hätte keine glückliche Hand. Soll er lieber seine Bücher schreiben und die Armen verarzten.« Er versank in Gedanken. Die verschriebenen Medikamente hatten ihm dennoch geholfen. Er spürte zwar ihre stark anregende Wirkung. Manchmal mußte er sich ganz plötzlich ausruhen, weil er schwitzte und tief atmete. Nach einer Weile verging alles. Aber der Schmerz war nicht wieder aufgetreten. Der Arzt hatte ihn allerdings gewarnt, die Wirkung der verschriebenen Mittel sei von kurzer Dauer, sie heilten auch nicht. Jetzt machte er sich ans Lesen. Seine Augen brannten. Er zündete die Lampe an. Die Buchstaben verschwammen. Darum trat er zum Fenster. Draußen fuhr das Auto des Präsidenten vor. Er erinnerte sich an das im Sand versickernde Blut. Der an jenem Oktobersonntag vernommene Polizeibericht hatte seinen Epilog gefunden. Er merkte nicht, daß sich die Tür öffnete. »Wonach halten Sie da Ausschau, Iwan Fjodorowitsch?« Er blickte sich um. Der Präsident kam ihm mit ausgestreckter Hand entgegen. »Sie sind ein furchtbar hartnäckiger Mensch . . .« – »Der Winter«, antwortete er, weil er vermutete, der Präsident werde ihm seinen Widerstand in Sachen der Gegenüberstellung vorwerfen. »Sie werden wohl einen strengen Winter bekommen.« Er lächelte. »Alles ist hier streng«, knurrte der Präsident, setzte sich in seinen Sessel und streckte die Beine aus. »Frost ist mir lieber als dieses Wetter. An Schnee bin ich gewöhnt, Iwan Fjodorowitsch. Ich bin an vieles gewöhnt. Und nicht nur an Dinge, die mit dem Wetter zu tun haben. Ich ertrage auch Demütigungen . . .« – »Was denn für welche?« fragte er dazwischen. »Ach Gott«, seufzte er und legte den Kopf auf die Sessellehne. »Warum nehmen Sie alles als Vorwurf gegen Ihre Person? Sie sind ein sehr ungeduldiger Mensch. Ich aber liebe die Demut.« Er lächelte wieder. »Auch die Demut tötet . . .« Er wunderte sich. Worauf er wohl abzielte beim Aussprechen dieser Aphorismen? Er wollte direkt fragen, doch der andere kam seinen Worten zuvor. »Die Demut, Iwan Fjodorowitsch«, murmelte er, »dient ganz besonders der Gesundheit. Sie tötet die Feinde.« – »Das habe ich noch nie gehört.« Er setzte sich hinter seinen Schreibtisch. »Manchmal«, er lächelte ihm zu, »hören wir etwas, das Ihr dort oben«, er machte eine unbestimmte Handbewegung, »nie hört.« – »Wir?« – »Ja, ihr, ihr!« entgegnete der Präsident. »Ihr Kodifizierer, ihr Kenner . . .« Er beugte sich vor. »Glauben Sie ja nicht, ich wolle Sie mit Bosheiten beglücken.« Er wurde ernst. »Meine Leute haben durch Sie viel gelernt. Dafür bin ich dankbar.« Er begriff nicht, was sich hinter diesen unklaren Sätzen verbarg. Was wollte er eigentlich? Er hatte bei diesen Gedanken anscheinend keine sehr glückliche Miene gezogen, denn der Präsident lachte laut auf.

»Ohne Groll, mein Herr«, sagte er. »Ich habe mich mit dem Bewußtsein abgefunden, daß wir Urteile ausführen, die längst gefallen sind ...« Sykstus wurde hereingebracht. Diesmal war er müde, blaß und niedergeschlagen. »Nimmt das denn noch immer kein Ende?« fragte er auf der Schwelle. »Der Häftling prüft unsere Aufrichtigkeit«, spottete der Präsident. »Iwan Fjodorowitsch«, er schlug plötzlich mit der Faust auf den Tisch, »hat Sie daran gewöhnt, daß man hier Fragen stellen kann. Ich möchte Sie warnen, Sie sind nicht dazu berechtigt. Ich empfehle Ihnen zu schweigen.« Er sah Sykstus' fragenden Blick, konnte aber seiner Unzufriedenheit keinen Ausdruck verleihen, sondern ließ nur den Kopf sinken. »Das nimmt tatsächlich noch kein Ende, werter Herr«, fuhr er fort, »und wenn, dann ein solches, wie Sie sich vorstellen sollten, während Sie Ihre Gebete runterhaspeln. Zu irgendwas werden die ja vielleicht nützlich sein.« Sykstus schwieg. »Ich frage Sie!« schrie er, noch immer mit ausgestreckten Beinen dasitzend; sein Blick maß den Häftling vom Kopf bis zu den Füßen. »Ich sollte schweigen«, antwortete Sykstus ruhig. »Nicht schweigen«, fuhr er im gleichen Ton fort, »sollen Sie, sondern meine Fragen beantwoten.« – »Ich werde Ihre Neugier nicht zufriedenstellen«, sagte der Häftling, »und über Gebete nicht sprechen.« – »Gott mit dir«, erwiderte er sogleich. »Dann wollen wir über die Axt sprechen und die aufgebrochenen Schlösser. Wenn das Ihre Spezialität sein sollte. Ich weiß nicht, auf welchen Schutzheiligen Sie sich dabei berufen.« – »Meine Ansichten«, unterbrach Sykstus ihn, »sind nicht Gegenstand der Ermittlungen.« – »Ich habe«, rief der Präsident aus, »nicht die geringste Lust, mit Ihnen über Ihre Ansichten zu reden. Ich kann sie mir ohne Mühe vorstellen. Ich wollte nur wissen, wer der Schutzheilige der Räuber ist.« Sein Lachen dröhnte. Sykstus schaute sich ratlos um. Er wußte längst, daß die ganze Szene und alles, was noch passieren würde, im Hinblick auf ihn vorbereitet worden war, während der Häftling nur das Opfer bildete. Er beschloß zu schweigen, indessen wuchs in ihm Verachtung. Er tat, als ob er die Akten läse. »Denn Sie werden doch zugeben«, nahm der Präsident den Faden wieder auf, »daß Sie nichts anderes sind als ein ganz gewöhnlicher Räuber! Was immer die hiesigen und die ausländischen Zeitungen, wo Sie übrigens auch nicht viele Lobsprüche zu Ihren Ehren finden werden, über Sie schreiben.« – »Ich lese diese Zeitungen nicht«, sagte Sykstus. »Sie sitzen ja auch nicht in einer

Bibliothek«, knurrte der Präsident. »Mich interessiert Ihr Leben im Kloster. Iwan Fjodorowitsch«, er lächelte heuchlerisch, »hat der Erforschung Ihres Verbrechens viel Zeit gewidmet. Er kennt alle Details auswendig. Ich bewundere seine Ausdauer. Er ist in Mordfällen einer der besten Untersuchungsrichter, die wir haben. Doch wir stimmen nicht in allem mit ihm überein. Wann haben Sie zum ersten Mal an die Beraubung der Schatzkammer gedacht?« Sykstus antwortete nicht. »Wir wollen uns hier, mein Herr«, der Präsident lächelte, »weder über den Einfluß des Satans auf Ihre Handlungsweise noch über die Anzahl der Engel unterhalten, die Sie in Schutz nehmen sollten. Ich warte auf Antwort.« – »Daran habe ich schon früher gedacht«, antwortete Sykstus mit müder Stimme. »Aber ich habe vorher nie über die Art und Weise nachgedacht, wie ich dieses Ziel erreichen könnte.« – »Zur Sache!« unterbrach er ihn. »Wer hat den Plan des Diebstahls ausgeheckt, Sie oder Leon?« – »Ich«, antwortete Sykstus, »Leon hat nur meine Anweisungen ausgeführt.« – »Großartig! Wann haben Sie Damian von dem Diebstahl benachrichtigt?« – »Am nächsten Morgen«, antwortete der Häftling demütig. »Ihr hattet die Absicht, den Raub zu teilen?« – »Nein, nein«, bestritt Sykstus. »Damian wollte gar nicht glauben, daß ich so etwas hatte tun können.« – »Verteidigen Sie ihn nicht«, warf der Präsident ein. »Er bekommt selbst Gelegenheit, dem Gericht diese Märchen zu erzählen. So ein guter Kumpel ist er nicht.« Er lachte auf. »Er hat Sie hinreichend belastet in der Hoffnung, das verringere seine Schuld. Und es ist ihm sogar gelungen.« Er hörte auf zu lachen. »Heute haben wir ihn aus dem Gefängnis entlassen.« – »Gott sei Dank.« Sykstus atmete auf. »Ziehen Sie Ihren Gott da nicht hinein!« schrie er. »Wo habt ihr die Beute versteckt?« Sykstus hob die Schultern. »Dort, wo Leon ist«, antwortete er. »Nun ja«, murmelte der Präsident, »der fällt uns auch noch in die Hände. Wir wissen, daß Sie gemeinsam mit Ihrer Freundin schon früher, ehe noch der Bruder Leon sich mit dem vollen Koffer verflüchtigt hatte, über die Möglichkeiten nachgedacht haben, den Schatz zu verstecken.« Er stand auf und ging im Zimmer auf und ab. »Na«, schrie er wieder, »soll ich noch lange auf Antwort warten?« Sykstus warf dem Untersuchungsrichter einen hilfesuchenden Blick zu. Er reagierte nicht. »Darüber haben wir nie gesprochen«, seufzte Sykstus. »Trotzdem«, drängte der Präsident, »haben wir eine solche Aussage.« – »Sie irrt sich«, antwortete der Häftling,

»wir hatten keine derartigen Pläne.« – »Bitte antworten Sie nur im eigenen Namen.« Er blieb vor dem Häftling stehen. Jetzt sah er, daß der Präsident seine Sonntagsuniform angelegt hatte. »Sie behaupten, sie lügt?« Sykstus wurde rot. »Ich habe gesagt«, murmelte er, »sie irrt sich.« – »Das bedeutet dasselbe.« Er rief den Wärter. »Ich sehe«, wandte er sich an Sykstus, »Ihnen ist die Kehle ausgetrocknet. Trinken Sie ein Glas Tee?« Sykstus erhob sich. »Danke.« Er beugte den Kopf vor. »Abführen!« Der Wärter legte Sykstus die Hand auf die Schulter. »Er soll dort etwas Heißes trinken. Und einstweilen nebenan warten.« Nachdem Sykstus gegangen war, setzte er sich wieder in den Sessel. Schweigend blickte er vor sich hin. »Sie sind wirklich ein seltsamer Mensch, Iwan Fjodorowitsch«, sagte er nach einer Weile. »Das habe ich schon mehrmals gehört«, entgegnete er. »Was meinen Sie?« – »Ach nichts.« Der Präsident lächelte. »Glauben Sie wirklich, dieser Typ streitet mit Gott?« – »Ja«, antwortete er. »Das verbindet ihm am stärksten mit dem begangenen Verbrechen.« – »Nun ja«, murmelte der Präsident, »ich bin kein derart sensibler Kenner der menschlichen Seele.« – »Verstehen Sie denn nicht«, sagte er mit erhobener Stimme, »daß gerade das seine Schuld charakterisiert?« – »Nein«, er lächelte, »das verstehe ich nicht.« – »Sie sehen folglich keinen Unterschied«, fuhr er fort, »zwischen einem kleinen Dieb, der die Pilger bestiehlt, und diesem Mönch, der sein eigenes Kloster beraubt?« – »Nein«, gab der Präsident zu. »Das sehe ich nicht. Außer dem Wert des Raubes natürlich.« – »Das ist eine Frage des Bewußtseins«, sagte er und geriet gänzlich außer Fassung. »Wenn wir wirkungsvolle Urteile verhängen wollen, müssen wir das bedenken.« – »Meinen Sie«, der Präsident verzog sein Gesicht, »das Urteil hätte keine Wirkung? Dann soll er doch, bei Gott, selbst über seine Seele zu Gericht sitzen. Wir müssen ihn nur vor der Selbstjustiz des in seinen religiösen Gefühlen gekränkten Mobs schützen.« – »Wir müssen ihm helfen, ein solches Gericht über sich selbst wirklich zu halten.« – »Sehen Sie sich als Werkzeug Gottes an, Herr Richter?« fragte der Präsident. Er betrachtete ihn aufmerksam. Er konnte nicht erkennen, ob er spottete. »Vor solchen Befugnissen«, fügte er noch hinzu, »hätte ich Angst.« – »Weil Sie, ähnlich wie Sykstus«, er lächelte, »an seine Existenz glauben.« – »Und Sie?« fragte er. »Ich glaube an die Vernunft«, dabei verlosch sein Lächeln. »Soeben«, warf der Präsident ein, »haben Sie etwas höchst Seltsames bewiesen. Nämlich daß, wenn ich es recht verstanden habe, der Glauben sein Gewissen auf besondere Weise belastet. Stimmt das?« – »Belasten sollte«, stellte er richtig. »Wenn das, was er von seiner Zerrissenheit erzählt, die Wahrheit ist . . .« – »Es gibt keine Zerrissenheit«, sagte er entschieden. »Er ist ein alter Gauner.« Er stand auf, öffnete die Tür und ließ die Gefangene hereinführen. Dann bot er ihr seinen Sessel an. »Hier ist es bequemer, Madame«, sagte er lächelnd. »Iwan Fjodorowitsch«, rief er, »warum lassen Sie so schwach heizen? Es ist kalt hier wie im Leichenhaus.« Er tat so, als fröstelte ihn. »Mögen Sie etwas heißen Tee, Madame?« – »Danke.« Sie musterte ihn beunruhigt. »Das ist pure Höflichkeit, Madame.« Er zog sich einen freien Stuhl heran und setzte sich neben sie. »Wir beenden unsere Tätigkeit. Heute habe ich die Nachricht erhalten, daß in Kürze das Gericht zusammengestellt wird, das euren Fall behandelt. Sie werden sich mit einem Rechtsanwalt verständigen können. Ich weiß nicht, ob Sie sich einen privaten Verteidiger nehmen wollen, oder ob das Gericht einen von amtswegen berufen soll. Das müssen Sie sich überlegen. Ein privater Verteidiger ist eine erhebliche Ausgabe.« Sie schaute ihn mit erkennbarem Mißtrauen an. »Muß ich darauf jetzt antworten?« fragte sie. »Ach nein!« sagte er schnell. »Sie haben Zeit. Uns sind nur noch ein paar Fragen übrig geblieben.« Er spielte den Besorgten. »Sykstus hat ausgesagt, Sie hätten ihm mehrfach zugeredet, den Orden zu verlassen. Ist das richtig?« – »Ja«, sie nickte bestätigend und legte wieder mit der bekannten Bewegung die Hände auf den Tisch. »Ich war der Ansicht, das sei der einzige Ausweg.« – »Richtig, richtig«, stimmte er eilfertig zu. »Wenn er Ihrem Rat gefolgt wäre, hätten wir heute diese Sorgen nicht. Entschuldigen Sie«, er wechselte ganz plötzlich das Thema, »sind Sie ein gläubiger Mensch?« – »Ja«, antwortete sie nach einer Weile. In ihrem Blick erkannte er den Schatten eines Zögerns. »Das freut mich sehr«, er beugte sich noch mehr vor. »Auch ich bin ein gläubiger Mensch. Vielleicht verstehe ich darum die Einzelheiten besser . . .« Er blinzelte ihr zu. »Nehmen wir an, Sykstus wäre Ihrem Rat gefolgt. Er hätte das Habit abgelegt . . .« Er dachte nach. »Und dann?« schloß er. »Er kann doch bloß Gebete plappern.« – »Ich habe nicht überlegt, was wir dann tun würden«, antwortete sie. »Aber ich war überzeugt, ein Ausweg würde sich finden. Das Wichtigste war damals, daß er fortging.« – »Ich verstehe«, bestätigte er. »Wäre er dann in Übereinstimmung mit seinem Gewissen geblieben? Er hatte doch gelobt, dieses Kleid bis zum Tode nicht abzulegen.« – »Er konnte sich um einen Dispens bemühen«, sagte sie. Er lächelte. »Sie haben recht. Aber wovon hättet ihr gelebt?« – »Ich weiß es nicht.« Sie zuckte mit den Achseln. »Es hätte sicher irgendeinen Ausweg gegeben.« – »Als Sie die Schatzkammer besichtigten«, fuhr er fort, ohne zu lächeln, »kam Ihnen da nicht der Gedanke, das wäre eine Sicherung?« – »Ich verstehe nicht.« Sie runzelte die Stirn. »Aber das ist doch ganz einfach, Madame«, fuhr er fort. »Er hat gesagt, ihr könntet gesichert sein bis ans Lebensende. Nun ja, dann hätte er sich um keinerlei Dispense zu bemühen brauchen. Ich glaube nämlich nicht an seinen besonders großen religiösen Eifer. Obwohl er andererseits, als er Ihren Gatten ermordete, ihm noch die Absolution erteilt hat.« – »Schrecklich ist das.« Sie ließ den Kopf sinken. »Aber wahr«, fügte er hinzu. »Was tun ...« Er griff in die Tasche, zog einen kleinen Bogen Papier heraus und begann zu lesen, ohne auf die Anwesenheit der beiden zu achten. Dann hob er plötzlich den Kopf und steckte das Papier weg. »Waren Sie sehr verstimmt, als Sie erfuhren, daß Leon den ganzen Schatz nach Krakau mitgenommen hatte?« fragte er. »Dafür habe ich mich nicht interessiert«, sagte sie. »Sykstus hat ausgesagt, Sie seien höchst erstaunt gewesen über seine Unvorsichtigkeit«, entgegnete er. »Er habe Sie beruhigt, Leon sei ein ehrlicher Mensch und werde auf eine Nachricht von Euch warten.« – »So etwas habe ich nicht gesagt.« Ihre Finger zitterten, sie preßte sie zusammen. »Er hat von seinem Vertrauen zu Leon gesprochen. Ich wiederhole, ich habe mich nicht für das Geld interessiert.« – »Es genügt, daß er sich dafür interessierte.« Er lächelte. »Auch das ist Komplizenschaft, Madame.« Sie schwieg. »Sykstus«, begann er wieder, »hat uns fortwährend versichert, Sie seien für diese wirksame Form der Selbstbereicherung gewesen. Sie hätten ihn sogar bestärkt, der Schatz dürfe nicht in den Klosterschränken verfaulen.« – »Er hat gelogen!« rief sie. »Regen Sie sich nicht auf, Madame«, sagte er. »Wir sprechen die ganze Zeit von Tatsachen. Das sind nicht etwa unsere Vermutungen.« – »Ich habe ihn nicht zum Diebstahl überredet«, wiederholte sie. »Sind Sie bereit, das in seiner Gegenwart zu bestätigen?« fragte er. »Selbstverständlich!« Sie ließ die Hände sinken und legte sie auf ihre Knie. Sie hatte diese Wendung nicht so schnell erwartet. Er sah, wie die letzten Blutstropfen aus ihrem Gesicht wichen. »Den Häftling hereinbringen!« Die Tür ging auf, Sykstus betrat in Begleitung des Sekretärs das Arbeitszimmer. Er blieb sogleich stehen. »Eine angenehme Begegnung«, sagte der Präsident. »Iwan Fjodorowitsch und ich haben uns ausgedacht, euch zum Schluß eine Überraschung zu bereiten.« Sykstus näherte sich dem Tisch. Sie blieb reglos sitzen, ohne den Blick von ihm zu wenden. »Du hast dich verändert«, sagte sie. »Ich kann mit all dem nicht leben«, antwortete er leise. »Man erspart uns nichts.« – »Das klingt fast verzweifelt, meine Herrschaften.« Er wies den Wärter an, dem Häftling einen Stuhl zu reichen. »In euren Aussagen«, er berührte die Mappen auf dem Tisch, »gibt es unterschiedliche, einander widersprechende Versionen von denselben Geschehnissen. Wir müssen sie also vereinheitlichen.« Sie beachteten diese Worte nicht. Er hatte den Eindruck, als hellte sich Sykstus' Gesicht auf. Etwas wie der leichte Schatten eines Lächelns erschien in seinen Augen. »Wir wollen hier nicht über Sentimentalitäten diskutieren«, fuhr er fort, »nicht wahr, Iwan Fjodorowitsch?« Warum er sich an ihn wandte, wurde nicht klar. »Sie sind interessiert an gewissen Schattierungen des Gefühlslebens dieser Herrschaften. Ich bin leider sehr viel irdischer. Wann haben Sie ihm geraten, die Schatzkammer zu berauben?« fragte er Barbara. Sie fuhr zusammen. Er wiederholte seine Frage. »Ich habe solche Ratschläge nicht erteilt«, antwortete sie, ohne sich zu besinnen. »Und Sie?« Jetzt ruhte sein Blick auf Sykstus. »Wir haben davon gesprochen«, sagte der Häftling, »daß das ein riesiges Vermögen ist . . .« – »Reden Sie sich nicht heraus!« Er schlug mit der Faust auf den Tisch. »Wer von euch hat gesagt, mit einem solchen Vermögen könne man ohne die geringsten Sorgen leben?« Sie schwiegen. »Ich frage noch einmal«, drängte er. Sykstus schaute für einen Moment zu ihm herüber. »Ich«, sagte er, »wenn Ihnen an dieser Antwort so sehr gelegen ist.« Der Präsident erhob sich. Wieder schlug er mit der flachen Hand auf den Tisch. »Hier ist nicht die Konditorei«, schrie er, »wo ihr euch getroffen habt, um eure Schandtaten zu besprechen!« – »Schreien Sie nicht«, bat Sykstus. »Vielleicht sollten wir Schluß machen.« – »Sie kommen nicht weit mit Ihrer Unverschämtheit«, sprach er weiter, »Sie sind ein Mörder und ein Dieb!« – »Ich denke viel an dich . . .«, flüsterte sie. »Ein Dieb und ein Mörder«, wiederholte er und beugte sich zu ihnen vor. »Kannst du mir verzeihen?« fragte er, ohne auf das Schreien zu achten. »Du bist an nichts schuld«, sagte er schnell, als fürchtete er, im nächsten Augenblick hinausgeführt zu werden. »Denk daran, ich will das alles auf mein Gewissen nehmen.« – »Zu spät, mein Herr«, vernahm er. »An Ihr Gewissen hätten Sie früher denken sollen.« – »O ja, Herr Richter«, sagte er, aber man sah, daß die Schreie des Präsidenten gar nicht in ihn eindrangen. »Du dürftest keine schwere Strafe bekommen«, sagte er leiser. »Versuch, alles zu vergessen.« Sie schüttelte den Kopf. »Du hast keine Schuld«, wiederholte er. »O doch, o doch!« unterbrach ihn der Präsident. »Und sie weiß das sehr genau. Wo habt ihr die Beute versteckt?!« schrie er. »Antworten Sie sofort!« Sykstus richtete sich auf. »Wir hatten sie nie gemeinsam in Besitz.« – »Ich frage, was damit geschehen ist.« – »Weiß ich nicht.« Der Häftling sah ihn ohne Haß an. »Wann habt ihr den Mord geplant?« Er trat heran und stand über sie gebeugt. Er sah, wie Barbaras Hand sich auf Sykstus zuschob. Mit den Fingerspitzen berührte sie seine Hand. Dann zog sie sie zurück. »Keine Zärtlichkeiten!« schrie er. »Wir haben den Tod nicht geplant«, entgegnete Sykstus im gleichen ruhigen Ton. »Warum haben Sie dann, ehe Sie diesen Menschen hinterlistig in Ihre Zelle führten, dort eine Axt versteckt?« drang er in ihn. »Was wollten Sie damit erreichen?« – »Das ist nicht ihre Schuld, bei Gott!« Er wies auf Barbara. »Wirklich?« Der Präsident tat verwundert. »Was war dann der Anlaß eurer Auseinandersetzungen? Ich soll glauben, ihr hättet das Verbrechen nicht geplant? Ihr habt doch immer gemeinsam gehandelt. Jetzt hattet ihr euch in eine ausweglose Situation verstrickt. Es blieb nur die eine Möglichkeit. Oder wünschten Sie den Tod Ihres Mannes nicht?« – »Nein«, antwortete Barbara. »Das soll ich glauben?« brach es aus ihm heraus. »Nein, Madame ... Warum haben Sie sich, wenn es wirklich so war, nicht sofort auf die Polizei begeben, damit der Verbrecher gefaßt wurde, der unter Ihrem Dach Schutz suchte? Empfanden Sie Haß ihm gegenüber oder nicht?« Sie schwieg. Für einen Moment hob sie die Augen zu dem neben ihr stehenden Beamten. Dann sah sie wieder Sykstus an. »Ich erwarte Ihre gnädige Antwort!« – »Ich habe gelogen«, sagte sie nach einer Weile. »Ich empfand keinen Haß ihm gegenüber.« Der Präsident trat einige Schritte zurück und lehnte sich an den Ofen. Er atmete schwer. »Das hättest du ihnen nicht sagen sollen«, vernahm er Sykstus' Stimme. »Genug!« Der Präsident winkte den Wärtern. »Häftlinge abführen!« Der Beamte am Pult ordnete seine Papiere. Er hatte deutlich sichtbare rote Flecken auf den Backen. »Lassen Sie uns allein«, murmelte der Präsident. »Nun, Iwan Fjadorowitsch«, sagte er, nachdem jener gegangen war. »Ich weiß, diese Frau lügt. In Wirklichkeit haßte sie ihn, als er ihr von dem Mord erzählte. Sie haben ja sein verblüfftes Gesicht gesehen bei ihren Worten. Doch diese Lügen können wir gebrauchen. Wir müssen behaupten, der Mord sei mit Vorbedacht geschehen. Auch sollten wir behaupten, es gebe ausreichende Hinweise dafür, daß er im voraus geplant war.« Er sagte, diese These ließe sich nicht aufrecht erhalten. Es lohne nicht, eine Situation herbeizuführen, in der diese Vermutung widerlegt werden könnte. Richtiger sei die Methode eines scheinbaren Einverständnisses mit der von den Häftlingen dargestellten Version. Es sei besser, wenn die Unklarheiten und Inkonsequenzen aus deren eigener Einstellung hervorgingen. Die nicht zu erschütternde Tatsache, daß er am Tage der Ankunft des Ermordeten die Axt in seine Zelle gebracht habe, bezeuge hinreichend seine Schuld. Nicht alles müsse bis ins Letzte ausgesprochen werden. »Warum, Iwan Fjodorowitsch«, der Präsident lehnte immer noch am Ofen, »bezahlen wir fremde Schuld mit unserer eigenen Gesundheit?« Er war erschöpft und abgespannt. »Wir sind ein Teilchen dieser Schuld«, antwortete er. »Na, wissen Sie«, der Präsident lachte auf, »ich soll mich schuldig fühlen wegen der mangelnden Berufung dieses Mönches.« – »Ich weiß nicht.« Er zuckte mit den Schultern. »Ich bin genauso erschöpft.« – »Aber Sie haben die ganze Zeit über kein Wort gesagt.« – »Ich habe zugesehen.« Er griff nach dem Glas mit dem unausgetrunkenen Tee. Der war bitter und kalt. »Nun gut«, sagte der Präsident, »darüber werden wir noch sprechen.« Wortlos verließ er das Zimmer. Da erhob er sich hinter seinem Tisch, zog den Mantel an und ging hinaus in die Kanzlei. Auf einem Stuhl an der Wand saß Sykstus, umgeben von Wärtern. Eine ganze Gruppe von Beamten hatte sich versammelt. Auch in der offenen Tür zum Korridor bemerkte er neugierige Gesichter. »Was ist hier los?« fragte er. »Er sagt, ihm sei schlecht, Herr Richter«, meldete einer der Wärter. »Bitte gehen Sie«, wandte er sich an die Anwesenden und trat auf Sykstus zu. »Fühlen Sie sich besser?« Sykstus hob den Kopf. »Ach, Sie ...«, sagte er. »Ja, erheblich besser.« Er streckte die Hand aus, als wollte er ihn festhalten, »Danke, Herr Richter.« Er neigte den Kopf. »Bitte glauben Sie mir, ich wollte euch das ersparen«, antwortete er. Sykstus lächelte. »Ich bin Ihnen dankbar ...«

Im Hotel las er die Briefe. Er wollte zum Essen hinuntergehen, erinnerte sich aber an den überfüllten Saal des Restaurants und verlor die Lust. Er legte sich hin. Nichts ist in dieser Untersuchung bis ins Letzte geklärt, dachte er irritiert, trotzdem wird das zur Bestrafung der Schuldigen zusammentretende Gericht – im Innern hörte er die mit monotoner Stimme vorgelesene Anklageschrift – genug Beweise finden, um ein unanfechtbares Urteil zu sprechen. In dieser Verdammung, die das Ausmaß der Schuld nicht exakt bestimmt, wird Sykstus die Gnade der Versöhnung widerfahren. Dennoch wird sich seine Sünde nicht verringern. Die Unterordnung unter ein höheres Gesetz wird wieder einmal das Gesetz der Menschen brechen. Er zweifelte nicht daran, daß es ein Bund der Herzen war, der dieses Paar von Anfang an vereint hatte. Und nun galt dieser Bund angesichts einer angeblich übernatürlichen Kraft nicht mehr. Sykstus kehrte zurück zu den lästerlichen Gesprächen mit dem, der ihn versuchen sollte. Die Frau, die er an sich gebunden hatte, kehrte zurück zum Haß. Es blieb das Gesicht des Getöteten auf der Photographie. Die halboffenen Lider. Die Stirn mit den verwirrten Haarsträhnen. Er griff nach dem Buch auf dem Tischchen. Es war mit der letzten Post gekommen. Keiner der hiesigen Prominenten besaß es natürlich in seiner Bibliothek. Er hatte einen Bericht über Tardes Polemik in den *Archives d'Anthropologie Criminelle* gelesen. Tarde antwortete auf die Vorwürfe, er sei zu eklektizistisch vorgegangen und habe versucht, widersprüchliche Theorien unter einen Hut zu bringen. Denn was, fragten seine Gegner, ergebe sich aus der These, der Wahn einer Einzelperson hänge nicht von ihrem Willen ab, so wenig wie das Verbrecherische vom Willen des Verbrechers abhänge? Man kann Tardes Theorie einen prinzipiellen, unüberwindlichen Vorwurf machen: Die Identität der Person ist ein fiktiver Begriff, ihm widerspricht die gesamte individuelle Evolution. Das Ich von gestern ist nicht das Ich von heute. Das Element der moralischen Verantwortung ist nicht nur bar alles wissenschaftlichen Werts, es ist darüber hinaus so unsicher und wandelbar, daß es nicht die Grundlage einer tagtäglich ausgeübten gesellschaftlichen Funktion bilden kann wie z. B. die Abwehr des Verbrechens, die ein sicheres und objektives Kriterium verlangt. Zum Schluß, las er in der Antwort auf diese Vorwürfe, bleibt noch die Frage, ob die Neigung zu Tugend oder Laster nicht zufällig in den unendlich kleinen grauen Zellen des menschlichen Gehirns nistet. Ob außerordentlicher Egoismus oder außerordentliche Hingabe, ungewöhnliche Begabung oder ungewöhnliche Unfähigkeit für das soziale Leben nicht den grundsätzlichsten Eigenschaften jener unsichtbaren und geheimnisvollen Schöpfer unserer Organe entspringen und ob diese psychischen Kennzeichen nicht bestehen bleiben, wie immer die Hülle des Körpers beschaffen ist. Er legte das Buch beiseite. In letzter Zeit verfiel er oft in Schlaf, anscheinend eine Wirkung der Medikamente, die er nach dem letzten Besuch bei dem Arzt bekommen hatte. Aus diesem Schlaf erwachte er plötzlich. Die Grenzen der Dinge, die ihn umgaben, verwischten sich. Er schlief ein mit dem Blick zum Fenster – die meiste Zeit verbrachte er im Hotelzimmer, die Ausflüge in die Stadt hatten sich als zu anstrengend erwiesen –, er sah bei herabsinkender Dämmerung den in dichten Flocken fallenden Schnee, nach einiger Zeit erwachte er, auf dem Bahnhofsvorplatz brannten die Laternen, in ihrem schwankenden Lichtschein fiel der Schnee genauso wie vorher. Es taute schnell auf den Bürgersteigen, die Zeit der Fröste war noch nicht gekommen. Manchmal spürte er die ferne, ihre Existenz kaum andeutende Flut des Schmerzes. Er griff sofort nach dem Medikament, und das Gefühl verging. Morgens waren die Dächer schneebedeckt. Er fuhr mit der Droschke zur letzten Amtshandlung ins Gericht, wo die Niederschrift des Berichts beendet wurde, mit dem das Ermittlungsverfahren schloß. Noch einmal ließ er die Häftlinge vorführen. Sykstus bestätigte seine Aussagen. Er war gefaßt, offensichtlich befriedigte ihn die plötzlich entstandene Ruhe, die er sich mit dem Ende der Ermittlungen erklärte, die aber auch andere Gründe haben konnte. Sykstus erwähnte noch einmal das Gebet. »Wenn nur das Ihnen Kraft gibt . . .« Er machte eine resignierende Handbewegung. Sykstus schüttelte den Kopf. Am liebsten hätte er ihm gesagt, daß er ihn nicht verstehe. Er erinnerte sich an den unlängst gelesenen Satz von Tarde über die grundsätzlichsten Eigenschaften der unsichtbaren und geheimnisvollen Schöpfer unserer Sinne. Mühsam unterdrückte er einen Heiterkeitsausbruch. Sie verabschiedeten sich, nachdem Sykstus seine letzte Unterschrift geleistet hatte. Er reichte ihm die Rechte und spürte den Druck einer kräftigen, etwas feuchten Hand. Dabei fiel ihm ein, daß es die eines Mörders war. Er zog die seine zurück, legte sie auf den Tisch und berührte mit den Fingerspitzen das grüne Tuch. Eine Stunde später wurde die Gefangene hereingeführt. Der Beamte, der neben ihr am Tisch saß, berichtete, sie habe bereits einen Anwalt und unterhalte sich mit ihm im Gefängnis. Einleitend erklärte sie, sie werde die früher abgegebenen Erklärungen nicht bestätigen und bitte darum, aufzuschreiben, was sie jetzt sage. Es begann ihm gleichgültig zu werden. »Sie bestätigen also kein einziges Ihrer Worte von früher?« fragte er. »Ja«, antwortete sie entschieden. Er sah, daß sie ihn mit unverhohlenem Haß betrachtete. Woher stammte dieser Haß? Vielleicht daher, weil er Zeuge ihrer letzten Begegnung mit Sykstus gewesen war? Er versuchte, die Ursachen zu ergründen, und dachte darüber nach ohne Zorn, wie über eine fremde Angelegenheit, die ihn nichts anging. »Kein einziges Wort, Herr Richter«, wiederholte sie nach einer Weile. Sie neigte den Kopf vor, ihr Gesicht war sehr blaß, an den Schläfen bemerkte er feine Fältchen. In den eingesunkenen Augen glomm noch derselbe Glanz, an den er sich von ihrem ersten Gespräch erinnerte. »Auf mich wartet die Verhandlung, einstweilen habe ich nichts hinzuzufügen.« Er wußte, sie wiederholte die Worte ihres Anwalts, und hob die Schultern. »Ich weiß nicht«, sagte er, »ob das die beste Methode ist. Sie bringen das Gericht in eine schwierige Lage. Man wird Sie dort mit besonderer Pedanterie behandeln.« – »Und wenn ich«, unterbrach sie ihn, »auch dort schweige?« Er schob ihr einen vorbereiteten Text zur Unterschrift hin. Sie las ihn sorgfältig und unterschrieb dann langsam. »Ich wünsche Ihnen Erfolg«, sagte er, erhob sich und streckte ihr die Hand hin. Eine Weile überlegte sie, ob sie sie ergreifen sollte. »Danke«, antwortete sie. »Sie hätten sehr viel schlimmer zu uns sein können.« Er lächelte, aber sie nahm dieses Lächeln nicht wahr, sondern drehte sich um und ging zur Tür. Der Wärter, der sie abführte, verdeckte sie. Damian, den er auch ins Gericht bestellt hatte, erschien in schwarzem, gut geschnittenem Anzug. Selbstsicher, wie er war, erinnerte er nicht an einen ehemaligen Häftling. »Ich möchte das alles aus dem Kopf haben«, sagte er bei der Durchsicht der Papiere. »Meine Schuld habe ich abgebüßt.« – »Wirklich?« fragte er verwundert. »Ja, Herr Richter«, murmelte er. »Die gerechte Strafe bemißt ein anderer.« – »Wer?« fragte er. »Ich kann Ihnen versichern«, sagte Damian und legte die Papiere beiseite, »nicht Ihr Gericht. Ich anerkenne allein die Oberhoheit meiner geistlichen Vorgesetzten. Euer Urteil wird für mich keinerlei Bedeutung haben.« Er wollte sich erkundigen, woher dieser anmaßende Ton komme und ob die Anklagebank, auf der er doch Platz nehmen werde, ihn wirklich nicht beeindrucke. Doch er winkte ab, nahm den unterschriebenen Bogen entgegen und hieß ihn hinausgehen. Zum Schluß wurde der Droschkenkutscher hereingeführt. Er hielt die Schultern gebeugt und trat schwerfällig auf. Unbeholfen setzte er sich hin und sagte sogleich, er werde nichts unterschreiben. »Auch das«, erläuterte er ihm, »hat keinen Sinn. Es sind nur Ihre Aussagen. Ihre genau aufgeschriebenen Antworten.« – »Nein, nein«, der Kutscher schüttelte den Kopf, »ich kann nicht lesen. Dort müssen lauter Lügen stehen.« – »Sehr richtig«, sagte er. »Lauter Lügen. Alles, was Sie gesagt haben. Ihre Worte sind genau aufgeschrieben.« Er sah, wie jener die Fäuste ballte. Abends fuhr er zum Essen und verabschiedete sich von seinen Bekannten. Während er sich bei brennender Lampe schlafen legte, sah er den Schnee fallen. Morgens hatte sich eine dicke Schicht gebildet. Die Hausmeister fegten die Bürgersteige und streuten Sand. Der Zug verspätete sich. »Wie ich erfahren habe, Herr Richter«, sagte der Beamte, der ihn zur Bahn brachte, »hat die Frau dieses hartnäckigen Lügners ...« Er drehte sich um. Links zeigte sich eine Dampfwolke. Man hörte die nahende Lokomotive. »Wer, bitte?« Erst jetzt drangen die Worte des neben ihm Stehenden in sein Bewußtsein. »Die Frau des Droschkenkutschers war Putzfrau bei der Bahn«, sagte er laut, um das Stuckern der anhaltenden Wagen zu übertönen. »Gestern hat sie sich vor einen Zug geworfen.« Er stand reglos und blickte in das vom leichten Frost gerötete Gesicht des Beamten, der nach seinem Koffer griff. »Ich helfe Ihnen, Herr Richter«, sagte er. »Beeilen Sie sich«, und ging zum Wagen. »Vorläufig«, er sah, wie jener die Abteiltür öffnete, »hat man den Häftling noch nicht informiert. Heute aber müssen sie ihm die Nachricht übermitteln.« Er zuckte und trat auf ihn zu. »Das ist eine Lüge ...« – »Wie bitte, Herr Richter?« fragte der Beamte. Der Koffer stand bereits im Abteil. Er stellte den Fuß auf das Trittbrett. »Wann?« fragte er. »Wann ist das passiert?« Der Beamte half ihm, zum Abteil hinaufzusteigen. »Gestern, Herr Richter.« Er schlug die Tür zu und lehnte sich gegen die Scheibe. Er sah, daß sein eigener Schatten sich auf das Gesicht des draußen stehenden Beamten legte, konnte aber nicht erkennen, was ihn anblickte – die Widerspiegelung seiner Augen oder die Augen jenes Mannes, der ihm mit gezogenem Hut zuwinkte. Er hörte die Glocke. Er spürte sein Herz schlagen, schneller, immer schneller. Dann öffnete er den Mund. Seine Augen, dachte er. Die nahe Anwesenheit dessen, der die Unschuldigen straft, indem er ihnen nach seinem unbegreiflichen Gesetz Gerechtigkeit widerfahren läßt. Er stand auf der Stelle. Der Zug rollte bereits aus dem Bahnhof und überquerte die Brücke. Gleich darauf sah er über den vorbeigleitenden einstöckigen Häusern aus grauem Stein den schlanken Kirchturm des Klosters. Die Wolken wichen, die Sonne zeigte sich. Sie war riesengroß und umnebelt. Er schrak zusammen. Ein scharfer Schmerz. Wieder betrat er dessen Bereich. Er ballte die Fäuste und schaute hinein in eine schwarze, alles erfassende Helle.

Zur Aussprache der polnischen Namen

Im Polnischen spricht man alle Vokale kurz und offen aus, Doppelvokale (au und eu) getrennt, ie als je. Die Betonung liegt, von seltenen Ausnahmen abgesehen, immer auf der vorletzten Silbe. Anders als im Deutschen werden folgende Buchstaben ausgesprochen:

ą	= on, in französisch: ballon
c	= tz, auch vor k
ć oder ci	= tj, zu einem Laut verbunden
ch	= hart, wie in deutsch: Dach
cz	= tsch, wie in Peitsche
ę	= in, in französisch: bassin
h	= ch, wie in deutsch: Dach
ł etwa	= w, in englisch: water
ń	= nj, wie in spanisch: señor
ó	= u
rz	= j, in französisch: journal
s	= ß
ś oder si	= ßj, zu einem Laut verbunden, also weicher als ch in deutsch: Licht
sz	= sch, wie in deutsch: Schule
z	= s, wie in deutsch: Rose
ź oder zi	= sj (s dabei stimmhaft), zu einem Laut verbunden
ż	= j, in französisch: journal

Alphabetisches Gesamtverzeichnis der suhrkamp taschenbücher